Edgar Hilsenrath

Fuck America

Bronskys Geständnis

Gesammelte Werke
Band 4

Herausgegeben von
Helmut Braun

Dittrich Verlag

Dieses Buch wurde gefördert von der
KUNSTSTIFTUNG NRW

Bibliographische Information Der Deutschen Bibliothek
Die Deutsche Bibliothek verzeichnet diese Publikation in der Deutschen Nationalbibliographie; detaillierte bibliographische Daten sind im Internet über <http://dnb.ddb.de> abrufbar.

ISBN 3-920862-48-1

Umschlaggestaltung: Guido Klütsch,
unter Verwendung des Bildes »Zu Edgar Hilsenrath: ›Bronskys Geständnis‹«, Mischtechnik auf Japan von Christian Lang

www.dittrich-verlag.de

Prolog
oder »Fuck America«

Eilbrief
An den
amerikanischen Generalkonsul
Clausewitzstraße 3b Berlin

10. November 1938

Sehr geehrter Herr Generalkonsul!
Seit gestern brennen unsere Synagogen. Die Nazis haben mein Geschäft zertrümmert, meinen Schreibtisch ausgeleert, meine Kinder aus der Schule gejagt, meine Wohnung in Brand gesteckt, meine Frau vergewaltigt, mir die Hoden zerschmettert, mein Vermögen beschlagnahmt und mein Bankkonto gesperrt. Wir müssen auswandern. Es bleibt uns nichts anderes übrig. Es wird noch schlimmer werden. Zeit ist knapp. Könnten Sie mir, sehr geehrter Herr Generalkonsul, innerhalb von drei Tagen Einwanderungsvisen nach Amerika beschaffen?

Hochachtungsvoll
Nathan Bronsky

P.S. Ich wohne seit vierzig Jahren in Deutschland, und zwar in Halle an der Saale, stamme aber aus Galizien, einer Provinz, die heute zu Polen gehört.

An den
polnischen Juden Nathan Bronsky
wohnhaft in Deutschland
Königstraße 10
Halle an der Saale

10. Juli 1939

Sehr geehrter Herr Bronsky!

Ihr Eilbrief liegt seit acht Monaten auf meinem Schreibtisch. Ich kam erst heute dazu, ihn zu lesen. Beiliegend finden Sie einige Antragsformulare, die Sie ausfüllen und an meine Adresse zurückschicken können. Leider muß ich Ihnen mitteilen, daß die Aussichten auf eine schnelle Einwanderung nach Amerika für Sie und Ihre Familie schlecht stehen. Sehen Sie, sehr geehrter Herr Bronsky, Hunderttausende von Juden wollen plötzlich nach Amerika. Wir können aber nur eine begrenzte Anzahl von ihnen hereinlassen, weil Amerika ein Paradies ist, dessen Einwanderungspolitik seit den zwanziger Jahren durch ein geschickt ausgeklügeltes Quotensystem bestimmt wird, ein Quotensystem, sehr geehrter Herr Bronsky, das die Einwanderungswellen fremdstämmiger und wesensfremder Elemente aus überseeischen Ländern im Interesse einer tonangebenden, rein weißen-angelsächsisch-protestantischen Wählerschaft aufs schärfste eindämmt. Die Wartelisten für verfolgte Juden sind deshalb lang. Sehr lang. Hunderttausende von Namen mit ihren Quotenregistrierungsnummern sind bereits auf den Wartelisten vorgemerkt. Wenn Sie die Antragsformulare schnell ausfüllen und an mich zurückschicken, dann könnte die Familie Bronsky – und das ist optimistisch – unter den gegebenen Umständen in zirka dreizehn Jahren an die

Reihe kommen. Ich schätze also – unter Voraussetzung, daß die für die Einwanderung erforderlichen Bürgschaften von Ihnen im Laufe der Jahre beschafft werden können, ebenso wie sonstige notwendige Unterlagen, Nachweise, Papiere und Dokumente –, daß ich Ihnen und Ihrer Familie, sehr geehrter Herr Bronsky, im Jahre 1952 die betreffenden Einwanderungsvisen ausstellen kann.
Hochachtungsvoll
Der amerikanische Generalkonsul

An den
amerikanischen Generalkonsul
Clausewitzstraße 3b
Berlin

12. Juli 1939

Sehr geehrter Herr Generalkonsul!
Die Zeit wird immer knapper. Der Krieg steht vor der Tür. Ich sehe schreckliche Dinge auf uns zukommen. Haben Sie Erbarmen! Täglich spreche ich mit meinem Magengeschwür. Das erzählt mir seltsame Dinge: Es erzählt mir von Gaskammern und Erschießungskommandos. Es erzählt mir von schwarzem Rauch. Die Nazis werden alle Juden umbringen. Uns auch. Haben Sie Erbarmen, sehr geehrter Herr Generalkonsul, und schicken Sie uns auf schnellstem Wege die Einwanderungsvisen!
Hochachtungsvoll
Nathan Bronsky

An den polnischen Juden Nathan Bronsky
wohnhaft in Deutschland
Königstraße 10
Halle an der Saale

24. August 1939

Sehr geehrter Herr Bronsky!

Vor einiger Zeit versuchte ein jüdisches Flüchtlingsschiff bei uns zu landen. Es handelt sich um den bekannten Fall der St. Louis. Trotz Tausender von Telegrammen, mit denen unser Präsident Franklin D. Roosevelt bestürmt wurde, blieb uns nichts anderes übrig, als die Flüchtlinge, mangels gültiger Einwanderungsvisen, wieder aufs Meer hinauszujagen. Diese Tatsache zeigt am deutlichsten, daß nicht einmal unser Präsident Franklin D. Roosevelt, der – was Sie wahrscheinlich wissen – große innenpolitische Schwierigkeiten hat, es sich leisten kann, die antisemitische Stimmung einiger bestimmter, aber sehr zahlenstarker Gruppen innerhalb des amerikanischen Mittelstandes einfach zu übersehen oder sich dem Druck des isolationistischen und antisemitischen Flügels im Parlament – im sogenannten »congress« – zu widersetzen, um eine Änderung der Einwanderungsquoten zugunsten jüdischer Flüchtlinge zu erwirken. Sie sehen also, sehr geehrter Herr Bronsky, daß es keinen Zweck hat, mich, den amerikanischen Generalkonsul, mit weiteren Briefen zu belästigen. Übrigens – und das unter uns – ist es den Regierungen aller Länder auf diesem Planeten im Grunde scheißegal, ob sie Euch alle umbringen oder nicht. Das Judenproblem ist ihnen zu lästig, und keiner will wirklich was damit zu tun haben. Was uns betrifft, das heißt, die Regierung, die ich als General-

konsul vertrete, da kann ich Ihnen nur sagen: Wir haben genug von Euch Judenbastards in Amerika. Die überfüllen unsere Universitäten, drängen sich in Spitzenpositionen und werden immer frecher. Schicken Sie mir die Antragsformulare zurück, und warten Sie gefälligst dreizehn Jahre. Sollte Ihre Prophezeiung stimmen mit den Gaskammern und den Erschießungskommandos, dann rate ich Ihnen, schon jetzt ein Testament zu machen und den Einwanderungswunsch der Familie Bronsky deutlich zu formulieren, damit Ihr Testamentsvollstrecker im Jahre 1952 – dem Jahr der voraussichtlich gültigen Einwanderungsvisen – Eure Asche wunschgemäß nach Amerika schickt.
Hochachtungsvoll
Der amerikanische Generalkonsul

Tagebucheintragung

New York, März 1953

Ich habe die verzweifelten Briefe meines Vaters aus der Mottenkiste geholt. Auch die Antworten des amerikanischen Generalkonsuls. Ich habe mir die Briefe laut vorgelesen, den Wortlaut beim Lesen ein bißchen verändert, wie das so meine Art ist, oder um die Wahrheit herauszufinden, die zwischen den Zeilen steht.

In meiner Vorstellung hat der Generalkonsul ein knochiges Gesicht und dünnes, graues, sorgfältig gescheiteltes Haar. Wenn er die Judenbriefe liest, flammt es lüstern in seinen kaltblauen Augen auf. Ich frage mich, ob er sich einen abwichst, wenn er die Judenbriefe in den Papierkorb schmeißt.

Ich sehe einen Riesenpapierkorb mit den Briefen der zum Tode Verurteilten. Ich sehe eine Tränenflut aus dem Papierkorb ausbrechen. Ich höre die Stimme der Sekretärin aus dem Nebenzimmer: »Herr Generalkonsul. In Ihrem Büro ist eine Überschwemmung!«

Ich möchte mit irgend jemand über den Generalkonsul sprechen. Der geeignete Ort wäre die Emigrantencafeteria Ecke Broadway und 86. Straße. Die Emigranten dort wissen Bescheid. Dort kennt mich auch jeder. Jeder weiß: Das ist Jakob Bronsky, der Sohn von Nathan Bronsky. Wie wäre das, so frage ich mich, wenn die Emigranten in der Cafeteria nicht wüßten, wer ich bin?

So stell' ich mir das vor:

Ich habe die New York Times vom 22. Mai 1953 gekauft, um zu sehen, wie es mit dem Krieg in Korea steht. Die Times ist gerade ausgeliefert worden. Es ist fast zwei Uhr morgens. Ich überfliege die Schlagzeilen, stelle fest, daß sie leiser geworden sind, schlendere den Broadway entlang in Richtung 86. Straße. Die Nutten an den Straßenecken kennen mich vom Sehen. »Na, du alter Mutterficker. Willst du 'ne schnelle Nummer schieben?«

»Nee, danke.«

»Fünf Piepen. Bloß fünf Piepen.«

»Nee, danke.«

»Wie ist's mit vier Piepen? Ich lutsch' dir einen ab!«

»Nee, danke.«

»Mach's heut' billig für dich, Junge. Wirklich billig. Weil ich 'ne gute Nachricht gekriegt hab'. Mein Freund kommt nämlich aus Korea zurück. Man spricht von Frieden.«

»Nee, danke.«

Die Emigrantencafeteria Ecke Broadway und 86. Straße ist die ganze Nacht geöffnet. Ich weiß, daß die Klimaanlage nach Mitternacht abgestellt wird; Tür und Fenster werden dann aufgerissen. Aber heute sind die Fenster merkwürdigerweise geschlossen, die Eingangstür zwar offen, aber nur einen Spalt weit. Beim Eintreten schlägt mir verbrauchte Luft entgegen. Ich sehe die Emigranten. Eigentlich hast du dich verspätet, denke ich. Es ist bereits zwei Uhr morgens. Und insgeheim wundere ich mich, daß die Emigranten noch da sind, denn sonst gehen sie immer schon so gegen Mitternacht nach Hause.

So stell' ich mir das vor:

Keiner kennt mich. Keiner weiß mehr, daß ich Jakob Bronsky bin, der Sohn von Nathan Bronsky. Ganz hinten, am letzten Tisch, sitzt der Emigrant Grünspan, früher mal im Textilgewerbe, in Amerika Verkäufer bei Woolworth, zeitweise bloß, sozusagen vertretungsweise, im Augenblick arbeitslos. Grünspan schreibt Luftpostbriefe und hat sich von den anderen abgesondert. Ich setze mich an seinen Tisch.

Grünspan schiebt die Luftpostbriefe beiseite, auch die Schokoladentorte und den verwässerten Kaffee. »Ich heiße Jakob Birnbaum«, sage ich, um ihn zu täuschen. »Bin seit einem Jahr in Amerika.«

»Sie sind aus Deutschland?«

»Ja. Aus Deutschland.«

Grünspan nickt. Er sagt: »Ich auch. Aus Deutschland.«

So stell' ich mir das vor:

Er hat wirklich keine Ahnung, wer ich bin.

Ich frage: »Haben Sie mal was von einer Familie Bronsky gehört? Aus Halle an der Saale?«

»Nie gehört«, sagt Grünspan.

»Ich kannte sie zufällig«, sage ich. »Sie waren aus meiner Stadt.«

»Ja«, sagt Grünspan.

»Eine ganz normale Familie«, sage ich. »Der Alte war Kaufmann, lebte fürs Geschäft – einen Möbelladen –, die Frau hockte in der Küche. Da war noch ein Sohn: Jakob.«

»Auch normal?«

»Damals ja«, sage ich. »Durchschnittsschüler. Schlechter Turner. Schrieb Gedichte.«

»Wenn er Gedichte schrieb, dann war er nicht normal«, sagt Grünspan.

»Vielleicht«, sage ich.

»Ich weiß nicht, was aus den Bronskys geworden ist«, sage ich. »Sie wollten nach der Kristallnacht nach Amerika, aber die Tore Amerikas waren versperrt.«

»Hunderttausende wollten nach Amerika, als der Krieg schon vor der Tür stand«, sagt Grünspan, »und die Tore Amerikas waren versperrt.«

»Ja«, sage ich.

»Ja«, sagt Grünspan.

»Es ist die Schuld des amerikanischen Generalkonsuls«, sage ich.

»Des Generalkonsuls?«

»Des Generalkonsuls!

Raten Sie mal, was aus den Bronskys geworden ist?«

»Ich nehme an, daß sie vom Krieg überrascht worden sind.«

»Da haben Sie recht.«

»Ich nehme an, daß sie von den Nazis deportiert wurden.«

»Das könnte sein.«

»Ich nehme an, daß sie in Auschwitz vergast wurden.«

»Das könnte sein.«

»Oder in Treblinka.«

»Das könnte sein.«

»Oder woanders.«

»Das könnte sein.«

»Es ist natürlich auch möglich, daß sie von den Nazis erschossen wurden«, sagt Grünspan. »Oder sie sind in einem Ghetto verhungert oder in einem KZ.«

»Alles ist möglich«, sage ich. »Es ist auch möglich, daß sie den Krieg überlebt haben.«

»Möglich schon«, sagt Grünspan. »Aber unwahrscheinlich.«

»Warum sollte es unwahrscheinlich sein«, sage ich vorsichtig. »Schließlich haben andere den Krieg überlebt. Sie zum Beispiel. Oder ich.«

»Wir sind Ausnahmen«, sagt Grünspan.

»Ausnahmen?«

»Ausnahmen.«

»Nehmen wir an, die Bronskys hätten den Krieg überlebt«, sage ich.

»Nehmen wir's an«, sagt Grünspan.

»Wie stellen Sie sich das vor?«

»Ich weiß nicht«, sagt Grünspan. »Ich habe keine Phantasie.«

»Ich habe Phantasie«, sage ich. »Wenigstens bilde ich mir das ein.«

Grünspan lacht. »Na schön«, sagt er. »Sie sind ein Mann mit Phantasie. Wie haben die Bronskys den Krieg überlebt?«

»In einer Mülltonne«, sage ich.

»In einer Mülltonne?«

»In einer Mülltonne.

Es könnten auch drei Mülltonnen gewesen sein«, sage ich.

»Drei Mülltonnen sind besser. Da haben Sie recht.«

»Drei Mülltonnen.«

»Drei Mülltonnen.«

Ich sage: »Eine mittlere deutsche Stadt. Ein altes,

kleines Haus. Ein Hinterhof mit drei Mülltonnen.«

»Was für Leute wohnten in dem Haus?«

»Dort wohnten die anständigen Deutschen.«

»Gegner der Nazis?«

»Leute vom passiven Widerstand«, sage ich. »Sie wußten, daß die Bronskys umgebracht werden sollten, und sie hatten sich in den Kopf gesetzt, das Leben der Bronskys zu retten.«

»Das Leben von drei Juden?«

»Drei Juden.

Stellen Sie sich vor«, sage ich. »Wie die Juden in den Mülltonnen hocken. Sie haben sich Mehlsäcke, Pappkartons, auch Hutschachteln über die Köpfe gestülpt. Jeden Morgen kommen die anständigen Deutschen verschlafen aus ihren Wohnungen, kippen ihren Müll aus, kichern mitleidig, sagen aber nichts. Auch die Müllmänner halten die Schnauze, ehemalige Kommunisten, ebenfalls vom passiven Widerstand.«

»Eine rührselige Geschichte.«

»Jawohl.«

»Kam die SS vorbei?«

»Nur einmal. Nachts. Ein einzelner SS-Mann. Brachte sein Mädchen nach Hause. Schob eine Nummer mit ihr im Hinterhof vor den Mülltonnen, pinkelte dann gegen die eine Mülltonne, wo der Alte drin saß, merkte aber nichts von den Juden.«

»Das Mädchen hat nichts verraten?«

»Nein. Es hat nichts verraten.

Nur manchmal wurde es brenzlig«, sage ich, »und zwar nachts, wenn die Ratten kamen. Dann wollte Nathan Bronsky aus der Mülltonne herausspringen.«

»Hat er's getan?«

»Nein. Er hat es nicht getan.«

»Die Geschichte ist nicht glaubhaft«, sagt Grünspan. »Lassen Sie sich was anderes einfallen.«

»Also gut«, sage ich. »Nehmen wir an ...«

»Nehmen wir was an?«

»Daß die Bronskys sich nicht in den Mülltonnen versteckt hielten, sondern im Keller.«

»Im Keller?«

»Im Keller!«

»Bei den anständigen Deutschen?«

»Bei den anständigen Deutschen!

Sie hielten sich jahrelang im Keller versteckt«, sage ich. »Die anständigen Deutschen teilten ihr Brot mit ihnen, auch der Hausmeister, der Parteimitglied war.«

»Ein Nazi?«

»Kein Nazi.«

»Einer, der so tat, als ob er einer wäre?«

»Jawohl.

Der Alte wurde trübsinnig«, sage ich. »Der Keller hat ihn kaputtgemacht. Auch die Frau.«

»Und Jakob?«

»Ich weiß nicht«, sage ich. »Jakob wurde stumm. Er hat jahrelang kein Wort gesprochen.«

»Aber Gedichte geschrieben?«

»Nein«, sage ich. »Jakob schrieb keine Gedichte mehr.

Und eines Tages war der Krieg zu Ende«, sage ich. »Die Bronskys taumelten aus dem Keller. Es war Frühling.«

»Ich fange an, mich für Ihre Geschichte zu interessieren«, sagt Grünspan. »Erzählen Sie weiter!«

»Als die Bronskys zum ersten Mal nach Jahren die Sonne sahen, wollte der alte Bronsky weinen, aber er konnte nicht. Auch seine Frau wollte weinen. Und auch Jakob. Es klappte nicht.

›Gib mir deinen Spiegel‹, sagte Nathan Bronsky.

›Ich habe keinen‹, sagte seine Frau.

›Doch, du hast einen‹, sagte Nathan Bronsky. ›Der muß noch in der alten Handtasche drin sein.‹

›Ich werde nachsehen‹, sagte seine Frau.

›Mach schnell‹, sagte Nathan Bronsky. ›Such den Spiegel. Es ist wichtig.‹

Nathan Bronsky blickte lange in den Spiegel«, sage ich. »Dann gab er den Spiegel seiner Frau und auch Jakob.

›Unsere Augen haben sich verändert‹, sagte seine Frau.

›Das stimmt‹, sagte Nathan Bronsky.

›Ohne Glanz‹, sagte seine Frau.

›Du hast recht‹, sagte Nathan Bronsky. ›Unsere Augen haben keinen Glanz mehr.‹

›Ich glaube, wir haben unsere Seelen im Keller verloren‹, sagte Nathan Bronsky.

›Das glaube ich auch‹, sagte seine Frau.

›Wir können sie suchen‹, sagte der alte Bronsky..

›Im Keller?‹ fragte seine Frau.

›Im Keller‹, sagte der alte Bronsky.

Sie gingen zurück in den Keller, um ihre Seelen zu suchen, aber sie konnten sie nicht finden. Sie riefen den Hausmeister. Und der kam mit einer Taschenlampe. Aber auch er konnte die Seelen der Bronskys nicht finden.«

»Erzählen Sie weiter«, sagt Grünspan.

Ich nicke und sage: »Sehen Sie, Herr Grünspan. So war das.«

»Die Geschichte muß aber weitergehen.«

»Natürlich geht sie weiter.

Ich stelle mir vor«, sage ich, »daß die Bronskys dann auf den jüdischen Friedhof gingen. Dort trafen sie einen Rabbiner; der war sehr alt, viel älter als der alte Bronsky, der eigentlich gar nicht alt war.

›Rabbi‹, sagte Nathan Bronsky. ›Wir haben unsere Seelen verloren. Wir haben sie im Keller gesucht, aber wir konnten sie nicht finden.‹

›Habt ihr in euren Augen gesucht?‹

›Ja, das haben wir.‹

›Das ist schlimm‹, sagte der Rabbi.

›Ja, das ist schlimm‹, sagte Nathan Bronsky.

Der Rabbi dachte eine Weile nach. Dann sagte er: ›Keiner kann seine Seele verlieren.‹

›Wir haben sie aber verloren‹, sagte Nathan Bronsky.

›Das kommt euch nur so vor‹, sagte der Rabbi.

›Unsere Augen haben keinen Glanz‹, sagte Nathan Bronsky.

›Das stimmt‹, sagte der Rabbi.

›Wir haben unsere Seelen verloren.‹

›Nein‹, sagte der Rabbi. ›Ihr habt nur euren Glanz verloren.‹

›Wo ist unser Glanz?‹ fragte Nathan Bronsky.

›Der ist dort oben‹, sagte der Rabbi und zeigte zum Himmel.

›Dort oben?‹

›Dort oben!‹

›Wie konnte der Glanz einfach wegfliegen?‹

›Er ist nicht weggeflogen‹, sagte der Rabbi. ›Er wurde bloß mitgenommen.‹

›Von wem?‹

›Von den sechs Millionen.‹

›Den sechs Millionen?‹

›Den sechs Millionen.‹«

»Was ist aus den Bronskys geworden, als der Krieg vorbei war?« fragt Grünspan.

»Ich weiß es nicht«, sage ich. »Aber ich kann mir so einiges vorstellen.«

»Zum Beispiel?«

»Daß sie nach Amerika ausgewandert sind!

Der Generalkonsul«, sage ich, »hatte Nathan Bronsky im Jahre 1939 geschrieben, daß er und seine Familie ungefähr dreizehn Jahre warten müßten, um die Einwanderungsvisen zu bekommen.«

»Die wären dann im Jahr 1952 fällig?«

»Sehr richtig.«

»Haben die Bronskys ihre Einwanderungsvisen bekommen?«

»Jawohl«, sage ich.

»Im Jahre 1952?«

»Das stimmt. Im Jahre 1952.«

»Erzählen Sie weiter«, sagt Grünspan.

»Gern«, sage ich. »Wenn ich Sie nicht langweile. Die Familie Bronsky ist nicht besonders interessant.«

»Erzählen Sie«, sagt Grünspan. »Erzählen Sie mir, wie die Bronskys nach Amerika fuhren.«

»Das war so«, sage ich. »Eines Tages war es soweit. Eines Tages fuhren die Bronskys nach Amerika. Mit dreizehn Jahren Verspätung. Mit gültigen Einwanderungsvisen und Augen ohne Glanz.

Sie stehen an der Reling: Nathan Bronsky, seine Frau und sein Sohn Jakob.

›Warum fahren wir eigentlich nach Amerika?‹ sagte Nathan Bronsky. ›Jetzt, wo doch alles vorbei ist?‹

›Ich weiß es nicht‹, sagte seine Frau.

›Damals, als wir Amerika brauchten, waren die Tore verschlossen. Jetzt brauchen wir's nicht mehr.‹

›Das stimmt‹, sagte seine Frau.

›Wir könnten ebensogut wieder zurückfahren.‹

›Das stimmt‹, sagte seine Frau.

Als sie ankamen, lag dichter Nebel über dem Hafen.

›Ich hätte gern die Freiheitsstatue gesehen‹, sagte Nathan Bronsky.

›Ich auch‹, sagte seine Frau.

›Warum hat sich die Freiheitsstatue im Nebel versteckt?‹

›Ich weiß es nicht‹, sagte seine Frau.

Die Bronskys wurden von einem reichen Verwandten abgeholt. Er kam im Cadillac.

›Was ist bloß mit euren Augen?‹ fragte der reiche Verwandte.

›Gar nichts‹, sagte Nathan Bronsky. ›Sie haben den Glanz verloren. Nichts weiter.‹

Der reiche Verwandte fuhr mit ihnen zum Times

Square und zeigte ihnen die Reihen der Kinos, eins neben dem andren; er zeigte ihnen auch die 44. Straße mit den großen Theatern. Nathan Bronsky sah einen schwarzen Cadillac, der noch schöner war als der Cadillac des reichen Verwandten. Der Cadillac stand vor einem der großen Theater. Drinnen saß ein Chauffeur in eleganter Livree. Nathan Bronsky stieß seine Frau an und zeigte auf den abgerissenen Neger, der hinter dem Cadillac stand und pinkelte. Er fragte den reichen Verwandten: ›Ist das Amerika?‹

›Ja‹, sagte der reiche Verwandte. ›Das ist Amerika.‹

›Eigentlich wollte ich die Freiheitsstatue sehen‹, sagte Nathan Bronsky. ›Sie hatte sich vorhin im Nebel vor uns versteckt.‹

›Versteckt?‹

›Versteckt!‹

›Du wirst sie bald sehen‹, sagte der reiche Verwandte.

›Fahren wir dorthin?‹

›Ja. Wir fahren dorthin.‹

Als Nathan Bronsky die Freiheitsstatue erblickte, ließ er vor Schreck einen fahren, denn er glaubte, das wäre der Generalkonsul.

›Was ist los, Nathan?‹ fragte seine Frau.

›Das ist der Generalkonsul!‹ sagte Nathan Bronsky.

›Der Gencralkonsul?‹

›Der Generalkonsul!‹

›Bist du auch sicher?‹

›Ganz sicher.

Ich möchte dem Generalkonsul etwas sagen‹, sagte Nathan Bronsky. ›Aber ich kann kein Englisch.‹

›Du kannst zwei Worte‹, sagte seine Frau.

›Das stimmt‹, sagte Nathan Bronsky. ›Ich kann zwei Worte. Zwei Worte Englisch.‹

›Dann zeig dem Generalkonsul deine Englischkenntnisse‹, sagte seine Frau.

Nathan Bronsky blickte dem Generalkonsul gerade ins Gesicht. Dabei dachte er an das Jahr 1939 und an den Brief des Generalkonsuls, der all seine Hoffnungen begraben hatte. Er dachte auch an die vielen Hunderttausend, die, wie er selbst, in ihrer Not an Amerikas Pforte angeklopft hatten, dem großen Land der Freiheit, das sie nicht wollte ... damals. Und ihm fiel die faule Ausrede mit dem Quotensystem ein. ›Fuck America!‹ sagte Nathan Bronsky zum Generalkonsul. Er sagte das sehr laut.

›Fuck America?‹ fragte sein reicher Verwandter.

›Fuck America!‹ sagte Nathan Bronsky.«

1.

In Donald's Pinte am Times Square ist Hochbetrieb. Besonders auf der Herrentoilette.

Neben mir steht ein riesiger Neger – rotes Halstuch, weißer Schlapphut – und uriniert in hohem Bogen gegen die Kachelwand über dem Pißbecken.

»Sag mal, Junge. Warum guckst du eigentlich auf meinen schwarzen Schwanz?«

»Ich gucke nicht hin!«

»Doch. Du guckst hin.«

»Ich gucke nicht hin!«

»Doch. Du guckst hin.«

»Willst du mal lutschen?«

»Nein.«

»Warum nicht?«

»Darum.«

»Hör mal zu, Junge. Wenn du nicht lutschen willst, dann guck nicht hin. Kapiert!«

»Ich gucke nicht hin.«

»Doch. Du guckst hin.«

»Ich gucke nicht hin.«

»Paß mal auf, Junge. Für drei Piepen kannst du lutschen. Na, was sagst du dazu?«

»Gar nichts.«
»Hast du drei Piepen in der Tasche?«
»Nein.«

»Wette, daß du noch nicht lange hier bist.«
»Das stimmt.«
»Woher kommst du?«
»Aus Europa.«
»Hab' ich gleich gesehen.«
»Wie denn?«
»An deinem Hosenschlitz.«
»Was ist mit meinem Hosenschlitz?«
»Der hat keinen Reißverschluß. Sondern Knöpfe.«
»Hast du was gegen Knöpfe?«
»Nein.«
»Na also.«
»Wo hast du die Hose gekauft?«
»In Paris.«
»Paris?«
»Paris.«

»Hab' mal einen gekannt. Der war in Paris. Hat mir gesagt: ›'ne tolle Stadt.‹ Stimmt das?«

»Ist 'ne Stadt wie alle andren. Wenn du kein Geld hast, dann geht's dir dreckig.«

»So wie überall?«

»So wie überall.«

»Ist trotzdem 'ne tolle Stadt. Mein Bekannter, der in Paris war, hat mir gesagt, daß alle Franzosen Fotzenlecker sind. Stimmt das?«

»Weiß ich nicht.«

»Warum weißt du das nicht?«

»Weiß es eben nicht.«

»Ich wette, daß du selber einer bist!«
»Wie meinst du das?«
»Ein Fotzenlecker.«
»Das kann sein.«
»Und obendrein ein Klugscheißer.«
»Das ist möglich.«

Der große Neger beobachtet interessiert, wie ich meine Hose zuknöpfe, ein wenig umständlich zwar, aber nicht hastig, so, als wollte ich beweisen, daß ich keine Angst hatte, bemüht, cool zu erscheinen, gleichgültig, aber wach, daß ich einer von ihnen war, einer, der nach Mitternacht hierherkommt, um ein Mädchen aufzureißen oder einen Strichjungen, der hierherkommt, um zu pinkeln oder ein Bier zu trinken oder beides, ein Times-Square-Penner, einer der vielen, die am Tage schlafen und des Nachts herumstreichen, aus Gründen, über die man nicht redet.

Ich drehe mich gemächlich um, schlurfe an den Reihen der pinkelnden Männer vorbei, passe auf, daß ich nicht ausrutsche auf dem schmierigen Fußboden und mir das Genick breche, ich, Jakob Bronsky, der den Krieg überlebt hat. Das hätte mir noch gefehlt: ausgerechnet hier zu sterben ... nach allem. So würde es dann in der Zeitung stehen: ›Überlebender Jakob Bronsky starb in Donald's Herrentoilette! Ausgerutscht! Er starb in seiner verbeulten Pariser Hose, die altmodische Knöpfe hatte ... wahrscheinlich drüben auf dem Flohmarkt gekauft. Er starb in seinem billigen amerikanischen Nylonhemd aus Macy's Kaufhaus ... offenbar Ramschverkauf. Er starb in seinen abgewetzten schwarzen Halbschuhen, Marke Tom McAnn, dem preiswerten New Yorker Schuhgeschäft, Ecke Broadway und 42. Straße. In der Hose des Toten wurde seltsamerweise kein modernes Papiertaschentuch von der bekannten Marke Kleenex gefunden, sondern ein echtes, wenn auch schmutziges Taschentuch aus Baumwolle, außerdem ein Portemonnaie mit zwei Dollar und fünfundachtzig Cent, ein Bleistiftstummel und einige Bogen bekritzeltes Schreibpapier! Schrift unleserlich. Anscheinend deutsch!‹

Verdammt noch mal. Paß auf, Jakob Bronsky! – Ich schaffe es. Ein paar Schwule, die in der Tür stehen, machen mir Platz und lassen mich vorbeigehen. Hinter mir klappt die Toilettentür zu.

Du steuerst jetzt auf die Theke zu, Jakob Bronsky. Die größte und billigste Theke am Times Square: Donald's Theke. Bekannt. Geschätzt von allen Times-Square-Pennern. Du könntest dich in die Nähe des Schaufensters setzen, und zwar so, daß du das Schaufenster im Auge behältst. Du wirst ein Bier trinken, eine Graupensuppe essen, mit Kräckern, eine Zigarette rauchen und nachdenken. Während du nachdenkst, wirst du durchs Schaufenster starren und die Menschenmenge beobachten, die draußen vorbeizieht in der hellerleuchteten 42. Straße, die Straße der billigen Kinos, der zuckenden Neonlichter, der Autostaus, der Imbißstuben, der Cafeterias, der Zuhälter, der Strichmädchen, der Schwulen, der schweigenden Polizisten mit ihren großen Kanonen. Du wirst dich so setzen, Jakob Bronsky, daß du die Scheinwelt dort draußen siehst, ohne selber von ihr gesehen zu werden.

In der Graupensuppe schwimmen Kartoffelstücke und kleine, blasse, glitschige Pilze wie tote Fischaugen. Die Kräcker sind nicht mehr knusprig. Die Suppe ist kochend heiß. Da muß man aufpassen. Meine Finger umklammern das Bierglas. Es ist eiskalt.

Drüben auf der anderen Straßenseite vor einem der Kinos steht ein übergroßes Plakat von Humphrey Bogart. Irgendwo in der Nähe muß es auch einen Film mit der jungen Elizabeth Taylor geben. Aber ich kann von meinem Platz an der großen Theke nur das Bogart-Plakat sehen, Bogart im Licht der Scheinwerfer, männlich grinsend, cool überlegen. »Wir schaffen es schon, Baby. Nicht aufgeben! Ich trag' meinen Schwanz in der Hand. Siehst du meine Kanone. Na also.«

Ich sitze zwischen zwei Strichmädchen, anscheinend Puertorikanerinnen. Sie beobachten mich abschätzend. Die eine ißt einen Super-Banana-Split. Hinter ihr steht ein weißer Zuhälter mit Zigarre. Er zwinkert mir zu.

»Hast du 'n Zimmer in der Nähe, buddy?«

»In der Fünfundsiebzigsten.«

»Das ist zu weit.«

»Ja.«

»Ich hab 'n Zimmer in der Nähe. Drei Dollar Zuschlag. Sieben für das Mädchen. Drei für das Zimmer.«

»Tut mir leid, Mac. Aber ich bin nicht bei Kasse.«

»Hör zu, buddy. Was heißt nicht bei Kasse? Wieviel kannst du ausgeben?«

»Zwei Dollar.«

»Du machst dich über mich lustig!«

»Nee, gar nicht.«

Ich habe meine Suppe ausgelöffelt, auch die Kräcker gegessen, das Bier ausgetrunken. Ich entschließe mich zu einem zweiten Bier und stecke mir eine Zigarette an.

Jetzt kann ich ungestört nachdenken. Ich bestelle noch ein drittes Bier und starre auf das verstaubte Schaufenster der Pinte.

Hör zu, Bronsky. Versuch dich zu erinnern. Während des Krieges. Was ist damals geschehen? Verdammt noch mal. In deiner Erinnerung ist ein Loch. Ein dunkles abgrundtiefes Loch. Versuch es auszufüllen. Zieh die Ereignisse von damals, die du verdrängt hast, aus dem Abgrund heraus. Versuch es wenigstens. Und dann schreib es auf.

Ich hole den Bleistiftstummel aus meiner linken Hosentasche. Auch Schreibpapier. Mache ein paar Notizen. Streiche manches durch.

Gegen drei Uhr morgens sehe ich den großen Neger im weißen Schlapphut aus der Herrentoilette kommen. Eigentlich sehe ich ihn nur in der Spiegelverkleidung der Pintenwand hinter der Theke. Er hat mich entdeckt und kommt auf mich zu.

»Was schreibst du da, Junge?«

»Das geht dich nichts an.«

»Vertrödelst deine Zeit.«

»Das kann sein.«

»Ich hab' mir inzwischen 'n paar Piepen verdient.«

»Auf der Herrentoilette.«

»Klar.

Wie alt bist du eigentlich, Junge?«

»So alt wie Methusalem.«

»Wer ist das?«
»Irgend jemand.«

»Du siehst wie 50 aus, Junge. Aber ich glaube, daß du jünger bist. Schätze so um die 40.«
»Ich bin jünger.«
»Das glaub' ich nicht.«
»Doch.«
»Wie jung?«
»27.«
»Wem willst du das einreden?«
»Niemandem.«

»Bist du 'n Jude?«
»Ja.«
»Hast du 'n Haus in Long Island?«
»Nein.«
»Wie kommt das?«
»Weiß ich nicht.«
»Die Juden haben alle Häuser in Long Island.«
»Ich hab' aber keins.«
»Warum?«
»Darum.«

»Hab' gleich gesehen, daß du 'n Jude bist. Vorhin auf der Herrentoilette.«
»Wie denn?«
»Dein Schwanz ist beschnitten.«
»Es gibt viele Leute mit beschnittenen Schwänzen, auch Leute, die keine Juden sind.«
»Das stimmt eigentlich.

Hast du 'n Job?«
»Nein.«

»Warum?«
»Darum.«

»Du willst nicht arbeiten, was?«
»Da hast du recht.«
»Warum?«
»Darum.«

»Wovon lebst du eigentlich?«
»Das ist meine Sache.«
»Hast recht.«
»Ja.«
»Wie 'n Strichjunge siehst du aber nicht aus. Bist auch zu alt.«
»Ja.«
»Gehst du mal auf'n Strich?«
»Nein.«
»Warum?«
»Darum.«

»Hör mal zu, Junge. Wenn du mich auf den Arm nimmst, dann knall' ich dir eine.«
»Würd' ich dir nicht raten.«
»Kannst du dich verteidigen?«
»Ja.«
»Das glaub' ich dir nicht.«
»Glaub' was du willst.«

»Nimm's mir nicht übel, Junge. War nur 'n Spaß.«
»Ich nehm's dir nicht übel.«
»Mich kennt jeder hier bei Donald's.«
»Okay. Man kennt dich eben.«
»War mal im Knast. Hab' genug davon.«
»Okay, buddy.«

»Warst du mal im Knast?«
»Nein. Noch nicht.«
»Warum?«
»Darum.«

»Bist du wirklich erst ein Jahr hier?«
»Ja. Ein Jahr.«
»Wo warst du im Krieg?«
»Drüben.«
»Drüben?«
»Drüben.«

»Stimmt es, daß der Hitler die Juden vergast hat?«
»Das stimmt.«
»Warum hat er dich nicht vergast?«
»Hab' eben Glück gehabt.«
»Bist aus der Gaskammer rausgesprungen, wie?«
»Wahrscheinlich.«
»Weißt du es nicht mehr?«
»Nein, nicht mehr.«

2.

Irgendwann bin ich zur U-Bahn gegangen, habe die letzte Münze ins Drehkreuz geworfen und bin nach Hause gefahren. Als ich die Wohnung betrat, bemerkte ich, daß meine Wirtin schon auf war. Ihre Schlafzimmertür stand offen. Im Korridor ein muffiger Geruch, Geräusche im Badezimmer: Geplätscher, Gurgeln, ein lauter Furz. Ich schlich in mein Zimmer und sperrte die Tür zu.

Ich weiß nicht genau, wovon ich geträumt habe. Es muß ein Alptraum gewesen sein, denn als ich gegen Mittag erwache, bin ich in Angstschweiß gebadet. Mein erster Weg: ins Badezimmer. Beim Pinkeln fällt mir ein, daß ich einen Job brauche.

Bronsky! Hör mal zu, Bronsky. Das ist kein Spaß. Du brauchst wirklich einen Job. Hast noch fünf Cent in der Tasche. Mit fünf Cent, lieber Bronsky, kannst du keine großen Sprünge machen.

Alter Knabe. Jetzt wird's ernst. Paß mal auf. Du mußt dich erst mal rasieren. Sonst kriegst du keinen Job. Du hast bloß keine Rasierklingen. Das ist Pech. Aber nicht so schlimm. Du wirst dir 'ne Klinge von Herrn Selig borgen, der nebenan wohnt und die

Klingen nicht zählt. Na schön. Du kannst dir auch seine Rasierseife borgen. Nimm nur nicht zuviel. Ein bißchen bloß.

Und wie ist's mit dem Frühstück, Jakob Bronsky? Dein Fach im Kühlschrank ist leer. Du könntest dir etwas Kaffee von Herrn Selig borgen. Echten Bohnenkaffee, Golden Brown, gute Marke. Auch Milch. Natürlich auch Milch. Wird er nicht merken. Wer mißt schon die Milch oder den Kaffee? Vielleicht zwei Stück Toastbrot. Das auch. Wer zählt schon das Toastbrot in Amerika? Keiner! Natürlich, Bronsky. Keiner. Kannst es ruhig machen. Vielleicht auch ein Ei? Na, wie ist's, Bronsky. Warum soll Jakob Bronsky nicht auch ein Ei essen?

Du hast gepinkelt. Dann bist du in die Badewanne gestiegen und hast den Angstschweiß fortgeduscht, den Angstschweiß, mit dem du erwacht bist, den Angstschweiß als Folge des Alptraums, an den du dich nicht erinnerst. Du hast dich rasiert, dann gefrühstückt, nackt in der Küche, bei offenem Fenster.

So, Jakob Bronsky. Jetzt müßtest du fortgehen. Mit fünf Cent in der Tasche. Wohin? Zur Arbeitsvermittlungs-Agentur. Wohin sonst? Du brauchst einen Job, und wenn du rechtzeitig dort bist, dann kriegst du vielleicht was. Klar. Du wirst auf der Agentur sagen: Ich brauch 'n Job. Ganz egal was. Irgendwas. Am besten in einem Restaurant oder 'ner Pinte. Nachtschicht natürlich. Bis morgen kann ich nicht warten. Heute nacht ...

Mensch, Bronsky. Hast du vergessen, daß der Bus

fünfzehn Cent kostet, ebensoviel wie die U-Bahn! Was wirst du jetzt machen? Du hast nur noch fünf Cent in der Tasche.

Mogeln ist gefährlich. Besonders in der U-Bahn. Die passen da scharf auf. Übers Drehkreuz kannst du nicht springen! Nein, Bronsky. Nicht in der U-Bahn. Aber im Bus! Natürlich: der Bus!

Ich stehe an der Bus-Haltestelle, Ecke Broadway und 72. Straße. Hab' mich absichtlich nicht eingereiht. Ich warte, bis die Menschenschlange im Bus verschwindet, und springe als letzter auf, gerade als der Fahrer die Tür ärgerlich zuknallt und losfährt. Ich warte. Noch haben nicht alle bezahlt. Die Menschenschlange schiebt sich langsam am Fahrer vorbei. Ich sehe, wie er schwitzt, der Fahrer. Er fährt mit einer Hand, mit der anderen gibt er den Leuten das Wechselgeld heraus. Unfälle sind selten. Das ist New York.

Los, Bronsky, sag' ich zu mir. Bleib cool.

Jetzt bin ich an der Reihe. Der Fahrer blickt mich nicht an, weiß aber, daß ich da bin.

»Was ist los, Mann?«

»Gar nichts. Ich bin im falschen Bus.«

»Wieso denn?«

»Wollte in die Sechsundneunzigste.«

»Da sind Sie wirklich im falschen Bus. Ich fahre downtown.«

»Was mache ich jetzt?«

»Weiß ich nicht.«

»Können Sie mich rauslassen?«

»Das geht nicht, Mann. Sie müssen schon mitfahren. Ich lasse Sie an der nächsten Haltestelle raus.«

»Muß ich bezahlen?«

»Nein. Aber Sie müssen an der nächsten Haltestelle aussteigen.«

»Okay, Mann.«

»Sie müssen den anderen Bus nehmen. Auf der anderen Straßenseite. Den Uptown-Bus.«

»Okay, Mann.«

Der Trick ist narrensicher. Ich wechsle mehrere Busse und komme auf diese Weise bis zum Village Square. Dort steige ich aus und gehe zu Fuß bis zur Warren Street, die Straße, die jeder Penner kennt.

Das Haus in der Warren Street Nummer 80 ist der Treffpunkt der Penner und Säufer, die sich gelegentlich aufraffen, wenn der Magen allzusehr knurrt oder die Kehle trocken ist. In den langen Korridoren stinkt es nach Pisse, Whisky, Schweiß und Erbrochenem. In der Warren Street Nummer 80 sind über vierzig private Arbeitsvermittlungs-Agenturen, die die miesesten Jobs vermitteln, die die große Stadt zu bieten hat, meistens Gelegenheitsjobs oder irgend etwas in einer üblen Tretmühle, wo zeitweise ein Ersatzmann gebraucht wird. Die Agenturen kennen ihre Kunden und haben sich auf sie eingestellt. Sie streichen ihr Geld ein und machen keinen Hehl daraus, was sie anbieten: Jobs für die Erfolglosen, Jobs für Leute, die den amerikanischen Traum längst nicht mehr träumen oder ihn nie geträumt haben, Jobs für Leute ohne Mumm, Jobs für Leute, die keiner Gewerkschaft angehören, keine Verbindungen haben, keine Empfehlungen, keinen Beruf, und die für die Stellenangebote der New York Times nicht mehr in Frage kommen.

Ich mache die übliche Tour, gehe die langen Gänge entlang, bahne mir meinen Weg zwischen den Pennern und Säufern hindurch, an den vielen Türen vorbei, die mit Zetteln bespickt sind. Vor einer Tür bleibe ich stehen. Hier ist die Agentur Silberstein. Ich lese: SILBERSTEIN'S EMPLOYMENT AGENCY. Bronsky, sag' ich zu mir. Der Silberstein ist auch ein Emigrant, einer wie du, aber jemand, der's im Leben zu was gebracht hat. Ein Geschäftsmann. Ein kleiner Gauner. Aber kein schlechter Kerl. Vor allem: der kennt dich. Das ist wichtig.

Micky Silbersteins Büro ist überfüllt wie immer. Die Penner sitzen dösend auf harten Bänken. Manche von ihnen warten wirklich auf einen Job, die meisten jedoch kommen nur aus Gewohnheit hierher, um einen Drink zu erbetteln, einen ›dime‹ oder eine Zigarette. Der Raum ist verqualmt; auf dem dreckigen bespuckten Fußboden liegen leere Gin- und Whiskyflaschen, speckiges Sandwichpapier und Zigarettenstummel. Silberstein winkt, als er mich sieht. Er sitzt hemdsärmelig hinter seinem Schreibtisch.

»Wieder mal blank, Bronsky?«

»Blank, Micky.«

»Aber zwei Dollar hast du doch, wie?«

»Nein, Micky.«

»Tut mir leid, Bronsky. Ohne Geld keinen Job.«

»Du bist ein Arschloch, Micky. Tust so, als ob ich dir jemals was schuldig geblieben wäre. Du kriegst die zwei Dollar. Morgen. Gib mir 'n Job, und morgen kriegst du das Geld. Ehrenwort.«

»Na schön, Bronsky. Aber das ist das letzte Mal.«

»Okay. Micky.«

»Was für 'n Job willst du?«
»Den Nachtwächterjob.«
»Der ist schon weg.«
»Ich hab' aber den Zettel gesehen. Draußen an der Tür.«
»Der ist weg, Bronsky.«
»Wie ist's mit 'nem Kellnerjob?«
»Bist du 'n Kellner?«
»Ja, Micky.«
»Du bist kein Kellner.«
»Doch, Micky.«
»Hast du schon mal als Kellner gearbeitet?«
»Ja, Micky.«
»Wo?«
»In Joe's Clam Bar, Brooklyn.«
»Soll ich dort mal anrufen?«
»Kannst ruhig anrufen, wenn du mir nicht glaubst.«
»Joe's Clam Bar. 'n guter Job. Warum hast du den Job nicht behalten?«
»Weil ich nur gelegentlich arbeite. Ich halt's nirgendwo lange aus.«
»Hast du 'ne schwarze Hose?«
»Ja.«
»Wo?«
»Zu Hause.«
»Und 'n weißes Hemd?«
»Hab' ich auch.«
»Und 'nen schwarzen Binder?«
»Den auch.«

»Ist 'n Job für eine Nacht, Bronsky. Vertretungsweise. Gutes Geld. Garantierte vierzig Dollar, wenn du flink bist. Trinkgelder natürlich. Ein Klassejob. Ein

Kellner ist krank. So ist das.«

»Okay, Micky.«

»Du mußt um sechs Uhr dort sein. Pünktlich. Kapiert.«

»Kapiert.«

»Hier ist die Adresse. 200 Lexington Avenue. Barney's Steak House.«

»Okay, Barney's Steak House.«

»Brauchst keine schwarze Jacke. Nur 'ne Hose. Die Jacke kriegst du dort. Rote Jacke mit Messingknöpfen.«

»Messingknöpfe?«

»Jawohl.«

»Ich hab' noch 'ne Bitte, Micky, 'ne Gefälligkeit. Borg mir zwei U-Bahn-Münzen. Sonst kann ich nicht zur Arbeit fahren. Und vorher muß ich noch nach Hause, um meine Sachen zu holen. Zwei Fahrten, verstehst du?«

»Verstehn tu ich's schon, Bronsky.«

»Borgst du sie mir?«

»Nein, Bronsky.«

»Dann kann ich eben nicht zur Arbeit fahren.«

»Na schön, Bronsky. Ich borg' dir zwei U-Bahn-Münzen. Aber das ist das letzte Mal.«

3.

Ich habe Barney's Steak House zweimal erlebt: einmal in Wirklichkeit, einmal im Traum. Als ich unter meiner Bettdecke zu schreien anfing, war ich noch nicht ganz wach. Barney's Küche steht in hellen Flammen. Im Grill lachen die brutzelnden Steaks. Der schwarze Koch brüllt entsetzt mit weit aufgerissenen Kulleraugen. Ich sehe, wie er den Kochlöffel schwingt und mit letzter Kraft meinen Schädel zertrümmert. »He, Bronsky. Das war nur 'ne sanfte Warnung.« Ich renne mit aufgeplatztem Schädel aus der brennenden Küche. Im Restaurant toben die Gäste. »Wir haben uns beim Oberkellner über Sie beschwert und wissen von ihm, wie Sie heißen. Sie sind Bronsky! Der langsamste und lausigste Kellner in ganz Amerika! Wir warten schon 'ne Stunde auf unsere Steaks!« – »Bitte, ladies and gentlemen, ich bin schon da. Hat nur 'ne Weile gedauert, weil ich keine Routine habe.« – »He, Bronsky! Was ist los? Ihr Schädel ist aufgeplatzt. Auf Ihrem Tablett sind keine Steaks, sondern dort schwimmt Ihre Hirnmasse.« – »Ladies and gentlemen. Sie scheinen sich zu irren. Verpetzen Sie mich nicht beim Boß. Das sind wirklich echte Steaks. Ich muß meine vierzig Piepen verdienen.«

Der Boß ruft mich um sieben Uhr ins Büro. »Sie sind entlassen, Bronsky.«

»Aber warum denn, Sir? Ich habe doch gerade erst angefangen.«

»Sie sind trotzdem entlassen.«

»Das ist aber ein Nachtjob. Wenn ich nicht irre, machen Sie den Laden erst um drei Uhr früh dicht.«

»Da haben Sie recht.«

»Sie können mich doch jetzt nicht entlassen?«

»Doch, das kann ich.«

Mein Boß telefoniert aufgeregt. »Hallo, hier ist Barney's Steak House!« Seine Frau flüstert ihm etwas ins Ohr. Er schmeißt den Hörer wieder auf die Gabel.

»Sie haben Glück, Bronsky. Die Agenturen sind alle geschlossen. Ich kann jetzt keinen anderen Ersatzkellner kriegen.«

»Soll das heißen, daß ich weiterarbeiten kann?«

»Jawohl, Bronsky. Aber passen sie auf!«

Seine Frau lächelt süßlich. »Sie haben wirklich Glück, daß die Agenturen alle zu sind.«

»Jawohl, Ma'am.«

»Ein Martini wird bei uns mit 'ner Olive serviert«, sagt der Boß, »und nicht mit 'ner Kirsche. Nur gesüßte Getränke werden mit Kirschen serviert.«

»Jawohl, Sir.«

»Warum haben Sie den Martini mit 'ner Kirsche serviert?«

»Weil ich kurzsichtig bin, Sir.«

»Okay, Bronsky.«

Seine Frau lächelt wieder süßlich. »Man kratzt sich auch nicht am Hintern in Gegenwart der Gäste.«

»Es hat aber gejuckt, Ma'am.«

»Dann gehen Sie nächstens auf die Toilette.«

»Jawohl, Ma'am.«

Ich war fest davon überzeugt, daß sie mich um acht Uhr endgültig rausschmeißen würden, aber dann fing die Dinner-Stoßzeit an, und weder der Boß noch seine Frau hatten Zeit für mich. Sie halfen dem Koch in der Küche und schienen mich zu vergessen. Der einzige, der mich ununterbrochen beobachtete, war der schwule Oberkellner. Ich nehme jedoch an, daß er dem Boß erst kurz vor Feierabend Bericht über mich erstattete, und da sie mich in den frühen Morgenstunden brauchten, um das Schmutzgeschirr abzuräumen, wurde ich nicht mehr gefeuert. So blieb ich dann bis zur Sperrstunde.

Gegen vier Uhr morgens, nachdem der Laden längst zugemacht hatte und wir mit dem Aufräumen fertig waren, rief mich der Boß ins Büro.

»Wir hätten Sie doch gestern um sieben Uhr abends rausschmeißen sollen, Bronsky.«

»Jawohl«, sagte seine Frau.

»Eigentlich schon um sechs«, sagte der Boß, »gleich als Sie angelatscht kamen.«

»Jawohl«, sagte seine Frau.

»Eine Frechheit«, sagte der Boß. »Was bilden Sie sich eigentlich ein? Das ist kein Pizza-Laden, sondern ein erstklassiges Steak House. Da kommen Sie angelatscht in einem schmutzigen Hemd, einer zerknitterten Hose, abgetragenen Schuhen und unrasiert.«

»Ich habe mich rasiert, Sir, aber die Klinge, die ich geborgt hatte, war stumpf.«

»Das ist mir scheißegal«, sagte der Boß.

»Ihr schwuler Oberkellner hat mir etwas Puder geborgt. Ich habe mein Gesicht gepudert, und die Gäste haben nicht gemerkt, daß ich schlecht rasiert war.«

»Das mit dem Puder stimmt«, sagte der Boß. »Aber was soll das heißen: Ihr schwuler Oberkellner? Der ist nicht schwul.«

»Doch, Sir. Der ist schwul.«

»Und wie ist's mit Ihrem Hemd?«

»Das Hemd war sauber, Sir. Nur der Kragen ist abgewetzt.«

»Er ist dreckig.«

»Nein, Sir. Er ist abgewetzt.«

»Und Ihre Hose?«

»Ich habe sie selbst gewaschen.«

»Aber nicht gebügelt?«

»Nein, Sir. Aber ich hatte die Hose zwei Nächte unters Kopfkissen gelegt.«

»Und Ihre Schuhe?«

»Was ist mit meinen Schuhen?«

»Das sind keine Kellnerschuhe. Kellnerschuhe sind schwarz.«

»Ich habe die Schuhe bei Tom McAnn gekauft, Sir. Das ist ein billiger Laden. Die Farbe blättert nach einiger Zeit ab. Da kann man nichts machen.«

Der Boß war wütend. »Der Oberkellner hat mir alles berichtet.«

»Was denn?«

»In unserem Steak House werden nicht nur Steaks serviert. Das wissen Sie ganz genau. Wir haben eine umfangreiche Speisekarte. Reichliche Auswahl. Natürlich essen die meisten Leute Steaks, weil wir dafür berühmt sind, aber der Gast kann auf Wunsch bestellen, was er will.«

»Jawohl, Sir.«

»Sie haben sich grundsätzlich geweigert, andere Speisen zu servieren. Sie haben den Gästen gesagt, daß es bei Barney's nur Steaks gibt.«

»Das stimmt, Sir.«

»Warum, Bronsky?«

»Weil ich mir nicht so viele Speisen merken kann, Sir. Wenn ich jedem nur Steaks serviere, ist das einfacher.«

»Das ist eine Unverschämtheit.«

»Das kann sein, Sir.«

»Und wie war die Sache mit dem Speiseöl?«

»Was für Speiseöl?«

»Ein Gast am Tisch Nummer fünf wollte mehr Speiseöl auf seinen Salat, ich meine: Barney's-Spezial-Salat. Aber Sie konnten das Öl nicht finden.«

»Das stimmt, Sir.«

»Weil das Öl nicht auf dem Tisch stand!«

»Sehr richtig, Sir.«

»Sie wußten nicht, daß wir Speiseöl in der ›pantry‹ haben, und zwar auf dem großen Regal?«

»Das hab' ich nicht gewußt, Sir.«

»Sie sind während der Stoßzeit in die Küche gelaufen und haben den Koch gefragt, wo das Öl ist, aber der hatte keine Zeit, Ihnen zu antworten?«

»Sehr richtig, Sir.«

»Sie haben sich dann an den Tellerwäscher gewandt. Sie haben ihn gefragt, ob er wüßte, wo das Öl ist, aber der Tellerwäscher ist ein Puertorikaner, der kein Englisch kann. Er hat auf die Seifenflasche gezeigt, und die haben Sie dann ergriffen.«

»Das stimmt, Sir. Da war flüssige Seife drin, die aussah wie Öl.«

»Speiseöl?«

»Speiseöl!«

»Sie haben dem Gast dann flüssige Seife gegeben, und der Gast hat sich später erbrochen.«

»Das stimmt, Sir.«

»Er hat die Polizei alarmiert, Bestandsaufnahme gemacht, und wir haben jetzt einen Prozeß am Hals.«

»Das tut mir aufrichtig leid, Sir.«

»Das ist noch längst nicht alles«, sagte der Boß. »Sie haben auch Rechnungen verwechselt.«

»Das kann sein, Sir.«

»Sie haben die Getränke vom Tisch Nummer fünf auf die Rechnung vom Tisch Nummer sechs geschrieben ...«

»Möglich, Sir.«

»Weil Sie beim Aufnehmen der Bestellung die Tischnummern nicht notiert haben, nehme ich an?«

»Ich vergesse das regelmäßig, Sir.«

»Was sind Sie eigentlich für ein Kellner, Bronsky?«

»Ich weiß es nicht, Sir.«

»Natürlich haben die Gäste vom Tisch Nummer sechs sich geweigert, die Getränke zu bezahlen. Weil sie sie gar nicht bestellt hatten!«

»Kann ich verstehen, Sir.«

»Ein Verlustgeschäft für uns.«

»Tut mir aufrichtig leid, Sir.«

»Und da ist noch was«, sagte der Boß. »Tisch Nummer acht und Tisch Nummer neun sind überhaupt nicht bedient worden.«

»Das stimmt, Sir.«

»Sie haben den Gästen gesagt, daß Sie keine Zeit hätten.«

»Ich hatte wirklich keine Zeit, Sir.«

»Die Gäste sind dann fortgegangen. Ein riesiges Verlustgeschäft.«

»Das tut mir aufrichtig leid, Sir.«

4.

Um drei Uhr nachmittags bin ich aufgestanden. Mein erster Weg: zur Post. Hab' dem Micky Silberstein seine zwei Dollar in einem blauen Kuvert zugeschickt, außerdem die zwei U-Bahn-Münzen. Den Micky Silberstein muß ich mir warmhalten. Der gibt mir immer einen Job.

Als ich das Postamt verließ, fing es zu regnen an.

Ich stehe fröstelnd in einem Hauseingang.

Bronsky, sag' ich zu mir. Du darfst dich nicht erkälten. Hast 'ne Menge vor diese Woche. Du mußt an deinem Roman schreiben, an deinem Roman, der sich auf eigene Erlebnisse stützt, auf Erlebnisse, die du hervorholen mußt – aus dem Abgrund –, um sie dann, etwas verfremdet, zu Papier zu bringen. Du mußt schreiben, Jakob Bronsky. Das ist wichtig. Hast ja gestern 47 Piepen verdient, mehr als der Silberstein prophezeit hatte. 47 Piepen! Die werden dich zwei Wochen über Wasser halten. Natürlich müßtest du die rückständige Miete bezahlen. Aber das wirst du nicht machen. Du wirst der Frau Buchsbaum, deiner Wirtin, eine kleine Geschichte erzählen. Denk dir was aus. Irgendwas. Sag ihr, daß du einen guten Job in Aussicht hast. Sie wird noch eine Weile warten.

Mir fällt ein, wie ich dieses Zimmer gefunden habe: »Ältere jüdische Dame sucht ruhigen Mieter in gesicherter Position.« Bin gleich hingegangen. Hab' mir ein sauberes Hemd angezogen, 'ne Krawatte umgebunden. Auch die Jacke nicht vergessen und den Hut.

»Sind Sie auch ein jüdischer Herr?«

»Selbstverständlich. Ich habe die Annonce in der deutsch-jüdischen Emigrantenzeitung gelesen.«

»Ich annonciere nur in dieser Zeitung. Eine Vorsichtsmaßnahme. Die liest kein Neger und auch kein Puertorikaner.«

»Da haben Sie recht.«

»Sie wird fast nur von unseren Leuten gelesen. Da ist man sicher. Man weiß, daß man einen anständigen Mieter kriegt.«

»Ganz meiner Meinung.«

»Haben Sie einen Job?«

»Selbstverständlich.«

»Was für einen Job?«

»Ich bin Handelsvertreter.«

»Verdienen Sie gut?«

»Sehr gut.«

»Ich vermiete zwei Zimmer, ein teures und ein billiges, aber das teure ist leider schon vergeben.«

»Das macht nichts.«

»Ich nehme an, daß Ihnen das teure Zimmer lieber wäre, ein schönes Zimmer mit echten Nußbaummöbeln. Aber wie gesagt: es ist schon weg. Da wohnt ein Herr Selig, ein Ostjude, aber das macht nichts. Er spricht nämlich gut deutsch.«

»So. Das freut mich. Ich habe nichts gegen Ostjuden.«

»Er ist ein anständiger Mensch, unser Herr Selig. Er könnte fast ein deutscher Jude sein.«

»Das freut mich wirklich.«

»Wie gesagt: das billige Zimmer ist noch frei. Es ist allerdings nur eine Kammer. Sicher nicht gut genug für Sie?«

»Ich könnte es ja mal ansehen.«

»Selbstverständlich.«

»Das Zimmer gefällt mir. Es ist klein, aber gemütlich.«

»Kostet nur halb soviel wie das Zimmer von Herrn Selig.«

»Und das wäre?«

»Sechs Dollar.«

»Ich nehme das Zimmer.«

»Ist es wirklich nicht zu billig für Sie?«

»Nein. Ich nehme das Zimmer.«

»Sie können das Badezimmer benutzen. Auch die Küche. Ich bin den ganzen Tag nicht da, weil ich bei meiner Tochter babysitte.«

»Das macht nichts.«

»Auch der Herr Selig ist tagsüber nicht da. Er hat einen guten Job.«

»So?«

»Ja. Sehen Sie. Er ist Philologe.«

»Und was macht er?«

»Er hat umgesattelt. Arbeitet in einer Konservenfabrik, natürlich im Büro.«

»Das ist ja allerhand.«

»Herr Selig ist ein ruhiger Mieter. Ich hab' ihm gleich beim Einzug gesagt: Keine Damenbesuche!«

»Verstehe.«

»Erwarten Sie Damenbesuche?«

»Nein. Ich bin ein ruhiger Mieter. Ich lebe sehr solide.«

»Das hab' ich mir gedacht.«

Hoffentlich hab' ich mich nicht erkältet. Der Regen hat aufgehört. Zwischen Wolkenlücken brechen Sonnenstrahlen hindurch. Ich schlendere den Broadway entlang in Richtung 72. Straße. Autos rasen vorbei und verspritzen schmutziges Regenwasser. Ab und zu krieg' ich einen Spritzer ab, aber das ist mir egal, denn ich trage meine fleckige schwarze Kellnerhose und das verschwitzte weiße Hemd mit dem abgewetzten Kragen. Später werde ich mich umziehen. Ich werde auch ein Bad nehmen und frühstücken.

Vor dem Hotel, Ecke Broadway und 73. Straße, stehen ein paar Strichmädchen, eben erst aufgestanden, so wie ich, halb verschlafen. Ich sehe auch einen Zuhälter aus dem Eingang treten. Er blickt mich prüfend an, als ich vorbeigehe.

Drüben, auf der anderen Straßenseite, ist der große Supermarkt.

Ich habe das Nötigste eingekauft, vor allem: Kaffee, Eier, Butter, Brot, Milch und Zigaretten. Auch Rasierseife und Rasierklingen.

Bin erstaunt, daß Herr Selig schon zu Hause ist, dann fällt mir ein, daß heute Samstag ist. Herr Selig sitzt in der Küche. Dunkle Hornbrille, Morgenrock, Pantoffeln. Er ist älter als ich, vielleicht vierzig. Seine

Familie ist damals in Polen spurlos verschwunden. Er glaubt: Treblinka. Weiß es aber nicht genau.

»Na, Herr Bronsky. Wie ich sehe, machen Sie jetzt Ihr Frühstück?«

»Ja, mein Frühstück.«

»Haben Sie gut geschlafen?«

»Ja, sehr gut.«

»Frau Buchsbaum hat mir erzählt, daß Sie Ihren Job als Handelsvertreter verloren haben.«

»Den hab' ich gleich nach meinem Einzug verloren.«

»Das ist aber schade.«

»Ja, das ist schade.«

»Was machen Sie jetzt?«

»Ich suche was, aber es ist nicht leicht.«

»Kann ich mir vorstellen.«

»Gestern hab' ich als Kellner gearbeitet.«

»Verdient man da gut?«

»Ausgezeichnet. Ich hab' in einer Nacht 47 Piepen verdient.«

»Das ist viel Geld.«

»Das meine ich auch.«

»Wie verdient man soviel in einer Nacht?«

»Trinkgelder natürlich. Aber man mogelt auch ein bißchen, verrechnet sich ab und zu, addiert auch das Datum, Sie verstehen schon, was ich meine.«

»Natürlich.«

»Die Bosse sind Gauner. Sie leben von unserem Schweiß. Das muß man sich immer vor Augen halten.«

»Da bin ich ganz Ihrer Meinung.

Ich habe gehört, daß Sie auch schreiben. Stimmt das,

Herr Bronsky?«

»Das stimmt.«

»Darf man wissen, was Sie schreiben?«

»Selbstverständlich. Ich arbeite an einem Roman.«

»Ein Roman?«

»Ein Roman.«

»Eine Phantasiegeschichte, nehme ich an?«

»Nein. Es handelt sich um eine Art Tatsachenroman, obwohl man die Tatsachen zuweilen verfremden muß, um sie besser zu begreifen.«

»Ihre eigene Geschichte?«

»Meine eigene Geschichte. Ja.«

»Könnten Sie nicht ein bißchen präziser sein?«

»Das kann ich. Ich schreibe eine Geschichte über die Kriegsjahre.«

»Können Sie sich genau an alles erinnern?«

»Das ist es eben. Es fällt mir schwer.

Sehen Sie, lieber Herr Selig. Irgendwo in meiner Erinnerung ist ein Loch. Ein großes, finsteres Loch. Ich versuche es beim Schreiben auszufüllen.«

»Das wird nicht leicht sein.«

»Es ist nicht leicht.«

5.

Erst gegen Abend hat sich Jakob Bronsky rasiert: mit eigenen Klingen. Er hat ein Bad genommen, gepinkelt und endlich nach zwei Tagen Verdauung gehabt. Er hat sich umgezogen, sogar seine Strümpfe gewechselt. Er hat festgestellt, daß die Strümpfe zwar sauber sind, aber einer, der linke, hatte ein großes Loch. Hat sich gesagt: Macht nichts, das Loch sitzt an der großen Zehe, das sieht man nicht.

Was macht Jakob Bronsky an einem Samstagabend? Er könnte zum Times Square gehen in ein billiges Kino und sich einen abwichsen. Er könnte ein Strichmädchen aufgabeln. Er könnte tanzen gehen, ins Roseland zum Beispiel. Er könnte spazierengehen, den Broadway auf und ab zwischen der 72. und der 96. Straße.

Nach Einbruch der Dunkelheit beschließt Jakob Bronsky, daß es das Vernünftigste sei, in die Emigrantencafeteria zu gehen. Dort würde er etwas essen, billig, aber nicht schlecht, er würde mit den Emigranten plaudern, und später, so gegen Mitternacht, würde er sich verdrücken, das heißt: er würde sich zurückziehen an den letzten Tisch, um zu schreiben.

Gewöhnlich sitzen die Emigranten an den vorderen Tischreihen, dicht neben dem breiten, mit bunten Plastikkuchen dekorierten Schaufenster der Cafeteria. Sie sitzen dort jeden Abend, gucken auf den erleuchteten Broadway und die westliche Ecke der 86. Straße, reißen Witze über die Strichmädchen, die draußen herumstreichen, schimpfen auf Amerika und den amerikanischen Traum, beklagen sich über die großen Autos, das geschmacklose Essen, den schlechten Kaffee, die sinnlosen Jobs, verfluchen die geldgierigen amerikanischen Frauen, die sie sich nicht leisten können, schmieden Pläne, Pläne von der Rückkehr nach Europa, reden von der Vergangenheit, aber nie vom Krieg, reden von den guten alten Zeiten, vom alten Kaffeehaus, »wo man 'ne Illustrierte kriegte und Schlagsahne zum Kaffee«, reden von Mädchen, die sie damals gehabt haben »für 'n Pappenstiel ... nicht so wie hier«, reden von ihren großen Wohnungen damals, von ihren Dienstboten, ihren Geschäften. Damals war alles gut: das Essen frisch, die Blumen dufteten, der Himmel hatte ein anderes Blau, und die Straßen waren sauber. Keine Neger. Keine Puertorikaner.

»Herr Bronsky!« Grünspan winkt mir. Er sitzt vor einem Berg Luftpostbriefe allein, an einem der Tische im rückwärtigen Teil der Cafeteria. Ich winke zurück, begrüße erst die anderen Emigranten an den vorderen Tischreihen, sehe auch Herrn Selig, der nicht jeden Abend hier ist, wechsle ein paar Worte mit ihm, mache einen Witz, gehe dann weiter ... zu Herrn Grünspan.

»Hab' Sie lange nicht gesehen, Herr Bronsky.«

»War beschäftigt.«
»Viel gejobbt?«
»Eigentlich nicht.«
»Sie haben sich am Times Square rumgetrieben?«
»Sehr richtig.«
»Ich bin nach wie vor jeden Abend hier, wie Sie sehen.«
»Luftpostbriefe?«
»Luftpostbriefe.«

Ich sage: »Herr Grünspan. Ist Ihnen nichts aufgefallen?«
»Was denn?«
»Ich sehe zum ersten Mal eine Frau zwischen den Emigranten.«
»Eine Bekannte von Herrn Selig.«
»Aus Warschau?«
»Nein. Aus Wien.«
»Ziemlich alt. Finden Sie nicht?«
»Wahrscheinlich 60.«
»Die würd' ich nicht mal mit verbundenen Augen ficken.«
»Das glaub' ich Ihnen, Herr Bronsky.«
»Da wichs' ich mir lieber einen ab.«
»Da haben Sie vollkommen recht.«

Grünspan schiebt die Luftpostbriefe beiseite und beugt sich zu mir herüber. »Wette mit Ihnen, Herr Bronsky, daß die alte Nudel heute nacht gestoßen wird.«
»Von wem?«
»Von irgendeinem der Emigranten.«
»Glauben Sie?«
»Da bin ich felsenfest davon überzeugt. Sehen Sie,

Herr Bronsky: die Emigranten leben seit Jahren ohne Frauen mit Ausnahme der Strichmädchen natürlich, die sie ab und zu vernaschen. Aber Strichmädchen zählen nicht. Das sind keine Frauen. Die Emigranten wollen mal was Privates, verstehen Sie, eine Rarität in Amerika, für unsereins jedenfalls. Und privat ist privat. Ob sie 60 oder 20 ist. Egal. Loch ist Loch. Mal kein Strichmädchen, verstehen Sie?«

»Ja. Das versteh' ich.«

»Die haben alle einen steifen Schwanz. Gucken Sie doch mal hin. Wie die die Frau anstarren! Schnuppernd wie junge Hunde.«

Ich sage: »Herr Grünspan. Eigentlich müßte man alle Sechzigjährigen in New York alarmieren. Müßte ihnen sagen: Kommt in die Cafeteria Ecke Broadway und 86. Straße.«

»Da haben Sie vollkommen recht, Herr Bronsky. Auch die Siebzigjährigen hätten hier noch 'ne Chance.«

»Die auch?«

»Ja. Die auch.«

Ich hole mir was zu essen: Gemüsesuppe, Cornedbeef mit Kohl und Kartoffeln, Coca Cola, Kaffee und Erdbeertorte. Als ich mich zu Herrn Grünspan setze, sagt er: »Es scheint Ihnen gut zu gehen. Ein tolles Essen.«

»Mir geht's nicht schlecht. Ich habe gestern 47 Piepen verdient.«

»Allerhand. 47 Piepen.«

»Jawohl.«

»Da werden Sie sicher heute nacht ein Strichmädchen abschleppen?«

»Weiß ich noch nicht.«

»Wieso? Ein junger Mann wie Sie?«

»Ich muß sparsam mit dem Geld umgehen. Möchte nämlich zwei Wochen davon leben.«

»Das wird kaum gehen.«

»Doch, es wird gehen.

Eigentlich wollte ich mir heute abend einen Film ansehen, in einem der billigen Kinos am Times Square. Kostet nur 85 Cent. Das kann ich mir schließlich noch leisten, an einem Samstag.«

»Warum sind Sie dann nicht ins Kino gegangen?«

»Weil ich mich nicht entschließen konnte.«

»Was wollten Sie denn sehen?«

»Den Film mit Elizabeth Taylor.«

»Um sich einen abzuwichsen?«

»Sehr richtig.«

»Die hat scharfe Brüste.«

»Ja.«

»Marilyn Monroe wäre für diesen Zweck geeigneter.«

»Die ist nicht mein Typ.

Hab' auch daran gedacht, ins Roseland zu gehen. Tanzen. Aber dann hab' ich's mir anders überlegt.«

»Das Roseland ist reine Zeitverschwendung.«

»Stimmt.«

»War selber ein paarmal dort, um 'ne Braut abzuschleppen ... Sie verstehn ... aber ich bin dann immer allein nach Hause gegangen.«

»Das kann ich mir denken.«

»Dachte erst, weil ich 45 bin. Oder weil ich 'ne Glatze hab'. Oder weil ich zu klein bin. Aber das war's nicht, Herr Bronsky. Die Mädchen dort haben den richtigen Riecher. Merkten gleich, daß mein Englisch schlecht ist, merkten auch, daß ich keine Piepen hab', kein Auto, keinen festen Job. Das übliche.«

»Ja. So ist das.«

»Hab's natürlich auch woanders versucht, in anderen Tanzlokalen, Sie verstehen – es gibt ja genug –, sogar im Friendship Club over 28, Sie wissen, ›Der Ball der einsamen Herzen‹.«

»Mit demselben Resultat?«

»Immer dasselbe. Dieselbe Scheiße.«

»Ja.«

»Nur einmal«, sagt Grünspan, »da hätt' ich beinahe ein Mädchen mitgenommen. Das war nach dem Tanz beim ›Ball der einsamen Herzen‹. Hab' sie zu mir nach Hause eingeladen, zu einem Drink, Sie verstehen. Hab' mir gedacht: Die ist nicht mehr die Jüngste. Die braucht einen tüchtigen Stoß. Die fickst du heute nacht, schiebst 'ne tolle Nummer mit ihr. Ja. Aber dann wollte sie nicht. Wollte einfach nicht mitkommen.«

»Was haben Sie da gemacht?«

»Gar nichts hab' ich gemacht. Wir standen vor dem Tanzlokal und guckten uns an. Ich fragte sie: ›Warum wollen Sie nicht mitkommen?‹ – ›Weil das nicht üblich ist‹, sagte sie. ›Von einem Gentleman erwarte ich, daß er mich erst mal zum Essen einlädt, zu einer Show oder beides, später werden wir weitersehen.‹«

»Haben Sie die zum Essen eingeladen?«

»Ja. Was blieb mir denn übrig? Ich hatte einen Ständer und wollte das Spiel zu Ende spielen. Die merkte das auch und hat mir dann gleich ein Lokal vorgeschlagen, was Teures natürlich. Nachtlokal mit einer Show und allem Drum und Dran. ›Sei ein Sportsmann‹, hat sie gesagt, ›sei ein Gentleman.‹ Bin dann mit ihr hingegangen, in das teure Lokal. Hab' vierzig Piepen springen lassen. Vierzig Piepen! Hab' zu mir gesagt: So ist das in diesem Land. Das ist so üblich. Erst mußt du tüchtig blechen. Mußt ihr beweisen, daß du jemand bist. Dann wird man weitersehen.«

»Und was war dann?«

»Die hat sich den Bauch vollgefressen«, sagt Grünspan. »Hat sich die Show angesehen. Auch 'ne Menge gesoffen. Dann ist sie abgehauen. Einfach so.«

»Vierzig Piepen?«

»Vierzig Piepen.«

»Herr Grünspan«, sage ich. »Haben Sie's schon mal mit einem Emigrantenmädchen versucht?«

»Hab' ich.«

»Mit ähnlichem Resultat?«

»Ja. Die sind noch schlimmer. Haben drüben in Europa für 'ne Tasse Kaffee gefickt. Aber hier ist das anders. Wenn sie 'n paar Wochen hier sind, merken sie gleich, was los ist. Wollen einen Mann, natürlich. Aber einen mit 'nem Auto, einem guten Job. Wollen ausgehen. Ganz groß. Kein billiges Lokal. Nur das teuerste. Und einmal ausgehen ist längst nicht genug. Man muß ein paarmal mit ihnen ausgehen, ehe sie endlich die Beine breitmachen. Und das kostet hundert Piepen.«

»Das kostet mehr«, sage ich. »Sie müssen mehr als hundert Piepen ausgeben, ehe sich so 'n Mädchen aufs Kreuz legen läßt.«

»Das kann ich mir nicht leisten.«

Ich sage: »Ich auch nicht.«

»Wissen Sie, Herr Bronsky. Ich bin sieben Jahre in diesem Land und habe noch nie 'n privates Mädchen gefickt.«

»Weil Sie sich's nicht leisten können?«

»Weil ich's mir nicht leisten kann.«

Ich sage: »Ich auch nicht, obwohl ich noch keine sieben Jahre hier bin.«

»Noch nie 'n privates Mädchen gefickt?«

»Noch nie«, sage ich.

»Immer nur Strichmädchen«, sage Grünspan. »Die kann sich unsereins leisten.

Da weiß man wenigstens, woran man ist«, sagt Grünspan. »Kein Risiko. Da kann einem so was nicht passieren, ich meine: daß man vierzig Piepen spendiert und nichts davon hat, weil das Mädchen einfach abhaut. Nein, lieber Herr Bronsky. Beim Strichmädchen riskiert man nichts. Man zahlt und hat seinen Spaß. Und teuer ist's eigentlich auch nicht. 'ne Negerin fünf Dollar, 'ne Puertorikanerin sieben, 'ne weiße zehn. Feste Preise. Kein Risiko.

Die Negerinnen sind die besten«, sagt Grünspan, »obwohl sie am billigsten sind. Unlängst hab' ich eine gehabt, die war richtig heiß. Hat mir das Bett vollgepißt.«

»Ja«, sage ich. »Die schwarzen Mädchen sind heiß.«

»Manche weißen Mädchen sind auch nicht schlecht«, sagt Grünspan, »aber meistens wollen die schnelles Geld.«

»Ja«, sagte ich.

»Am schlechtesten ficken die Puertorikanerinnen«, sagt Grünspan. »Ein ganz mieser Fick. Die sind gewöhnlich auf ihren Zuhälter fixiert und hassen jeden anderen Mann.«

»Das stimmt«, sage ich.
»Da muß man verdammt aufpassen.«
»Ja«, sage ich.
»Ich würde es nie zulassen, daß mir 'ne Puertorikanerin den Schwanz ablutscht«, sagt Grünspan, »weil die so voller Haß sind. Da kann's einem nämlich passieren, daß sie einem den Schwanz abbeißt.«
»Ja«, sagte ich.

Ich trank mehrere Kaffee. Wir redeten noch eine Zeitlang. Dann ging Grünspan weg. Auch die anderen Emigranten an den vorderen Tischreihen brachen allmählich auf. Manche winkten mir zu. Um Mitternacht war keiner mehr von ihnen da. Gegen ein Uhr morgens kamen die ›nightpeople‹. Sie kamen aus den Kinos und Bars, aus Tanzlokalen und Poolrooms. Auch die Zuhälter und Strichmädchen aus der Umgebung rückten allmählich an, um etwas zu essen oder zu trinken. Die Cafeteria wurde voll.

Erst gegen zwei Uhr morgens begann ich zu schreiben. Ich schrieb, bis es draußen am Broadway zu dämmern begann.

Als Grünspan am frühen Morgen zurückkam, um einen Kaffee zu trinken, war ich gerade dabei, noch mal durchzulesen, was ich geschrieben hatte.
»Ich dachte, daß Sie längst schlafen?«
»Ich war am Times Square«, sagte Grünspan.
»Im Kino?«
»Im Kino.«
»Eine Nachtvorstellung?«
»Eine Nachtvorstellung.«

»Haben Sie den Film mit Humphrey Bogart gesehen?«

»Nein. Mit Elizabeth Taylor.«

Grünspan holte sich zwei Stück Schokoladentorte.

»Sie haben geschrieben, Herr Bronsky?«

»Ja, Herr Grünspan.«

»Herr Selig hat mir erzählt, daß Sie einen Roman schreiben.«

»Das stimmt, Herr Grünspan.«

»Herr Selig hat mir gesagt, daß es mit dem Krieg zu tun hat.«

»Sehr richtig, Herr Grünspan.«

»Er erwähnte etwas von einem Loch. Ein Loch in Ihrem Gedächtnis.«

»Das stimmt, Herr Grünspan.«

»Sie wollen das Loch ausfüllen. Ist das wahr?«

»Ja. Das ist so.«

»Sind Sie der Held des Buches?«

»Das könnte so sein. Ich schreibe jedoch in der dritten Person, obwohl das Buch autobiographisch ist.«

»Verstehe«, sagte Grünspan. »In der dritten Person. Der Held ist also ein Mann.«

»Selbstverständlich. Der Held ist ein Mann.«

»Was für ein Mann?«

»Ein einsamer Mann.«

»Ein Wichser?«

»Wie meinen Sie das?«

»Ein einsamer Mann ist immer ein Wichser«, sagte Grünspan.

»Mein Buch hat aber nichts mit Wichsen zu tun. Es ist ein ernstes Buch.«

»Das macht nichts«, sagte Grünspan. »Wenn er ein einsamer Mann ist, dann ist er ein Wichser.«

Grünspan holte sich noch ein drittes Stück Schokoladentorte. »Hat Ihr Buch schon einen Titel?«

Ich sagte: »Noch nicht.«

»Überhaupt keinen?«

»Überhaupt keinen. Nicht mal einen Arbeitstitel.«

»Nennen Sie Ihr Buch: DER WICHSER!«

»DER WICHSER?«

»DER WICHSER!

Ein Bestsellertitel«, sagte Grünspan. »Wenn ich an Ihrer Stelle wäre, dann würde ich diesen Titel nicht ändern. Ein erstklassiger Titel: Der Wichser!«

6.

Am Sonntag in der Küche sagt Herr Selig zu mir: »Ich gratuliere Ihnen, Herr Bronsky.«

Ich sage: »Mein Geburtstag ist längst vorbei.«

»Es handelt sich nicht um Ihren Geburtstag.«

»So?«

»Es handelt sich um den Titel Ihres Romans.«

»Woher wissen Sie das?«

»Von Herrn Grünspan. Hab' ihn heute mittag in der Cafeteria getroffen.«

»Er hat's Ihnen also erzählt?«

»Ja. Er sagte: ›Das Buch heißt jetzt DER WICHSER!‹«

»Das stimmt.«

»Ein fabelhafter Titel.«

»Ja. Das meine ich auch.«

»Haben Sie schon viel geschrieben, Herr Bronsky?«

»Noch nicht viel. Aber ich habe 'ne Menge Notizen gemacht.«

Als die Wirtin in die Küche kommt, verschlucke ich mich.

»Sie essen schon wieder Eier, Herr Bronsky?«

»Ich esse gerne Eier.«

»Es ist vier Uhr. Ist das Ihr Frühstück?«

»Ja. Mein Frühstück.«

»Wie ist's mit der Miete, Herr Bronsky? Sie sind drei Wochen im Rückstand.«

»Ich bin jetzt knapp bei Kasse.«

»Werden Sie morgen bezahlen?«

»Nein. Aber nächste Woche.«

»Haben Sie einen Job in Aussicht?«

»Selbstverständlich.«

»Als Handelsvertreter?«

»Nein. Als Kellner.«

»Kellner verdienen gutes Geld.«

»Sehr richtig.«

»In welchem Restaurant werden Sie arbeiten, wenn man fragen darf?«

»In Barney's Steak House.«

»Das ist bekannt.«

»Jawohl.«

»Haben Sie schon mal dort gearbeitet?«

»Einen Abend. Vertretungsweise. Der Boß war aber sehr zufrieden mit mir. Hat gesagt: ›Bronsky. Nächste Woche tritt unser Oberkellner in den Ruhestand. Sie können dann seinen Job haben.‹«

»Der muß wirklich mit Ihnen zufrieden gewesen sein.«

»Jawohl.«

»Und gleich als Oberkellner?«

»Jawohl.«

Am Abend begleitet mich Herr Selig. Wir schlendern den Broadway entlang in Richtung 86. Straße.

»Gehen Sie auch in die Cafeteria?« frage ich Herrn Selig.

»Ja.«

»Ist Ihre Bekannte wieder dort? Die Dame von gestern abend?«

»Nein. Heute nicht. Sie geht gewöhnlich ins Café Eclair, Sie wissen: das Emigrantencafé in der 72. Straße.«

»Ich kenne das Café Eclair. Dort gehen die Emigranten hin, die's in Amerika zu was gebracht haben.«

»Sehr richtig.

Eine nette Dame«, sagt Herr Selig. »Ich kenne sie schon lange. Aber wie gesagt: die geht nicht gern in 'ne Cafeteria, besonders nicht in die Emigrantencafeteria Ecke Broadway und 86. Straße. Sie behauptet, das sei ein Armutszeugnis. Sie sagt: ›In der Emigrantencafeteria sitzen nur Penner, Nichtstuer oder Leute mit schlechten Jobs.‹ Und spät nachts, Sie wissen ja, da kommen die ›nightpeople‹ übelster Sorte hin. Nein, das ist nichts für eine Dame.«

»Da haben Sie vollkommen recht.«

»Sie hat auch einen guten Job.«

»Wirklich?«

»Ja. Sie ist Modezeichnerin. Arbeitet bei einer bekannten Firma in der 5. Avenue.«

»Das ist ja allerhand.«

»Ja. Das ist allerhand.«

»Herr Grünspan hat sie auf sechzig geschätzt.«

»Sie ist 62.«

»Und immer noch scharf auf einen Schwanz?«

»Ja.«

»Wer hat sie gestern mitgenommen?«

»Keiner.«

»Wie kommt das. Ich denke, die war scharf?«

»Das war sie auch. Aber sehen Sie, Herr Bronsky. Keiner der Emigranten in der Cafeteria hat einen guten und sicheren Job. Es wäre unter ihrer Würde gewesen, sich mit irgendeinem der Emigranten einzulassen. Eine reine Prestigefrage.«

Wir stehen eine Zeitlang unschlüssig vor dem Eingang der Cafeteria.

»Eigentlich ist es noch zu früh«, sagt Herr Selig. »Ich bin noch gar nicht hungrig.«

Ich sage: »Sie könnten eine Kleinigkeit essen. Vielleicht einen Sandwich mit Schinken und Schweizer Käse?«

»Ich esse keinen Schinken«, sagt Herr Selig.

»Sind Sie religiös?«

»Nein. Gar nicht. Aber Schinken ess' ich nicht, seitdem mir die Nazis mal Schinken in den Mund gestopft haben.«

»Wann war das?«

»1940. In Warschau. Nachdem Polen besetzt war.«

»Haben Sie vorher Schinken gegessen?«

»Selbstverständlich. Wir waren nicht religiös.«

Ich zünde mir eine Zigarette an und blicke ins Halbdunkel der Cafeteria, starre durchs Schaufenster über die bunten Plastikkuchen hinweg. Denke: Es ist noch nicht ganz dunkel auf dem Broadway. Bald werden sie drinnen die Lichter anknipsen.

Ich sage: »Grünspan sitzt heute zwischen den Emigranten.«

»Ja«, sagt Herr Selig.

»Sonst sitzt er immer abseits und schreibt seine Luftpostbriefe.«

»Luftpostbriefe«, sagt Herr Selig. »Möchte gern wissen, an wen er schreibt!«

»Er schreibt niemandem«, sage ich. »Die Briefe kommen alle wieder zurück.«

»An irgend jemand muß er doch schreiben«, sagt Herr Selig.

»Wahrscheinlich schreibt er seinen Verwandten, die man vergast hat«, sage ich.

»Das ist möglich«, sagt Herr Selig.

Ich sage: »Ja.«

»Glauben Sie, daß er verrückt ist«, sagt Herr Selig.

Ich sage: »Nein.«

Wir haben dann doch beschlossen, uns zu den Emigranten zu setzen. Ich sehe: neben Herrn Grünspan sitzt Herr Weinrot, ungefähr fünfzig, früher mal verheiratet, sechs Kinder, Rechtsanwalt, jetzt: ledig, Frau und Kinder spurlos im Krieg verschwunden. Er arbeitet heute als Packer im Garment Center. Neben Herrn Weinrot sitzt Herr Ginghold, nicht viel älter als ich. Gelegenheitsarbeiter. Er spricht oft von einem Buchhalterkurs, den er besuchen möchte, dreimal wöchentlich, Abendschule, kann sich aber nicht dazu entschließen. Ich sehe auch Herrn Rosenfeld aus Wien, ein Geschäftsmann, damals, einer, der den Mut verloren hat und hier nicht mehr auf die Beine kommt. Auch Herr Specht ist da, schon 58, arbeitslos wie Grünspan, keine rechte Lust, etwas Vernünftiges zu machen. Ich nehme an, daß er irgendeinen Job hatte und Arbeitslosengeld kriegt, so wie Grünspan, der ja, was bekannt ist, zeitweise als Verkäufer bei Woolworth arbeitet. Neben Herrn Specht sitzt der Hausierer Liebermann, dann kommt der Germanist Rosenberg, ein gebildeter Mensch wie Herr Selig, der Philologe. Der Germanist Rosenberg ist Hauswart in einem der großen Häuser am Central Park West, nicht weit vom Hotel Plaza. Natürlich hab' ich alle begrüßt, auch den halbblinden ehemaligen Juwelier

Goldberg, der seinen Beruf nicht mehr ausüben kann, den ehemaligen Prokuristen Steinberg, den ehemaligen Hotelbesitzer Süßkind, auch den Lederfachmann Victorowitsch, der das Arbeitstempo in den New Yorker Fabriken nicht durchhalten konnte, und all die anderen an den langen Tischreihen vor dem Schaufenster mit dem Broadway-Ausblick.

»Nun, Herr Bronsky«, sagt der Prokurist Steinberg. »Was sagen Sie dazu?« Er zeigt mir die Zeitung von gestern. »Glauben Sie an das Zustandekommen eines wirklichen Waffenstillstands in Korea?«

»Ich glaube erst daran, wenn er zustande kommt«, sage ich.

»Was sagt eigentlich Stalin dazu?« fragt der halbblinde Juwelier Goldberg.

»Stalin ist vor einigen Monaten gestorben«, sagt der Prokurist Steinberg. »Am 5. März 1953. Wußten Sie das nicht, Herr Goldberg?«

»Nein. Das wußte ich nicht.«

»Wo leben Sie eigentlich? Auf dem Mond?«

»Ich lese keine Zeitungen, weil ich schlecht sehe.«

»Aber wir haben doch davon gesprochen.«

»Hab' ich wahrscheinlich vergessen.«

»Was mich am meisten beunruhigt«, sagt der Prokurist Steinberg, »ist nicht der Krieg in Korea, sondern die übertriebene Angst vor dem Kommunismus bei uns in Amerika.«

»Die Amerikaner sind für den Kommunismus ganz ungeeignet«, sagt der Germanist Rosenberg.

»Eben deshalb«, sagt der Prokurist Steinberg. »Wie ich schon sagte; die Angst vor dem Kommunismus ist übertrieben. So was kann nur zu einem Rechtsrutsch führen und schließlich zum Polizeistaat. Was mich betrifft: ich spüre das in den Knochen.«

»Ihre Knochen sind ein schlechtes Barometer«, sagt der Germanist Rosenberg. »Sie sehen zu schwarz. Und Sie überschätzen den Einfluß des rechten Flügels der Republikaner.«

»Trotzdem bin ich besorgt«, sagt der Prokurist Steinberg.

»Ich nicht«, sagt der Germanist Rosenberg. »Wir brauchen bloß einen klügeren Präsidenten. Das ist alles. Eisenhower ist ein Soldat, aber kein Politiker.«

»Haben Sie nicht im vorigen Jahr Eisenhower gewählt?«

»Ich habe Stevenson gewählt«, sagt der Germanist Rosenberg. »Stevenson ist ein gebildeter Mensch und ein Intellektueller.«

»Haben Sie auch gewettet?«

»Selbstverständlich. Ich habe zehn Dollar auf Stevenson gesetzt.«

»Schade um die zehn Dollar. Wie kann man nur so naiv sein und zehn Dollar auf einen Verlierer setzen, wo der Ausgang der Wahlen doch vorauszusehen war?«

»Ein intellektueller Präsident hat in diesem Land keine Chance«, sagt der Germanist Rosenberg.

»Das stimmt nicht«, sagt der Prokurist Steinberg.

»Haben Sie mal die grinsenden Eisenhower-Plakate gesehen, kurz vor der Wahl? Eisenhower ist Präsident geworden, weil er besser gegrinst hat als der intellektuelle Stevenson. Wer besser grinst, der wird in diesem Land Präsident. So ist das.«

Herr Selig holt sich sein Schweizer-Käse-Sandwich ohne den üblichen Schinken, der sonst in Amerika zum Schweizer Käse gegessen wird. Ich nehme mir eine Graupensuppe, weil ich sparen muß. Zwei Wochen will ich mit meinem Geld durchkommen! Als wir uns wieder hinsetzen, zeigt mir der Prokurist Steinberg die anderen Schlagzeilen der Zeitung. »Na, Herr Bronsky. Und was sagen Sie dazu? Hier steht's. Sehen Sie: ›Junges Mädchen im Auto vergewaltigt! Schreie im Drive-in-Kino! Jüdische Studentin aus Brooklyn ihrer Unschuld beraubt!‹«

Ich sage: »Ich scheiß' auf die Unschuld der jüdischen Studentinnen aus Brooklyn.«

»Wie meinen Sie das, Herr Bronsky?«

»Ich esse jetzt meine Graupensuppe.«

»Aber bitte, Herr Bronsky. Lassen Sie sich nicht stören.«

Ich wische mir den Mund ab, schlucke die letzten Graupen hinunter und sage: »Die jüdischen Mütter schicken ihre Töchter aufs College, damit sie sich einen Mann angeln. Das ist doch klar. Sie verstehen schon, was ich meine: einen zukünftigen Doktor oder Rechtsanwalt oder was ähnliches. Aber die Mädchen sind clever. Sie wissen, daß sie nicht geheiratet werden, wenn sie mit den Jungs im College herumficken.« – Ich hole mein altmodisches Taschentuch aus der rechten Hosentasche, das Taschentuch aus echter Baumwolle, und schneuze mich. Dann sage ich: »So 'n Mädchen sucht sich also einen Jungen aus, einen zukünftigen Doktor oder Rechtsanwalt oder was ähnliches, kutschiert mit ihm im Auto herum, fährt ins Drive-in-Kino, läßt ihn ein bißchen herumfummeln – das nennt man in diesem Land ›petting‹ –, ein bißchen, verstehen Sie, nicht zuviel, nicht zu wenig, läßt ihn vielleicht mal mit dem Finger rein, aber nicht zu tief, verstehen Sie, nur 'n bißchen, macht ihn so richtig scharf, um ihn dann abblitzen zu lassen.« Ich lache und sage: »Es ist bekannt, daß die Jungs im College in ihren Schlafsälen um die Wette onanieren. Aber das ist nicht jedermanns Sache. Man kann auch nicht von jedem Jungen erwarten, daß er sich an die Regeln des Pettings hält. Manche drehen eben durch, verlieren den Kopf. Ganz einfach.«

»Was wollen Sie damit sagen, Herr Bronsky?«

»Ich will damit sagen, daß das Mädchen den Jungen so scharf gemacht hat, daß er die Regeln des Pettings vergaß. Hat ihr den Schlüpfer runtergerissen und den Schwanz reingesteckt.«

»Sie meinen, Herr Bronsky, daß das Mädchen selber dran schuld war?«

»Das meine ich.«

»Sind Sie für die Anwendung von Gewalt?«

Ich schüttele den Kopf. Ich sage: »Nein.«

»Was hätten Sie mit dem Mädchen gemacht, Herr Bronsky?« fragt der Hausierer Liebermann.

»Ich weiß es nicht.«

»Denken Sie mal nach.«

»Mit mir läßt sich keine Studentin ein. Warum sollte ich darüber nachdenken?«

»Sie meinen, daß diese Frage überflüssig ist?«

»Ja.«

»Wie lange haben Sie schon nicht gevögelt, Herr Bronsky?«

»Das geht Sie nichts an.«

»Sie wichsen sich den Schwanz ab?«

»Das mach' ich nicht.«

»Ich bin aber sicher, daß Sie's machen. Schließlich sind Sie noch ein junger Mann.«

»Ich mach's aber nicht.«

»Dann versteh' ich nicht, warum Ihr Roman diesen neuen Titel hat!«

»DER WICHSER?«

»DER WICHSER.«

»Es hat sich schnell herumgesprochen?«

»Wie Sie sehen ...«

Ich sage: »Der Titel stammt von Herrn Grünspan.«

»Aber er gefällt Ihnen?«

»Ich finde ihn gut und ich habe die Absicht, ihn zu behalten.«

Der Germanist Rosenberg sagt: »Ein hintergründiger Titel! Die Kritiker werden sich den Kopf zerbrechen.«

Ich sage: »Das glaube ich auch.«

7.

Nach zwei Wochen waren die 47 Piepen auf einen kläglichen Rest zusammengeschmolzen. Trotzdem war ich zufrieden, denn ich hatte das vierte Kapitel meines groß angelegten Romans Der Wichser beendet. Ich hatte die vier Kapitel nochmals durchgelesen, einiges gestrichen, manches geändert und dann die Worte Fünftes Kapitel mit Bleistift auf ein leeres Blatt geschrieben.

Ich erinnere mich: Als ich die Worte Fünftes Kapitel aufschreiben wollte, bemerkte ich eine große braune Kakerlake auf dem leeren Blatt Papier. Ich schnippte sie mit dem Finger unter den Tisch. Dann schrieb ich schnell Fünftes Kapitel, steckte Papier und Bleistift in die Hosentasche, stand auf, gab mein Speiseticket an der Kasse ab, bezahlte und verließ die Cafeteria. Draußen fiel ein warmer Sprühregen. Es war kurz vor Tagesanbruch, und hinter dem Central Park, im Osten, war der Himmel schon fahl. Ich schlenderte pfeifend den Broadway entlang. Die Straße wirkte ausgestorben. Ich ging langsam, ohne mich um den Sprühregen zu kümmern. Irgendwie fühlte ich mich ausgelaugt, vom Schreiben erschöpft, aber zugleich merkwürdig glücklich und befreit. Es kam mir vor, als würde ich das Kreisen meines eigenen Blutes hören, als ob mein Körper eine zweite Stimme hätte, die nur zu mir sprach, wenn ich innerlich frei war, frei genug, um zu lauschen. Ich merkte im Gehen, daß ich einen Ständer hatte und steckte die Hand in die Hosentasche, wobei ich Papier und Bleistift beiseite schob. – Bronsky, sagte ich zu mir. Es hat keinen Zweck im Gehen mit deinem Schwanz zu spielen. Du hast eine Menge geschrieben, Nacht für Nacht in der Cafeteria, am letzten Tisch, nachdem die Emigranten weg waren, bei Graupensuppe und Kaffee, sparsam, fleißig, zielbewußt. Du hast die Nächte durchwacht, allein mit deinen Gedanken, aber jetzt brauchst du eine Frau. Du bist noch ein junger Mann. Und der Mensch lebt nicht vom Brot allein, das heißt: von Graupensuppe, Kaffee und dem auszufüllenden Loch in deinem Gedächtnis.

Ich sah sie an der 80. Straße stehen, vor einer verschlossenen Bar. Sie war fett und schwarz und mindestens zwei Köpfe größer als ich. »Na, Kleiner, was treibst du dich jetzt noch auf der Straße rum?«

»Ich gehe nach Hause.«

»Wetten, daß du kein Zuhause hast?«

»Doch, ich hab' eins.«

»Wo wohnst du?«

»In der Fünfundsiebzigsten.«

»In einer Absteige?«

»Nein.«

»Nimmst du mich mit?«

»Das erlaubt meine Wirtin nicht.«

»Die schläft aber jetzt.«

»Da hast du eigentlich recht.«

»Der Spaß kostet sieben Dollar.«

»Du bist keine Puertorikanerin. Die kosten sieben.«

»Ich mach, aber was, was die Puertorikanerinnen nicht machen.«

»Was denn?«

»Du kannst mich in den Arsch ficken. Hast du schon mal 'ne Frau in den Arsch gefickt?«

»Ja.«

»Das ist was Besonderes.«

»So. Das wußte ich nicht.«

»Es ist enger.«

»Das stimmt.«

»Gefällt dir mein Arsch?«

»Nein.«

»Warum?«

»Weil er mir nicht gefällt.«

»Der ist fett.«

»Ich mache mir nichts aus fetten Ärschen.«

»Dir gefällt wohl 'n mageres Püppchen?«

»Ja.«

»Ich bin aber nicht mager.«

»Da hast du eben Pech gehabt.«

Ich ging weiter, aber sie ging mir nach.

»Kannst du wenigstens fünf Dollar ausgeben?«

»Nein.«

»Warum nicht?«

»Weil ich nur noch vier in der Tasche habe.«

»Ich nehme auch vier.«

»Ich kann aber nur zwei ausgeben.«

»Warum?«

»Weil ich morgen auch noch leben muß.«

»Für zwei Dollar kriegst du kein Mädchen. So was gibt's nicht. In ganz Amerika.

Du bist ein verdammter kleiner Mutterficker. Zwei

Dollar! Was stellst du dir eigentlich vor!«

»Gar nichts.«

»Dabei steht dir der Schwanz. Guck mal auf deine Hose.«

»Er steht nicht.«

»Doch. Er steht.

Wette, daß du schon lange kein Mädchen gehabt hast!«

»Du irrst dich. Ich habe viele Mädchen.«

»Du siehst nicht aus wie einer, der viele Mädchen hat.«

»Ich ficke jede Nacht.«

»Na, so siehst du gerade nicht aus.«

»Ich hab 'ne feste Freundin.«

»Du siehst nicht aus wie einer, der sich 'ne feste Freundin leisten kann.«

»Ich kann's aber.«

»Einer, der nur vier Dollar in der Tasche hat?«

»Ich hab' mal mehr gehabt.«

»Du kleiner Pinkler. Für drei Dollar mach ich's dir auf der Straße.«

»Wir könnten zu mir nach Hause gehen.«

»Das würde fünf kosten.«

»Drei Dollar?«

»Auf der Straße.«

»Okay.«

Ab und zu kam ein Auto den Broadway entlanggeflitzt, aber in der 80. Straße war es ganz still. Nur auf den Freitreppen vor den Brownstonehäusern schnarchten ein paar Säufer. Wir suchten uns eine Parklücke zwischen zwei alten Autos, einem grünen, abgeschabten Ford und einem grauen Desoto. Ich lehnte mich an den grünen Ford.

»Soll ich dir das Ding rausholen?«

»Ja. Mach das.«

»Für drei Dollar kann ich nur lutschen.«

»Okay.«

»Was ist das für eine verdammte Hose?«

»Wie meinst du das?«

»Die hat keinen Reißverschluß, sondern Knöpfe.«

»Das stimmt.«

Ich wollte gerade sagen: Mach's nicht so schnell, der Spaß kostet drei Dollar – aber da kam es mir schon. Ich sah plötzlich tausend Kakerlaken auf einem weißen Blatt Schreibpapier. Ich sah meinen Bleistiftstummel zwischen den Kakerlaken. Er schrieb hand- und fingerlos: FÜNFTES KAPITEL. Ich sah die Tische der Cafeteria zucken. Auch die Stühle. Irgendwo wirbelten Grünspans Luftpostbriefe, vom Wind getragen, über den zuckenden alten Häusern der 80. Straße. Ich hörte den warmen Sprühregen lachen, als das schwarze, fette, große Mädchen meinen Samen gegen den Ford spuckte.

Ich habe dann noch einen Spaziergang gemacht durch die dunklen Straßen von West Manhattan; langsam ging ich und gedankenverloren in meiner Pariser Hose, mit meinem zufriedenen, schlaffen Schwanz. Ich hörte, wie die erwachenden Spatzen auf den Dächern den anbrechenden Morgen begrüßten, erlebte das erste Dämmerlicht, sah die letzten Strichmädchen von den Straßenecken verschwinden, als hätte der neue Tag sie verscheucht. Ich hörte jetzt wieder deutlich den brausenden Atem der großen Stadt. Die ersten Frühaufsteher stürzten aus den Häusern, auf die U-Bahn-Schächte zu. Manche sprangen in ihre Autos. Parkplätze lichteten sich.

Ich schloß leise die Wohnungstür auf. Da waren sie, die vertrauten Geräusche im Badezimmer, die anzeigten, daß es sechs Uhr morgens war: Geplätscher, Gurgeln, ein lauter Furz.

Ich beschloß, gleich zu Bett zu gehen.

8.

Schon lange hatte ich nicht so tief und friedlich geschlafen. Als ich am Nachmittag erwachte, fiel mir sogleich der Drei-Dollar-Straßenfick ein, aber zugleich auch die Tatsache, daß ich jetzt nur noch einen Dollar in der Tasche hatte.

Bronsky! Du hast tatsächlich nur noch einen Dollar in der Tasche. Einen einzigen lausigen Dollar. Was wirst du jetzt machen? Du könntest dir natürlich einen Job suchen. Aber dazu hast du keine Lust, weil du das Fünfte Kapitel deines Romans schon fix und fertig im Kopf hast und es noch heute anfangen mußt, damit du den Faden nicht verlierst.

Bronsky! Dein Fach im Kühlschrank ist leer. Du wirst dir wieder von Herrn Selig ein Ei borgen, zwei Stück Toastbrot, Butter, Kaffee und Milch. Aber nein. Das geht ja gar nicht. Herr Selig hat nur noch zwei Eier im Kühlschrank. Wenn du eins nimmst, dann wird er es merken.

Bronsky! Paß auf! Du bist doch nicht auf den Kopf gefallen. Nimm ruhig das Toastbrot von Herrn Selig, auch die Butter, den Kaffee und die Milch. Aber nimm kein Ei! Nimm dir das Ei von Frau Buchsbaum. Die hat noch 16 Eier in der Box. Da merkt sie bestimmt nicht, wenn eins fehlt.

Bronsky! Da du ja erst am Nachmittag frühstückst, brauchst du nicht zu Mittag zu essen. Logisch. Du wirst eben nur zu Abend speisen. Aber wo?

Bronsky! In den billigen Restaurants kann man zwar essen, aber dann kann man das Lokal nicht so ohne weiteres verlassen, ohne vorher zu bezahlen, weil da stets so ein menschlicher Wachhund da ist, der scharf aufpaßt und gleich die Polizei holt. Billige Restaurants sind für Zechpreller im Grunde ungeeignet. In den vornehmen Restaurants aber ist das was ganz anderes. Dort hat man Respekt vor dem Gast, man wird anständig behandelt, und man kann auch mal rausgehen, um nach seinem Wagen zu sehen oder so was. Die holen da nicht gleich die Polizei.

Jakob Bronsky! Du wirst heute abend in ein vornehmes Lokal gehen! Du hast noch einen guten Anzug, den du selten trägst, weil du ihn schonst. Hol ihn aus dem Wandschrank!

Bronsky! Der gute Anzug stammt ebenfalls aus Paris, genauso wie deine verbeulte Hose, die du täglich trägst. Nur hast du den Anzug nicht auf dem Flohmarkt gekauft, sondern bei dem Trödler in der Nähe des Boulevard St. Michel. Ein Abendanzug. Unter den Achselhöhlen ist er verfärbt, aber das sieht man nicht. Er ist auch ein bißchen zerknittert.

Bronsky! Frau Buchsbaum hat ein Bügeleisen. Aber

da du nicht bügeln kannst, mußt du dir was anderes einfallen lassen.

Bronsky! Du wirst den Anzug ins Badezimmer hängen, und zwar: neben die Wanne. Dann wirst du die heiße Dusche aufdrehen, das Wasser so lange laufen lassen, bis das Badezimmer voller Dampf ist. Heißer Dampf wie in ’ner Sauna.

Bronsky! Zerknitterte Anzüge brauchen bloß heißen Dampf. Da gehen die Falten weg. Glätten sich von selber.

Bronsky! Du wirst dir etwas Schuhpaste von Herrn Selig borgen, um deine alten Schuhe auf Hochglanz zu polieren.

Bronsky! Deine Hemden sind schmutzig. Aber eines, das gestreifte, ist relativ sauber. Das wirst du anziehen. Auch ’ne Krawatte. Und vergiß nicht den Hut!

Nach dem Frühstück machte ich einen Spaziergang. Ich dachte über das Fünfte Kapitel nach, strich in Gedanken überflüssige Sätze, korrigierte, unterstrich, beschäftigte mich mit der mir eigenen Interpunktion, sprach Dialoge laut vor mich hin, bemerkte, daß die Leute sich nach mir umguckten, kümmerte mich aber nicht um sie, dachte über die deutsche Sprache nach, die Sprache, in der ich schrieb, die archaisch war und vereinfacht werden sollte, verglich die deutsche Sprache mit der englischen, fragte mich, was Jakob Bronsky wohl ändern könnte, dachte an sparsame Prosa, äußerste Knappheit, präzisen Ausdruck, skelettartige Sätze, gereinigt von allem Ballast,

Sätze, die den Nagel auf den Kopf treffen. Heute würde ich das Fünfte Kapitel beginnen. Kein Zweifel: heute werde ich die ganze Nacht schreiben.
Als ich vom vielen Gehen müde wurde, hielt ich Ausschau nach einer geeigneten Imbißbar, wo man sich ausruhen und außerdem telefonieren konnte, entdeckte Ricker's Coffeeshop an der Straßenecke, trat ein, wechselte meinen einzigen Dollar, verzehrte nichts, sagte, daß ich telefonieren wolle, aber warten müsse, bis eine der Telefonzellen frei würde, nahm dann Platz auf dem letzten der bequemen Barhocker am Tresen und zündete mir eine Zigarette an. Später begab ich mich in eine der Telefonzellen.

Ich rief das teuerste französische Restaurant in New York an: Coupole de Montparnasse, Ecke 5. Avenue und 56. Straße.

»Hallo. Ich möchte einen Tisch reservieren!«

»Für heute abend?«

»Ja.«

»Die Tische sind alle schon reserviert, Monsieur.«

»Das ist schade.«

»Es tut mir leid, Monsieur.«

»Ich habe aber schon oft bei Ihnen gegessen, und ich habe immer einen Tisch bekommen.«

»So?«

»Jawohl.«

»Wie ist Ihr Name, Monsieur?«

»Birnbaum.«

»Birnbaum?«

»Birnbaum.«

»Einen Moment, Monsieur Birnbaum. Vielleicht ist doch noch etwas frei. Sie haben schon oft bei uns gespeist?«

»Sehr richtig.«

»Ist es ein Tisch für zwei Personen?«

»Nein. Für eine Person.«

»Da haben Sie aber Glück. Wir haben zufällig noch einen freien Tisch, allerdings nicht im Mezzanin, sondern im ›chambre bleue‹, wenn Ihnen das nichts ausmacht?«

»Das macht mir nichts aus.«

»Der Tisch ist aber erst ab 21 Uhr frei.«

»Das ist in Ordnung.«

»Soll ich ihn reservieren?«

»Ja. Unbedingt.«

»Birnbaum?«

»Birnbaum.«

Auf das Management des Coupole de Montparnasse kann man sich verlassen. Mein Tisch war reserviert. Selbstverständlich. Ich ließ meinen Hut an der Garderobe zurück und trug meinen falschen Namen ins Gästebuch ein: Jakob Birnbaum.

Ein freundlicher Herr im tadellosen Smoking, der mich, Jakob Bronsky alias Jakob Birnbaum, begrüßt hatte, übergibt mich dem Oberkellner, der ebenfalls einen Smoking trägt und sehr ernst und würdevoll aussieht. Reihen von Kellnern und Pikkolos stehen Spalier. Wir schreiten zwischen Tischreihen hindurch, unter schweren, kostbaren Kronleuchtern, bewegen uns geräuschlos auf dem dicken Perserteppich. Ich sehe, daß einige Gäste aufblicken, kühl, abschätzend. Eine Dame im Dekolleté schielt prüfend auf meine abgewetzten Schuhe, die auf Hochglanz poliert sind, oder kommt mir das nur so vor? Der Oberkellner geleitet mich zielsicher an meinen

Tisch, wartet, als ich zögernd stehenbleibe, räuspert sich, und schiebt mir dann, als ich Anstalten mache, mich zu setzen, mit einer höflichen Geste den Stuhl unter den Hintern.

Hier sitze ich. Jakob Bronsky. Dunkler Abendanzug, gestreiftes Hemd, Krawatte, Schuhe auf Hochglanz poliert. Ich wage nicht den Arm zu heben, damit man die Flecken unter den Achselhöhlen nicht sieht. Ich bewege die große Zehe, spüre das Loch im Strumpf. Bemerke den Oberkellner, der sich ein paar Schritte entfernt hat, aber mich nicht aus den Augen läßt. Er schnippt mit den Fingern. Eine Schar Pikkolos umringt meinen Tisch. Ich blicke cool vor mich hin, stecke die rechte Hand in die Hosentasche, spüre mein Taschentuch, dahinter: gewölbter Hosenstoff. Ich spiele nervös mit meinem Schwanz. Mein Tisch ist im Handumdrehen gedeckt: zwei Gabeln links, zwei Messer rechts, Suppenlöffel neben dem zweiten, äußeren Messer. Kein Kaffeelöffel. Haarscharf an die Spitze des äußeren Messers wird das Wasserglas gestellt. Neben das Wasserglas: das Weinglas. Neben das Weinglas: das Champagnerglas, etwas schräg. Einer der Pikkolos reicht mir eine gestickte Serviette, ein zweiter serviert Wasser mit Eiswürfeln, ein dritter ein zierliches Körbchen mit Brot, ein vierter bringt eine Kerze und zündet sie an. Ein Kellner in blauer Samtjacke reicht mir die Weinliste, ein zweiter die Liste mit harten Drinks, ein dritter die Speisekarte, ein vierter zückt den Bleistift.

»Ich fange mit einem Drink an!«

»Selbstverständlich, Monsieur. Darf ich etwas vorschlagen?«

»Nein, danke. Ich weiß, was ich will.«
»Bitte, Monsieur.«
»Ein Martini mit extra Gin.«
»Jawohl, Monsieur.«
»Keine Kirsche, sondern eine Olive!«
»Aber Monsieur. Das ist doch selbstverständlich. Kirschen werden doch nicht mit einem Martini serviert. Ich nehme an, daß Sie scherzen.«
»Natürlich. Ein Scherz.«
»Eine Olive?«
»Eine Olive.«

Ich bestelle noch einen zweiten Drink. Auf den dritten verzichte ich, da ich heute nacht schreiben will und einen klaren Kopf brauche. Ich bemerke einen fünften Kellner, der um meinen Tisch schleicht. Winke ihm.
»Ich möchte jetzt speisen. Rufen Sie bitte den Kellner, der mir die Martinis serviert hat.«
»Möchten Sie noch einen Drink?«
»Nein, ich möchte jetzt speisen.«
»Der Kellner, der Ihnen die Martinis serviert hat, serviert keine Speisen. Nur Drinks, Monsieur.«
»Und wer serviert die Speisen?«
»Dafür bin ich zuständig, Monsieur.

Darf ich Ihnen etwas empfehlen, Monsieur?«
»Das dürfen Sie.«
»Wir haben eine ausgezeichnete Bouillabaisse.«
»Das weiß ich. Ich habe sie hier schon oft gegessen.«
»Möchten Sie eine Bouillabaisse?«
»Nein. Heute nicht. Ich werde mit Schnecken anfangen.«

»Escargots?«

»Escargots!«

»Jawohl, Monsieur. – Auch Suppe?«

»Keine Suppe.«

»Jawohl, Monsieur.«

»Nach den escargots werde ich coq au vin nehmen.«

»Coq au vin?«

»Coq au vin.«

Jetzt kam der Oberkellner wieder an meinen Tisch. Er mußte Ohren wie ein Luchs haben, denn er wußte genau, was ich bestellt hatte. Er nickte dem Kellner in blauer Samtjacke zu und wandte sich dann an mich. »Coq au vin?«

»Jawohl. Coq au vin.«

»Darf ich Ihnen den Wein empfehlen, der zum coq au vin gerade der richtige ist?«

»Selbstverständlich.«

Der Oberkellner winkte einen Weinkellner heran. Der zückte den Bleistift. »Wir haben einen ausgezeichneten Weißwein«, sagte der Oberkellner. »Bordeaux blanc.«

»Ich trinke nur roten Wein zum Fleisch.«

»Das kann ich verstehen, Monsieur, aber zum coq au vin servieren wir immer weißen Wein.«

»Ich möchte aber keinen weißen Wein.«

»Dann werde ich Ihnen einen unserer Champagner empfehlen. Wir haben einen ausgezeichneten Champagner: Veuve Cliquot!«

»Veuve Cliquot ist gerade das richtige.«

»Sehr gut, Monsieur.«

Ich hatte keinen Grund, mich zu beklagen. Das

Essen wurde diskret serviert, der Champagner vorschriftsmäßig entkorkt. Es knallte zwar ein bißchen, aber nicht so laut, daß es irgendeinen der Gäste erschreckte. Der Korken sprang auch nicht an die Decke oder gar an meinen Kopf, sondern wurde vom Kellner geschickt aufgefangen, in einer Serviette. Ich trank nicht viel Champagner, denn ich wollte ja einen klaren Kopf behalten. Dafür aß ich mit Genuß, rauchte zwischendurch, ließ mir Zeit. Später bestellte ich eine Käseplatte, weil man das von mir erwartete ... Camembert, Brie und Gruyère ... auch ein mousse au chocolat, Espresso und ein Gläschen Armagnac.

Der Oberkellner kam öfters an meinen Tisch und erkundigte sich, ob es mir schmeckte. Einmal – ich trank gerade den zweiten Espresso – fragte ich ihn, ob ich meinen Tisch bis 23 Uhr behalten könne, da ich eine Dame erwarte.

»Selbstverständlich«, sagte der Oberkellner.

»Ich mache mir nur Sorgen um meinen Wagen«, sagte ich, »weil die Parkzeit nämlich abgelaufen ist.«

»Wo steht Ihr Wagen, Monsieur?«

»Ganz in der Nähe.«

»Dann würde ich an Ihrer Stelle schnell einmal nachsehen«, sagte der Oberkellner, »und einen ›dime‹ in die Parkuhr werfen. Es wäre uns sehr unangenehm, wenn Sie einen Strafzettel bekämen, Monsieur.«

»Da haben Sie recht. Ich werde mal rausgehen und nachsehen.«

»Jawohl, Monsieur.«

»Lassen Sie mir inzwischen noch einen Espresso bringen und einen Armagnac.«

»Ich werde dafür sorgen, Monsieur.«
»Tun Sie das.«

Ich ging zur Garderobe und ließ mir meinen Hut geben. Sagte: »Bin gleich zurück.« Dann verließ ich das Lokal.

Draußen fing ich zu rennen an, aber dann merkte ich, daß mich keiner verfolgte.

Ich ging zu Fuß zum Columbus Circle, setzte mich dort auf eine Bank, schloß eine Weile die Augen. Dann stand ich auf und ging den Broadway entlang in Richtung 86. Straße.

Es war kurz vor Mitternacht, und die Emigranten in der Cafeteria waren gerade im Begriff aufzubrechen. Ihre Tische wirkten schmutziger als sonst: überfüllte Aschenbecher, verschmierte Kuchenteller neben Tellern mit Fleisch- und Gemüseresten, klebrige Kompottschüsseln, leere Kaffeetassen mit großen, schwarzbraunen Rändern, überall Brotkrümel, Flecke, Nässe. Ich hatte keine Lust, mich an ihre Tische zu setzen, kümmerte mich auch nicht um ihre erstaunten Blicke, suchte Grünspan, entdeckte ihn schließlich an einem Tisch in der Nähe der Klimaanlage. Er saß neben dem Germanisten Rosenberg, was ich ungewöhnlich fand.

»Nanu, Herr Bronsky. So elegant! Ich habe Sie noch nie in einem richtigen Anzug gesehen!«
»Der Anzug stammt aus Paris, Herr Rosenberg.«
»So wie die alte Hose, die Sie sonst tragen?«
»Sehr richtig.«

»Wann waren Sie in Paris?«

»Kurz nach dem Krieg. Bevor ich nach Amerika kam.«

»Ist der Hut auch aus Paris?«

»Nein. Den hab' ich in der Orchard Street gekauft.«

»Dort kriegt man billige Sachen.«

»Das stimmt.«

»Sie haben sicher ein ›date‹ gehabt?«

»Nein, Herr Rosenberg.«

»Das glaube ich nicht. Sie waren sicher mit einer jungen Dame in einem vornehmen Lokal?«

»Ich war in einem vornehmen Lokal. Aber ohne Dame.«

»Wirklich?«

»Ja.«

»Es scheint Ihnen gut zu gehen?«

»Ich kann mich nicht beklagen.«

»Sie schreiben auch fleißig, wie man hört?«

»Ich habe schon vier Kapitel geschrieben.«

»Und wann werden Sie das fünfte anfangen?«

»Heute nacht.«

»Werden Sie Ihr Buch in Amerika veröffentlichen?«

»Ich hoffe, es mal hier zu veröffentlichen.«

»Sie schreiben deutsch, nicht wahr?«

»Jawohl.«

»Da werden Sie's hier schwer haben. Ich glaube nicht, daß amerikanische Verleger deutsche Manuskripte annehmen, es sei denn Sie wären Thomas Mann oder Erich Maria Remarque.«

»Ja, es wird nicht leicht sein.«

»Sie müßten Ihr Buch erst mal drüben veröffentlichen.«

»In Deutschland?«

»Im deutschen Sprachraum. Es könnte ja auch Österreich sein oder die Schweiz.«

»Das wäre der einfachste Weg.«

»Dann haben Sie auch hier 'ne bessere Chance, ich meine: wenn das Buch erst mal gedruckt ist. Dann kann man es hier anbieten.«

»Wie macht man das?«

»Über einen Agenten. Sie haben ja sicher mal was von der Agentenwirtschaft in Amerika gehört?«

»Ja. Hab' ich gehört.«

»Der Agent macht eine Art Vorlektorat. Ist so in diesem Land. Und wenn ein bekannter Agent ein bestimmtes Buch empfiehlt, dann hat das Buch eine Chance.«

»Bei den Verlegern?«

»Sehr richtig.

Wie gesagt: Sie müssen Ihr Buch erst mal drüben drucken lassen. Deutsche Literatur ist in diesem Land nicht gefragt. Auch die besten Rezensionen deutscher Zeitungen machen hier wenig Eindruck. So ist das. Aber wenn ein bekannter amerikanischer Agent zu seinem Verlegerfreund sagt: ›Du hör mal zu. Ich hab' hier was entdeckt, so 'nen deutsch geschriebenen Knüller, der drüben ein Erfolg war. Könnte auch was für unseren Markt sein. Vielleicht ein potentieller Bestseller‹, dann beißt er gewöhnlich an.«

»Ich werde das im Auge behalten.«

»Machen Sie das.

Erst mal drüben anbieten«, sagte der Germanist Rosenberg. »Im deutschen Sprachraum. Nicht vergessen!«

»Ja, Herr Rosenberg.«

»Ich habe drüben gute Beziehungen. Und ich bin gern bereit, mich für Sie einzusetzen.«

»Was sind das für Beziehungen?«

»Ich kenne die Putzfrau in einem großen Hamburger Verlag.«

»Was kann die Putzfrau für mich tun?«

»Sehr viel«, sagte der Germanist Rosenberg.

Ich ging zum Büfett und holte mir einen Kaffee. Bronsky, sagte ich zu mir. Der Kaffee kostet nur einen ›dime‹. Den kannst du dir noch leisten. Zigaretten brauchst du im Augenblick nicht, da du noch fast ein halbes Päckchen in der Tasche hast, und das wird für heute nacht reichen. Der Germanist Rosenberg hat gute Beziehungen. Spitze deinen Bleistift. Fang mit dem Fünften Kapitel an.

9.

Mache selten Eintragungen in mein Tagebuch. Die meisten Blätter sind leer, wirken rätselhaft, strahlen Geheimnisse aus: unbeschriebenes, preisgünstiges Woolworthpapier. Einmal nur, Ende Juni, entschloß ich mich zu einigen schriftlichen Bemerkungen. Ich schrieb: Jakob Bronsky hat gestern, am 23. Juni 1953, das Fünfte Kapitel beendet. DER WICHSER macht Fortschritte. Ich brauche einen neuen Bleistift. Ich brauche auch eine Frau. Je mehr ich schreibe, desto mehr juckt mein Schwanz. Mein Bedürfnis nach Sex steht in direkter Verbindung mit meiner schöpferischen Leistungskraft und dem Glauben an meine Kunst. Leider interessiert das die Strichmädchen nicht und die privaten Mädchen noch weniger. Jakob Bronsky zählt nicht. Seine Kunst ist ein Manifest, das niemanden aufwühlt, außer ihn selbst. Jakob Bronsky ist ein großer Künstler, den die Weltöffentlichkeit noch nicht entdeckt hat.

Machte noch eine andre Eintragung. Ich schrieb: Es stimmt nicht, daß die Liebe hier nur eine reine Geldfrage ist. Wer in diesem Land ein Mädchen will, das nicht auf den Strich geht, auch kein Callgirl ist oder so was ähnliches – eine von der anderen Sorte sozusagen –, für den ist die Liebe vor allem eine Frage seiner Erfolgsausstrahlung, die er als Mann tagtäglich unter Beweis stellen muß. Wenn du, Jakob Bronsky, so ein Mädchen triffst, dann wird sie sich fragen: Wer ist Jakob Bronsky? Warum schreibt er in einer Sprache, die hier nicht ›in‹ ist und nur von gewissen Greenhorns gesprochen wird? Was wird er erreichen mit seinem Geschreibe? Wahrscheinlich nichts. Was weiß Jakob Bronsky vom ›american way of life‹? Weiß Jakob Bronsky, daß nur der Erfolg etwas gilt und sonst nichts? Ist er ein Kerl, der sich rücksichtslos durchsetzt und doch an den lieben Gott glaubt? Weiß er, daß unsere Welt eine heile Welt ist? Glaubt Jakob Bronsky an die Unfehlbarkeit unseres Systems? Kennt er die Ideale unserer Vorväter, die damals mit dem ersten Schiff hier ankamen, der Mayflower, und was hält er von der Coca-Cola-Kultur? Glaubt Jakob Bronsky an den amerikanischen Traum? Wird er jemals ein neues Auto besitzen, teure Anzüge, ein eigenes Haus oder eine Wohnung auf der modischen Eastside? Wird sein Einkommen 150 Dollar wöchentlich übersteigen, damit man sagen kann: Der ist mindestens 150 Dollar wöchentlich wert! Wird er jemals ein paar hundert Piepen aus reinem Übermut springen lassen, um mir zu zeigen, daß er das kann? Wird er mich nach Las Vegas einladen? Glaubt Jakob Bronsky an die Mitgliedschaft in einem Country Club, und was tut er, um dieses Ziel zu erreichen? Muß ich seinen Schwanz erdulden? Lohnt es sich? Und schließlich möchte ich eines Tages heiraten, weil das von mir erwartet wird. Und ich möchte mich auch eines Tages wieder scheiden lassen, um Alimente zu kassieren. Wird Jakob Bronsky jemals Alimente zahlen können, Jakob Bronsky, der alte Penner, der vorgibt 27 zu sein? Nein, Jakob Bronsky. Dein

Geschreibe interessiert mich nicht. Dein Ständer noch weniger. Halt den Schwanz unter die kalte Dusche!

Machte dann noch eine letzte Eintragung. Ich schrieb: Jakob Bronsky hat neun Tage von den Resten seines einzigen Dollars gelebt, um das Fünfte Kapitel zu schreiben.

Ich erinnere mich: Frühmorgens in der Küche. Durchstöberte den Kühlschrank. Sagte zu mir: Bronsky. Laß die Eier Eier sein. Es ist zu auffällig. Herr Selig wird es merken. Ebenso Frau Buchsbaum. Nimm nur das Toastbrot, den Kaffee und die Milch. Eventuell auch etwas Butter und Marmelade. Schade, daß du den guten Käse aus dem Coupole de Montparnasse nicht eingewickelt und mitgenommen hast. Aber das konntest du nicht. Wäre aufgefallen.

Nachdem ich am späten Nachmittag die übliche schöpferische Pause gemacht hatte – ein langer Spaziergang, auch durch den Central Park –, entschloß ich mich zu einem anständigen Abendessen. Wo wird Herr Bronsky diesmal speisen? fragte ich mich. Herrn Bronskys Schuhe sind noch immer auf Hochglanz poliert, sein Pariser Anzug passabel, sein Hemd zwar nicht mehr so relativ sauber wie gestern, aber das sieht man ja nicht in einem Restaurant mit gedämpftem Licht. Auch der Hut ist in Ordnung. Der auch.

Bronsky, sagte ich zu mir, du könntest wieder mal in so ein vornehmes Restaurant gehen. Aber das wirst du nicht machen, weil du dich dort – und das mußt du zugeben – im Grunde nicht wohl fühlst. All diese vielen Kellner, die um dich herumschwänzeln. Das ist nichts für dich. Es wird das beste sein, so sagte ich zu mir, wenn du diesmal in ein billiges Lokal gehst, obwohl das für einen Zechpreller – wie du bereits festgestellt hast – gefährlich ist. Du mußt es eben riskieren. Versuch's doch mal in einem der billigen chinesischen Lokale, die's in New York an jeder Straßenecke gibt.

Zwischen sieben und acht Uhr abends inspizierte ich die Toiletten aller chinesischen Lokale zwischen der 42. und der 59. Straße westlich der 5. Avenue. Endlich fand ich, was ich suchte. Eine Ein-Mann-Toilette mit breitem, rostigem Schiebefenster, das auf den Hinterhof hinausging. Ich stellte fest: ein unbeleuchteter Hinterhof; in einem der anliegenden Häuser ein offenes Tor, wahrscheinlich ein Ausgang, der auf die 6. Avenue führte. Bronsky, sagte ich zu mir. Das ist das richtige Speiselokal.

Jakob Bronsky aß eine Wan-Tan-Suppe, dann Rindfleisch mit Reis und Sojakeimen, er trank einen chinesischen Tee: Jasmin-Tee.

Dann ging er auf die Toilette und kam nicht mehr zurück.

Der Toilettentrick hielt mich eine Woche lang über Wasser. Ich probierte auch die chinesischen Lokale auf der Eastside aus, einige in Greenwich Village und einige uptown in der Gegend zwischen der 103. und 110. Straße. Um nicht zu viele Chinesen zu verärgern, probierte ich den Toilettentrick ein einziges Mal in einem Steakrestaurant, das einem versoffenen Iren gehörte, der jeden Gast persönlich begrüßte, mich auch. Dort wäre ich beinahe erwischt worden. Als ich nämlich nach dem Essen auf die Toilette ging und verschwinden wollte, stellte ich fest, daß das Fenster nicht aufging. Ich rüttelte und rüttelte. Vergebens. Ich fing an, mit den Fäusten auf den Fensterrahmen zu hämmern, kriegte es aber dann mit der Angst zu tun, weil ich zuviel Lärm machte. Bronsky, sagte ich zu mir, versuch es doch mal auf der Damentoilette. Das ist deine letzte Chance.

Ich hatte Glück. Die Damentoilette war nicht besetzt. Ich verschloß die Toilettentür, probierte das Schiebefenster, dachte daran, daß die amerikanischen Schiebefenster höchst unpraktisch sind, schob das innere Fenster nach oben, atmete erleichtert auf, weil es klappte, hörte mein Herz schlagen, sprang dann hinaus.

Der Hinterhof war nicht so abgedunkelt, wie ich das sonst gewohnt war. Die Fenster der gegenüberliegenden Hauswand waren hell erleuchtet. In einem offenen Fenster lehnte eine besoffene Frau. Sie rief mir eine Verwünschung zu. Auf den Feuertreppen saßen die Puertorikaner mit ihren Frauen und Kindern. Ich hörte ihr spanisches Kauderwelsch. Irgend jemand schrie. Eine helle Stimme. Jemand lachte laut.

Ich hatte mir beim Sprung leicht den Fuß verstaucht. Während ich durch den Hinterhof humpelte, hörte ich das zerberstende Glas der Bierflaschen, die von den Feuertreppen in den nächtlichen Hof geworfen wurden. Ich betrat eilig den Hintereingang des gegenüberliegenden Hauses. An der dunklen Treppe lehnte ein schwarzes Liebespaar, die Frau kicherte, als sie mich sah, und der Mann hielt mich am Ärmel fest.

»He, buddy, hast du 'ne Lulle?«

»Nur 'ne Kippe.«
»Du sammelst wohl Kippen?«
»Ja.«
»So 'ne Scheiße rauch' ich nicht.«

Eine ganze Woche hatte ich überlebt. Ich rechnete mir aus, daß ich noch zwei Tage brauchte, um das Fünfte Kapitel fertigzuschreiben, hatte aber genug von dem Toilettentrick.

Sagte zu mir: Bronsky. Versuch's in 'ner Cafeteria. Aber nicht in der Emigrantencafeteria, weil du dort auf deinen guten Ruf achten mußt. Außerdem schreibst du dort. Du darfst es dir dort mit dem Manager nicht verderben.

Bronsky, sagte ich zu mir. Geh in die große Cafeteria in der 34. Straße, direkt am Garment Center. Du kennst sie gut. Am Eingang steht ein Speiseticketautomat. Die Gäste nehmen sich je ein Ticket, holen sich Fraß und Getränke am Büfett mit ihrem Ticket, das sie vom Büfettfritzen knipsen lassen, setzen sich dann an einen der über hundert Tische, fressen gemütlich, trinken, holen sich dann vielleicht noch was, mit dem Ticket natürlich, setzen sich wieder, sitzen noch ein Weilchen herum und zahlen dann erst später beim Rausgehen an der Kasse, wobei sie das Ticket abgeben. Der Haken ist bloß, daß keiner so ohne weiteres an der Kasse vorbei kann, ohne das Ticket vorzuzeigen.

Gewöhnlich steht der Aufpasser zwischen Kasse und Speiseticketautomat. Sein Job ist nicht einfach, und er tut mir fast leid. Der Aufpasser muß nämlich zwei Schlangen im Auge behalten: die eine, die sich an der Kasse am Ausgang vorbeischiebt – damit jeder auch wirklich zahlt –, die andere, die durch den Eingang drängt – damit es keinem einfällt, etwa zwei Tickets zu nehmen.

Ich wartete die Stoßzeit ab. Als ich im richtigen Moment in der Schlange stand, zwischen all den Leuten, die von den Fabriken der Kleiderindustrie im Garment Center ausgespuckt worden waren und die sich jetzt durch den Eingang der großen Cafeteria zwängten, da war der Aufpasser gerade mal abgelenkt. Ich sah, daß er dem Speiseticketautomaten den Rücken kehrte und das Kassengirl anschrie, die irgend etwas falsch gemacht hatte. Ich nahm schnell zwei Tickets und wurde von der Schlange weitergeschoben.

Ich ließ das eine Ticket knipsen, holte mir eine Suppe, Schmorbraten mit Kartoffeln und Gemüse, später mit demselben Ticket Kaffee und Kuchen. Dann, als ich den Bauch voll hatte, zerriß ich das Ticket und ging hinaus. Ich zeigte an der Kasse das zweite Ticket, das nicht geknipst worden war.

»Haben Sie nichts gegessen, Sir?«

»Gar nichts.«

»Auch nichts getrunken?«

»Nein. Sie sehen doch ... Das Ticket ist nicht geknipst.«

»Entschuldigen Sie.«

»Okay.«

Am nächsten Abend machte ich dasselbe. Als ich – nachdem ich mich gestärkt hatte – beim Rausgehen an der Kasse vorbei mußte und dem Kassengirl das zweite Ticket gab, tauchte plötzlich der Aufpasser auf.

»Wieso haben Sie ein Ticket, das nicht geknipst worden ist?«

»Weil ich nichts gegessen habe.«

»Sie haben sicher zwei Tickets genommen?«

»Können Sie das beweisen?«

»Nein.«

»Okay«, sagte ich.

»Okay«, sagte der Aufpasser.

Er rannte mir auf die Straße nach. »Wenn Sie nächstens hierherkommen und nur herumsitzen, ohne was zu verzehren, dann kommen Sie bitte nicht während der Stoßzeit.«

»Okay«, sagte ich.

»Okay«, sagte der Aufpasser.

Ich erinnere mich: Nacht für Nacht saß ich in der Emigrantencafeteria Ecke Broadway / 86. Straße und schrieb wie besessen, mit wenigen Cents in der Tasche, einem Bleistift, der schon zu kurz war, um noch mal gespitzt zu werden, und einem Haufen Schreibpapier. Ich kümmerte mich nicht um die Gäste an den Tischen ringsum. Gesprächsfetzen, Gelächter, das Rücken von Stühlen, das Klappern des Geschirrs, auch die fernen Geräusche der Straße störten mich nicht. Ich nahm das alles nicht wahr. Ich schrieb, bis es hinter der offenen Eingangstür zu dämmern anfing. Dann stand ich auf, ein wenig benommen, schlaff in den Knien, aber mit einem Glücksgefühl unter der Haut. Ich bezahlte den ›dime‹ für die einzige Tasse Kaffee, die ich getrunken hatte, trat dann hinaus auf die Straße, atmete tief und beruhigt, blickte mich nach den Strichmädchen um, die nicht mehr zu sehen waren, wanderte dann den Broadway entlang bis zur 75. Straße, bog um die Ecke und ging langsam auf das Haus zu, in dem ich wohnte.

An jenem Morgen, als ich die letzten Sätze des Fünften Kapitels geschrieben hatte, fühlte ich mich so leicht und beschwingt wie selten zuvor. Nachdem ich die Cafeteria verlassen hatte, ging ich pfeifend den Broadway entlang, lachte zuweilen vor mich hin, spürte meinen Schwanz wachsen, bastelte verstohlen an den Knöpfen meiner Hose, ging ein wenig taumelig im Halbdunkel der Straße wie in einem Rauschzustand.

Ich weiß nicht, was das war. An jenem Morgen konnte ich meinen Schwanz nicht beruhigen. Zu Hause nahm ich gleich eine kalte Dusche. Es nützte nichts. Ich dachte an Auschwitz. Umsonst. Ich ging zu Bett, zog mir die Decke über den Kopf, legte mich nicht auf den Bauch, weil ich meinen Schwanz nicht noch mehr reizen wollte, lag auf dem Rücken, faltete die Hände, fing zu beten an, obwohl ich kein Gläubiger war, fluchte dann. Alles vergeblich. »Hör zu«, sagte ich zu meinem Schwanz. »Ich werde mit dir reden. Vernünftig. Schließlich sind wir unter uns. Ich weiß, daß du heute feiern willst, weil wir das Fünfte Kapitel beendet haben. Wir haben es geschafft. Wir haben geschwitzt und geblutet. Um es dir kurz zu sagen: Wir haben beide einen guten Fick verdient. Aber was nützt das. Dein Herr und Meister hat keine zehn Cent in der Tasche. Vergiß das Ganze. Entspann dich. Schlaf ein. Auch ich werde versuchen, ein wenig zu schlafen, denn heute nachmittag brauche ich einen verdammten Job.«

»Ich will mich aber nicht entspannen«, sagte mein Schwanz. »Die Luft ist heiß und schwül hinter dem offenen Fenster. Laß dir für mich was einfallen, Jakob Bronsky. Hab' ich dir nicht beim Schreiben des Fünften Kapitels geholfen? Hast du es nicht aufs Papier gezaubert? Woher stammt deine Kraft? Wer steckt hinter deiner Phantasie? Denk mal nach, Jakob Bronsky!«

Verdammt noch mal. Was hast du nur, Jakob Bronsky? Was erfüllt dich mit solcher Sehnsucht?

Da war diese Chefsekretärin, die ich gern mal in den Arsch gefickt hätte. Chefsekretärin war sie, und zwar beim größten Verleger Amerikas, bei Doublecrum & Company.

Wie hast du sie kennengelernt? Versuch dich zu erinnern, Jakob Bronsky. Wie war das?

Das war so: Ich war gerade zwei Wochen in Amerika und hatte diesen Job als Laufbursche in einem Sandwich-Shop.

»Wie heißt du?« fragte mein Boß, als ich dort anfing.

Ich sagte: »Jakob Bronsky.«

»Das ist zu lang«, sagte der Boß. »Hier heißt du bloß Jack.«

»Okay«, sagte ich. »Ich heiße Jack.«

»Paß auf, Jack«, sagte der Boß. »Der Job ist einfach. Dazu brauchst du kein College. Nichts brauchst du dazu. Auch keine Grütze im Kopf. Bloß lesen mußt du können. Kannst du lesen?«

»Ja«, sagte ich. »Lesen kann ich.«
»Okay«, sagte der Boß.

»Paß auf, Jack«, sagte der Boß. »Der Job ist ganz einfach. Wir produzieren hier Sandwiches und Kaffee am laufenden Band. Kapierst du das?«
»Das kapier' ich«, sagte ich.
»Okay«, sagte der Boß.
»Okay«, sagte ich.

»Paß auf, Jack«, sagte der Boß. »Ich nehme an, daß so ein Grünhorn wie du wenig Grütze im Kopf hat, nicht mehr als ein verdammter Nigger. Aber das, was ich dir sage, wirst du sicher kapieren.«
»Ja«, sagte ich.
»Okay«, sagte der Boß.

»Paß auf, Jack«, sagte der Boß. »Der Job ist ganz einfach. Wir kriegen hier laufend Telefonanrufe, und zwar aus den Büros in der Madison Avenue. Verstehst du das?«
»Jawohl«, sagte ich. »Das versteh' ich.«
»Die Girls in den Büros sind zu faul, um zu uns in den Laden zu kommen und hier ihren Sandwich zu kaufen oder ihren Kaffee. Deshalb liefern wir ihnen den Sandwich und den Kaffee ins Büro. Verstehst du das? Die rufen hier an, geben die Bestellung durch, sagen uns, wann sie den Sandwich wollen und den Kaffee, auch die Uhrzeit, sehr wichtig, die genaue Uhrzeit, und wir tun unser Bestes, um sie zufriedenzustellen, das heißt: die Bestellung pünktlich abzuliefern.«
»Mit Hilfe eines Laufburschen?«
»Sehr richtig«, sagte der Boß. »Du bist gar nicht so dumm, wie du aussiehst.

Wir packen den Sandwich in sauberes Wachspapier«, sagte der Boß, »den Kaffee in einen Super-Pappbehälter. Dann kommt das Zeug in eine Tüte, auf der die Uhrzeit und die Adresse steht, kapiert?«

»Kapiert.«

»Kannst du auch wirklich Adressen lesen?«

»Ja, das kann ich.«

»Viele von den Boys können nämlich nicht richtig lesen«, sagte der Boß. »Das betrifft besonders die verdammten Puertorikaner.«

»Ja«, sagte ich.

»Weil diese verdammten Boys nie Englisch gelernt haben.«

»Ja«, sagte ich.

»Die Nigger können alles lesen«, sagte der Boß. »Aber sie sind dumm und faul.«

»Ja«, sagte ich.

»Bist du dumm und faul?«

»Nein«, sagte ich.

»Wir haben hier zehn Laufburschen«, sagte der Boß. »Alles Nigger und Puertorikaner. Du bist der einzige weiße Boy.«

»Ja«, sagte ich.

»Unsere beste Kundin ist die Chefsekretärin von Doublecrum & Company, kapiert?«

»Kapiert.«

»Sie kann die Nigger nicht ausstehen, auch nicht die Puertorikaner.«

»Ja«, sagte ich.

»Sie ist von heute an deine Kundin, kapiert?«

»Kapiert.«

»Weil du ein weißer Boy bist, kapiert?«

Ich sagte: »Kapiert.«

Es war wirklich ein einfacher Job. Nach einigen Tagen kannte ich sämtliche Dienstboteneingänge und -aufzüge in der Madison Avenue zwischen der 52. und der 59. Straße, die sieben Straßenblocks, die wir zu unserem Revier zählten.

Ja. Und da war diese Chefsekretärin, die keine Nigger und Puertorikaner mochte. Vielleicht hatte sie Angst vor ihnen. Vielleicht träumte sie nachts von ihren Schwänzen? Schwarze und braune Schwänze sind bedrohlich. Weiße Frauen sehnten sich nach ihnen und durften das nicht zugeben.

Und da war ich, Jakob Bronsky, der weiße Boy, dessen Namen man gekürzt hatte. Ich war jetzt Jack. Vor mir hatte sie keine Angst. Ich war harmlos. Ein harmloser weißer Boy. Jack. Ich klopfte jeden Mittag um Punkt zwölf an ihre Bürotür.

Sie war eine schöne Frau, weder jung noch alt, mit großen Titten und großen Augen. Ihren Arsch hab' ich nie gesehen, weil sie nie aufstand. Sie saß bloß hinter ihrem Schreibtisch, nahm die Tüte mit dem Sandwich und dem Kaffee, bedankte sich, gab mir mein Trinkgeld – einen ›dime‹ –, lächelte, blickte mich an.

Sie blickte mich immer an, wenn ich ihr die Tüte gab. Trotzdem merkte ich, daß sie mich gar nicht sah. Sie blickte lächelnd durch mich hindurch. In all den Wochen hat sie mich lächelnd angeblickt und doch nicht gesehen.

Und die hätt' ich jetzt gern in den Arsch gefickt.

10.

Ich stelle mir vor, daß der Arsch, den ich nie gesehen hab', ganz normal aussieht: die normale Steißbeinverlängerung einer gewöhnlichen Chefsekretärin in der Madison Avenue. Ich stelle mir vor, daß ich wieder Jack bin, der kleine Boy mit der Sandwich- und Kaffeetüte, der kein Nigger ist und auch kein Puertorikaner.

Um zwölf steh' ich vor ihrer Bürotür, halte den Atem an, klopfe und trete ein. Da sitzt sie, mit ihren großen Titten und großen Augen. Sie blickt lächelnd durch mich hindurch, nimmt die Tüte, bedankt sich und schiebt mir einen lausigen ›dime‹ ans andre Ende des Schreibtisches.

»Warum nehmen Sie Ihr Trinkgeld nicht?«

»Weil ich Sie in den Arsch ficken will!«

»Wie bitte?«

»Ich habe Ihren Arsch nie gesehen, weil Sie ihn immer hinter dem Schreibtisch verstecken.«

»Wie reden Sie eigentlich mit mir? Ich werde mich bei Ihrem Boß beschweren.«

»Das ist mir scheißegal.«

»Ich werde die Polizei anrufen!«

»Das werden Sie nicht tun!«

»Warum?«

»Weil ich ein Messer in der Tasche habe.«

»Sie wollen mich umbringen?«

»Jawohl. Warum haben Sie so große Titten?«

»Das weiß ich nicht.«

»Und so große Augen?«

»Das weiß ich nicht.«

»Warum haben Sie mich noch nie gesehen, obwohl Sie mich immer anblicken?«

»Das weiß ich nicht.«

»Mit Ihren großen Augen?«

»Das weiß ich nicht.«

»Ich bin für Sie nur ein Sandwich- und Kaffeeboy. Nichts weiter. Es würde Ihnen nie einfallen, mein Gesicht zu studieren. Nicht wichtig genug.«

»Das stimmt.«

»Woran denken Sie, wenn ich täglich in Ihr Büro komme?«

»An nichts. Oder doch. Warten Sie mal: Ich denke an meinen Sandwich und den Kaffee. Frage mich, ob der Kaffee heiß ist und der Sandwich frisch.«

»Daran denken Sie, wenn Sie mich anblicken?«

»Jawohl.«

»Und was sagen Sie zu mir?«

»Ich sage: ›Vielen Dank. Hier ist Ihr ›dime‹.«

»Sie sagen immer dasselbe.

UND JETZT WILL ICH SIE ENDLICH IN DEN ARSCH FICKEN!«

»Haben Sie Erbarmen mit mir!«

»Kein Erbarmen!«

»Der Verleger könnte reinkommen!«

»Ich scheiß' auf den Verleger.«

»Er ist ein wichtiger Mann.«

»Ich bin auch ein wichtiger Mann!«
»Wie meinen Sie das?«
»Ich bin Schriftsteller.«
»Wirklich?«
»Ja.

Und jetzt will ich sie endlich in den Arsch ficken!«

»Sie haben meinen Arsch aber noch nie gesehen!«
»Das stimmt.«
»Weil ich ihn hinter dem Schreibtisch verstecke?«
»Sehr richtig.

Ich wette, daß Ihr Arsch ganz normal aussieht. Mit einem kleinen Grübchen links oder rechts. Ich wette, daß Sie leise stöhnen, wenn ich Ihnen die Arschbacken aufreiße. Und ich wette, daß Sie aufschreien, wenn ich's dann mache: den steifen Schwanz reinstecke und Sie richtig vollpumpe. Na, was sagen Sie dazu?«

Ich lege meine Laufburschenmütze mit dem Firmenabzeichen auf den Rand des Schreibtisches. Meine Laufburschenjacke mit demselben Firmenabzeichen ziehe ich aus. Langsam knöpfe ich mein Hemd auf, ziehe es aus. Die Klimaanlage stört mich nicht. Dann ziehe ich meine Pariser Hose aus, auch die Unterhose. Nackt stehe ich vor dem Schreibtisch. »Na, wird's bald!«

Jetzt steht sie ängstlich auf. Sie streift ihr Kleid ab. Sie blickt mich an, durch mich hindurch. Noch hab' ich ihren Arsch nicht gesehen. Noch nicht. Sie müßte sich erst umdrehen.

Da klopft es an der Tür. Ich denke: Das könnte der

Verleger sein. Doublecrum! Hau ab, Jakob Bronsky, ehe es zu spät ist.

Du mußt dir etwas anderes einfallen lassen, Jakob Bronsky. Auf diese Art und Weise kommst du nie an ihren Arsch ran. So geht das nicht. Du bist auch nicht der Typ, der eine Frau vergewaltigt. Außerdem hätt' sie's nicht geglaubt: das mit dem Messer. Laß dir was anderes einfallen.

Also gut, sag' ich zu mir. Was hab' ich's nötig, ihr mit dem Messer zu drohen oder sie zu vergewaltigen. Es gibt andere Methoden, um ein Mädchen zu ficken, die zufällig Chefsekretärin bei Doublecrum & Company ist. Du könntest sie ja auf einer Party treffen, zum Beispiel: eine Verlegerparty?

»Darf ich vorstellen? Das ist Herr Bronsky. Unser neuer Star-Autor. Ein Genie. Sein Buch kommt in diesem Herbst auf den Markt, und Mr. Doublecrum hat vor, es ganz groß zu lancieren.«

Die Chefsekretärin strahlt. Sogar ihre großen Titten strahlen. Und ihre großen Augen. Sie reicht mir die Hand. »Ich freue mich, Sie endlich mal persönlich kennenzulernen, Herr Bronsky. Wir haben hier alle Ihr Manuskript gelesen. Ein großartiges Buch.«

»Ich fühle mich geehrt.«

»Nicht so bescheiden, Herr Bronsky!«

»Ich bin aber nicht bescheiden.«

»Doch. Sie sind bescheiden.

Wir haben bereits einen 200 000-Dollar-Film-Vertrag für Sie, Herr Bronsky.«

»Das weiß ich.«

»Wir haben sämtliche Zeitungen alarmiert.«
»Auch die New York Times?«
»Selbstverständlich.«

Die Chefsekretärin winkt einem der weißen Kellner, die mit den Drinks herumlaufen. Ich sage: »So einer war ich auch mal.«

»Ein Kellner?«

»So was ähnliches. Ich habe Sandwiches und Kaffee serviert, in einer großen, braunen Tüte. Ich war ein weißer Boy.«

»Das glaub' ich Ihnen nicht.«

»Doch.«

»Das muß aber schon lange her sein?«

»Gar nicht mal so lange.«

»Denken Sie nicht mehr daran. Sie sind jetzt ein berühmter Schriftsteller. Darauf kommt es an. Auf den Erfolg.«

Ich sage: »Ja.«

»Trinken wir doch auf Ihren Erfolg, Herr Bronsky!«

»Na ja, wenn es Ihnen Spaß macht …

Darf ich Sie später nach Hause begleiten?«

»Selbstverständlich.«

»Werden Sie mich zu einem Drink einladen?«

»Aber Sie haben doch eben mit mir getrunken!«

»Ich meine: zu einem Drink in Ihrer Wohnung!«

»Das weiß ich noch nicht.«

»Wir könnten es uns gemütlich machen. Und dann ein bißchen Spaß haben. Was meinen Sie dazu?«

»Sie sind aber ziemlich direkt, Herr Bronsky.«

»Das ist so meine Art.«

»Ich muß mir das noch überlegen.«

»Okay. Überlegen Sie's sich.«

Mein Lektor zieht mich beiseite.

Er sagt: »Herr Bronsky. Ich würde Ihnen raten, die Chefsekretärin in Ruhe zu lassen.«

»Warum?«

»Weil sie die Geliebte Ihres Verlegers ist. Mr. Doublecrum!«

»Ach so.«

»Das könnte Ihrem Buch schaden. Vergessen Sie nicht, daß Mr. Doublecrum es lancieren will.«

»Ich glaube, Sie haben recht.«

»Wenn Mr. Doublecrum erfährt, daß Sie mit seiner Chefsekretärin schlafen, dann ist es aus mit Ihnen.«

»Verdammt noch mal. Sie haben vollkommen recht.«

Bronsky, sag' ich zu mir. Du wirst nie an ihren Arsch herankommen, weder als Laufbursche noch als berühmter Autor. Ein hoffnungsloser Fall.

Ich sehe mich auf dieser Verlegerparty: Jakob Bronsky. Der Star-Autor des Verlags Doublecrum & Company. Jakob Bronsky umringt von einer Schar junger und nicht mehr ganz junger Damen ... Sekretärinnen, Lektorinnen, auch Damen der Gesellschaft und natürlich einiger Rezensentinnen, unter anderem auch der Herald Tribune und der New York Times. Sie staunen mich an, warten auf ein Lächeln von mir, auf ein Wort, eine gnädige Geste. Jede von ihnen möchte gern mit mir ins Bett, mit mir, dem Traummann Jakob Bronsky. Ich könnte sie alle ficken, eine nach der anderen, der Reihe nach. Aber das will ich nicht. Denn ich, Jakob Bronsky, will nur eins: Ich will den Arsch der Chefsekretärin.

Kurz nach Mitternacht breche ich auf. Die Herren nicken mir zu, die Damen seufzen.

Da stehe ich, Jakob Bronsky, allein auf der Madison Avenue, kurz nach Mitternacht, habe die Party frühzeitig verlassen, bin verstimmt. Ich habe alles erreicht, wovon ich jahrelang geträumt habe. Nur jener andere Traum ist für mich unerreichbar: der Arsch der Chefsekretärin.

Mein Cadillac, den ich vor einiger Zeit von meinen Riesenvorschüssen gekauft hatte, wartet schweigend auf mich am Straßenrand. Ich könnte mich ans Steuer setzen und einfach nach Hause fahren, in meine teure Wohnung, nicht weit von hier, in der Park Avenue. Dort könnte ich einen teuren Wein trinken – Jahrgang 1887 –, lange trinken und viel, mich dann ausziehen, müde vom Wein und nicht mehr ganz fest auf den Beinen, meinen teuren Zweihundert-Dollar-Anzug in den Wandschrank hängen, sorgfältig, damit er nicht knittert, und dann zu Bett gehen. – Aber dazu habe ich keine Lust.

Ich lasse den Cadillac stehen und gehe spazieren. Das beste Mittel, um mich zu beruhigen und den unerreichbaren Arsch zu vergessen. Ich gehe die Madison Avenue entlang, Richtung downtown. Ich gehe schweigend und in Gedanken versunken.

Plötzlich hält ein Auto mit kreischenden Bremsen dicht neben dem einsamen Spaziergänger Jakob Bronsky. Eine Wagentür fliegt auf. Ich blicke mich um. Und wen sehe ich? Die Chefsekretärin!

»Herr Bronsky! Ich bin Ihnen nachgefahren!«

»Das hätten Sie nicht tun dürfen!«

»Ich mußte Sie sprechen! Ich konnte es nicht mehr aushalten!«

»Sie hätten es trotzdem nicht tun dürfen. Es ist zu gefährlich. Was machen wir, wenn Mr. Doublecrum es merkt?«

»Mr. Doublecrum ist stockbesoffen!«

»Und wenn jemand anderer es bemerkt hat und es ihm erzählt?«

»Machen Sie sich keine Sorgen. Ich werde morgen im Verlag erzählen, daß ich Kopfschmerzen hatte und nur deshalb früher weggegangen bin.«

»Und wird man es Ihnen glauben?«

»Ganz bestimmt.«

Ich steige zu ihr in den Wagen.

»Wohin fahren wir?«

»Zu mir nach Hause.«

»Wollen Sie nicht irgendwo einen Kaffee trinken?«

»Nein. Wir fahren direkt zu mir nach Hause!«

Ich habe immer noch Angst vor Mr. Doublecrum, obwohl mich nach ihrem Arsch hungert. »Wir könnten ja erst mal nach Greenwich Village fahren«, sage ich vorsichtig. »Wir könnten dort in so 'n Künstlerlokal gehen.«

»In den Künstlerlokalen in Greenwich Village sitzen nur erfolglose Künstler.«

»Das stimmt.«

»Ich hasse erfolglose Künstler.«

»Wirklich?«

»Ja. Die sitzen den ganzen Tag in so 'ner Greenwich-Village-Pinte und reden über Kunst. Solche Leute kann ich nicht achten. Ich achte Leute wie Sie, Herr Bronsky, die nicht über Kunst reden, sondern echte Kunst produzieren.«

»Da haben Sie eigentlich recht.«

»Wir fahren jetzt zu mir nach Hause!«

»Und was ist mit Mr. Doublecrum?«

»Vergessen Sie Mr. Doublecrum!«

Heute nacht werde ich die Chefsekretärin ficken, und zwar in den Arsch. Ich denke nicht mehr an Mr. Doublecrum. Ich habe Mr. Doublecrum vergessen. Ich bin aufgeregt. Auch die Chefsekretärin ist aufgeregt. Die Erregung hat uns beiden die Stimme verschlagen. Schweigend fahren wir durch die Nacht.

Ich versuche nicht daran zu denken, was ich im Laufe der Zeit von den Emigranten über die Amerikanerinnen gehört habe. Trotzdem fällt es mir wieder ein:

»Bronsky! Laß die Finger von ihnen! Bronsky! Das ist nichts für dich! Bronsky! Paß auf. Das ist nämlich so: Zuerst mußt du viele Piepen für sie springen lassen, denn jede Amerikanerin weiß genau, wieviel ein Mann für sie ausgeben muß. Das hängt mit ihrem Selbstwertgefühl zusammen und ihrer Selbsteinschätzung und ihren Komplexen und ihrem Männerhaß, und auch mit der Stellung der Frau in diesem Land und ihrer Erziehung zum kostbaren Geschlechtsobjekt in einer konformen Gesellschaft. So ist das, lieber Bronsky. Und dann, lieber Bronsky, wenn sie endlich bereit ist, dann wirst du zu einem Fick eingeladen, darfst sie aber nicht anrühren, wenigstens nicht sofort. Und weißt du warum? Weil sie erst ein paar Gläschen Whisky saufen muß, um ihren Ekel zu überwinden und ihre Hemmungen und all die Ängste, die ihr von Kindheit an eingebläut worden sind. So ist das, lieber Bronsky. Und erst dann, lieber Bronsky, wenn so ein Weib richtig besoffen ist, dann darfst du die immer noch nicht anrühren. Dann taumelt sie nämlich ins Badezimmer, um eine Dusche zu nehmen, damit sie steril wird. Und dann kommt sie heraus aus dem Badezimmer, und du darfst sie immer noch nicht anrühren. Denn dann mußt auch du ins Badezimmer, damit auch du steril wirst. So ist das. Und dann kommst du raus, nackt und sauber und steril und darfst sie immer noch nicht anrühren. Denn inzwischen ist sie halbwegs wieder nüchtern geworden und braucht noch ein paar Gläschen Whisky. So ist das, lieber Bronsky. Und erst dann, ja, erst dann oder etwas später, dann kannst du sie endlich ficken. Aber es wird ein mieser Fick sein, lieber Bronsky. Ein ganz mieser.«

Denk nicht dran, Bronsky. Es wird bestimmt anders werden. Schließlich bist du Jakob Bronsky, der Star-Autor von Doublecrum & Company. Und sie ist die Chefsekretärin.

Eine lange, schweigsame Fahrt. Sie wohnt in Queens. Wir lassen die Skyline Manhattans hinter uns, die Brücken und den Eastriver. Heimtückisches Dunkel vor uns auf der Autobahn.

Endlich kommen wir an. Sie parkt den Wagen. Sie nimmt meine Hand. Sie zerrt mich über die Straße. Sie schließt die Haustür auf. Sekunden später sausen wir im Aufzug nach oben. Die Tür des Aufzugs springt auf. Wir stehen vor ihrer Wohnung.

Sie schließt die Tür auf. Sie stößt mich ins Dunkel. Ich falle auf den Teppich. Sie reißt mir im Dunkeln die Kleider vom Leib.

»Warum machen Sie kein Licht?«

»Dazu ist keine Zeit.«

»Ich möchte aber Ihre Wohnung sehen.«

»Dazu ist keine Zeit.«

»Und Ihre großen Augen. Und Ihre großen Titten.«

»Dazu ist keine Zeit.«

»Was machen Sie?«

»Ich ziehe mich aus.«

Wir liegen nackt auf dem Teppich.

»Wollen Sie nicht erst ein paar Gläschen Whisky trinken?«

»Das habe ich nicht nötig. Nicht, wenn ich mit Jakob Bronsky auf dem Teppich liege.«

»Sie meinen mit dem Star-Autor?«

»Sehr richtig.«

»Und wie ist's mit 'ner heißen Dusche?«

»Keine heiße Dusche.«

»Soll ich meinen Dichterschwanz da vorne bei Ihnen reinstecken?«

»Das geht leider nicht.«

»Warum?«

»Ich habe meine Tage.«

»Das macht mir nichts aus.«

»Es geht wirklich nicht.«

»Wie wollen Sie's machen?«

»Von hinten.«

»Von hinten?«

»Sehr richtig.«

»Ich habe lange von Ihrem Arsch geträumt.«

»Wirklich?«

»Ja.«

»Warten Sie 'n Moment.«
»Warum?«
»Ich muß erst eine Creme nehmen.«
»Wo haben Sie die Creme?«
»In meiner Handtasche.«
»Wo ist die Handtasche?«
»Sie ist hier ... auf dem Teppich.«

»Ist die Creme in einer Schachtel?«
»Nein. In einer Tube.«
»Können Sie die Tube im Dunkeln finden?«
»Ich hab' sie schon gefunden.«
»Kann ich Ihnen irgendwie behilflich sein?«
»Nein.«
»Haben Sie die Tube aufgeschraubt?«
»Ich habe sie schon aufgeschraubt.«
»Was machen Sie jetzt?«
»Ich creme mich ein.«
»Das dauert aber lange.«
»Gar nicht lange. Ich mache es bloß richtig. So. Fertig. Eingecremt.«

Endlich. Die Stunde der Wahrheit hat geschlagen! Die Minute! Die Sekunde! Zeitpunkt Null. Es ist soweit!

Als es mir kommt ... in meinem möblierten Zimmer, bei offenem Fenster, in meinem einsamen Bett, unter meiner Bettdecke ... da höre ich den Aufschrei der Chefsekretärin. Der Eastriver sprengt die Brücken. Manhattans Skyline stürzt ein. Doublecrum & Company existiert nicht mehr. Über die Madison Avenue schweben braune Papiertüten mit Sandwiches und Kaffee in Super-Pappbehältern. Auf der Straße, zwischen Autotrümmern, liegen kleine tote Nigger und Puertorikaner. Irgendwo liegt auch ein toter weißer Boy. Er hält eine Frau im Arm, die aus dem eingestürzten Büro des großen Verlegers auf die Straße gefallen war, eine tote Frau mit großen Titten und großen toten Augen: die Chefsekretärin.

11.

Herr Selig hatte die Grippe und war zu Hause geblieben. Als ich am frühen Nachmittag in die Küche kam, ziemlich verkatert, mit brummendem Kopf, trank er gerade Kaffee. Mein erster Gedanke war: Bronsky! Heute kannst du nicht frühstücken. Dein Fach im Kühlschrank ist nach wie vor leer, und der wird merken, wenn du was von den anderen klaust. Das geht nicht. Der paßt scharf auf.

»Hab' die Grippe«, sagte Herr Selig. »Ist aber nicht so schlimm. Bin natürlich zu Hause geblieben.«

»Das sehe ich.«

»Wie geht es Ihnen?«

»Mir geht's ausgezeichnet.«

»Sie sehen ziemlich verkatert aus.«

»Hab' nicht viel geschlafen.«

»Sie sehen aus, als ob Sie 'ne heiße Nacht hinter sich hätten.«

»Das mag sein.«

»Haben wohl 'n Mädchen auf'm Zimmer gehabt?«

»Ja.«

»Hat die Wirtin nichts gemerkt?«

»Die hat nichts gemerkt.«

»Werden Sie heute wieder schreiben?«

»Heute nicht. Ich bin nämlich blank und brauche einen Job.«

»Ohne Geld geht's nicht?«
»Nicht auf die Dauer.«
»Haben Sie was in Aussicht?«
»Ja.«

»Ich habe gehört, daß es jetzt 'ne Menge Jobs gibt. Stimmt das?«

Ich sagte: »Im Sommer gibt es immer Jobs. Urlaubsvertretungen. Da kriegt man immer was.«

»Da kriegen sogar die Penner in der Warren Street Arbeit?«

»Das stimmt.«

»Sie gehen doch in die Warren Street?«

»Ja. Ich gehe in die Warren Street.«

»Da bin ich auch mal hingegangen. Ganz am Anfang. Aber jetzt nicht mehr.«

»Natürlich. Sie haben ja einen festen Job.«

»Das kann man wohl sagen. Vor allem: einen sicheren Job.

Ist es nicht zu spät, um jetzt noch Arbeit zu suchen?«

»Nein. Die Nachtjobs werden erst nach vier Uhr verteilt.«

»Dann müssen Sie aber bald gehen?«

»Ich mache mich gleich auf die Socken.«

»Sie müßten sich auch rasieren.«

»Selbstverständlich.«

Ich rasierte mich mit der letzten stumpfen Klinge, nahm ein Bad, zog mich an und machte mich dann gleich auf den Weg zur Warren Street. Da ich keinen einzigen Cent in der Tasche hatte, fuhr ich nicht mit der U-Bahn, sondern mit dem Bus. Ich hatte einige Schwierigkeiten, aber schaffte es schließlich mit dem üblichen Trick. Eigentlich war die Welt noch in Ordnung. Ich war zwar hungrig und verspürte ein leichtes Schwindelgefühl, aber schließlich: was konnte mir schon passieren? Keiner würde mich nach Auschwitz verschleppen. Silberstein würde mir einen Job geben. Ich würde eine Nacht arbeiten, irgendwas, vielleicht wieder als Kellner oder als Tellerwäscher oder was anderes. Vielleicht würde ich sogar zwei Nächte arbeiten oder mehr. Ich könnte mir auch von Silberstein später einen Tagesjob geben lassen und 'ne Woche oder sogar zwei durchhalten, vielleicht etwas Geld sparen, um dann wieder in Ruhe schreiben zu können.

In den nächsten Tagen arbeitete ich vertretungsweise als Kellner, Tellerwäscher, Küchenhilfe, Fensterputzer, Autowäscher und Packer. Manche Jobs waren nachts, manche am Tage. Wenn ich nachts arbeitete, kam ich gewöhnlich am frühen Morgen müde zu Hause an und legte mich gleich schlafen. Arbeitete ich jedoch am Tage, dann ging ich nach der Arbeit noch nicht nach Hause, sondern trieb mich am Times Square herum, saß in Donald's Pinte, trank Bier, aß eine heiße Suppe oder eine Frankfurter, beobachtete meine Umgebung, redete mit den Times-Square-Pennern, den Strichmädchen, den Zuhältern, machte Notizen, dachte über das Sechste und Siebente Kapitel nach, die ich bald schreiben würde. Zuweilen ging ich auch zur Nachtvorstellung ins Kino.

Einmal, in einem billigen Times-Square-Kino, saß ich neben einem weißen Mädchen. Sie war offenbar eine von denen, die fixten. Sie saß mit weit offenen Augen neben mir und starrte an der hellen Leinwand vorbei ins Leere. Sie saß so merkwürdig da, als wäre sie nicht von dieser Welt. Bronsky, sagte ich mir. Die ist im Tran. Sie träumt mit offenen Augen. Es könnte auch sein, daß sie nicht einmal weiß, daß sie im Kino ist.

Ich legte vorsichtig meine rechte Hand auf ihr Knie. Sie merkte nichts. Aber als ich meine Hand unter ihr Kleid schob, wachte sie jäh auf, hob den Kopf und schob meine Hand weg.

Irgendwie klappte das nicht mit den Jobs. Entweder wurde ich schon nach wenigen Stunden gefeuert, oder ich verdiente so wenig, daß ich am nächsten Tag gar nicht erst zurückging. Eines Tages beschloß ich, mit Silberstein offen zu reden.

Ich ging schon am Vormittag in seine Agentur in der Warren Street. Micky Silberstein sah mich natürlich hereinkommen, tat aber so, als hätte er mich nicht bemerkt. Der Raum war auch am Vormittag überfüllt. Die Penner saßen wie sonst dösend auf den langen Bänken. Trotzdem hatte sich irgendwas verändert. Ich stellte fest: keine leeren Whisky- oder Ginflaschen auf dem dreckigen Fußboden. Keiner der Penner schien heute zu saufen. Sie saßen da, geknickt, rauchend, wartend. Dann bemerkte ich das große Schild über Micky Silbersteins Schreibtisch: KEINE JOBS FÜR SÄUFER!

Ich nahm stillschweigend neben den Pennern Platz, zündete mir eine Zigarette an und wartete.

»Tellerwäscher gesucht!« brüllte Micky Silberstein. »Klassejob in Coney Island! Wer hat Lust, zwei Tage zu arbeiten!«

Einige Penner standen auf und schlurften zu Mickys Schreibtisch.

»Der Reihe nach aufstellen!« brüllte Micky Silberstein. »Jeder von euch beugt sich dann zu mir herüber und haucht mich an. Wer nicht besoffen ist, kriegt den Job!«

Links neben mir saß ein Penner in einem Cowboyhut.

»Na, was sagst du dazu, Kumpel?«

»Gar nichts.«

»Wette mit dir, daß keiner den Job kriegt.«

»Warum?«

»Weil sie alle besoffen sind.«

»Ich habe keinen trinken gesehen?«

»Die waren schon besoffen, bevor sie hierherkamen.«

»Das kann sein.«

»Ich könnte den Job kriegen, aber ich will ihn nicht.«

»Warum?«

»Weil ich nicht bis Coney Island fahre. Das ist zu weit.«

»Ja. Da hast du recht.«

»Warum nimmst du den Job nicht?«

»Weil ich auch keine Lust habe, bis nach Coney Island zu fahren.«

Ich saß ziemlich lange zwischen den Pennern. Micky Silberstein hatte eine Menge Jobs, aber sie waren meistens außerhalb Manhattans oder so schlecht bezahlt, daß ich es vorzog, abzuwarten. Endlich gab mir Micky ein Zeichen.

»Na, Bronsky. Wie geht's?«

»Mir geht's gut, Micky. Nur mit deinen Jobs stimmt was nicht.«

»Was ist mit meinen Jobs?«

»Sie sind beschissen.«

»Okay, Bronsky. Ich geb' dir, was ich habe.«

»Du gibst mir in der letzten Zeit lausige Jobs.«

»Du taugst eben nicht für die wirklichen Klassejobs.«

»Was soll das heißen?«

»Denk mal an Barney's Steak House. Dort hast du ziemliche Scheiße gebaut.«

»Das war eben kein Job für mich.«

»Du bist kein richtiger Kellner. Das ist der Haken. Baust nur Scheiße, und ich krieg dann deinetwegen Schwierigkeiten.«

»Gib mir 'n anständigen Kellnerjob!«

»Du meinst einen, wo du wieder mal vierzig Piepen an einem Abend verdienen kannst?«

»Genau das mein' ich, Micky.«

»Hab' ich nicht, Bronsky.«

»Ich wette, daß du so einen Job hast.«

»So einen hab' ich nicht, Bronsky.«

Micky Silberstein wühlte eine Zeitlang in einem Haufen von losen Papieren herum, fischte dann einen Zettel heraus und grinste: »Hast du Lust, als Portier zu arbeiten?«

»Was ist das für ein Job?«

»Der richtige Job für dich, Bronsky.«

»Was für 'n Job?«

»'ne Urlaubsvertretung. Drei Wochen. Nachtschicht. Ehrlicher Mann. Alter unwichtig. Muß es drei Wochen lang aushalten.«

»Drei Wochen ist 'ne lange Zeit, Micky.«

»Der Job ist leicht, Bronsky. Überleg's dir.«

»Ich nehme ihn für drei Tage.«

»Das geht nicht, Bronsky. Der Job ist für drei

Wochen. Und du mußt es drei Wochen lang aushalten.«

Ich habe den Job angenommen. Hab' zu mir gesagt: Bronsky! Drei Wochen ist 'ne lange Zeit. Aber du wirst es eben aushalten müssen. Vielleicht ist es gut so. Du wirst dir eine Stange Geld sparen. Und dann kannst du wieder in Ruhe schreiben.

12.

Bronsky! Der Job ist wirklich Klasse. Du hast ja nie gewußt, wie leicht es ein Nachtportier hat. Keinen Aufseher. Keine Normen zu erfüllen. Kein Fließband. Auf jeden Fall besser als die verdammte Kellnerei. Als Nachtportier brauchst du keine schweren Tabletts zu tragen, keine dreckigen Tische abzuräumen, brauchst dich nicht zu beeilen, damit die Gäste nicht weglaufen, kümmerst dich nicht um richtige oder falsche Rechnungen, hast keinen Ärger mit den Bossen und ihren Frauen, die immer alles besser wissen und dir auf die Finger gucken, hast auch keinen Streit mit den Oberkellnern und den schwitzenden Köchen in der Küche. Micky Silberstein hat recht gehabt: Das ist der richtige Job für dich.

Bronsky, hab' ich zu mir gesagt, als ich nach meiner ersten Nachtschicht um Punkt acht Uhr abgelöst wurde von dem alten Iren, der seit dreißig Jahren die Tagesschicht machte und der schon etwas bekloppt war von dem langen Dienst ... Bronsky, hab' ich zu mir gesagt, der Job ist wirklich Klasse. Die Hausverwaltung hat dir 'ne schmucke, goldbetreßte Livree gegeben, auch 'ne Mütze mit allem Drum und Dran. Auch das Haus ist in Ordnung. Park Avenue, beste Gegend. Und die Hausbewohner, ebenfalls okay.

Bronsky! Du hast es richtig getroffen. Du fängst den Dienst um Mitternacht an. Du hast gar nichts zu tun. Die Haustür ist zu. Du sitzt in der Diele auf deinem faulen Arsch. Bequemer Stuhl. Alles okay. Manchmal kommt jemand nach Hause, oder ein Besucher geht weg. Dann springst du auf, grüßt höflich und machst die Tür auf oder zu. Alles sehr einfach. Ab und zu machst du einen Rundgang, kontrollierst die Klimaanlage, den Aufzug, die elektrischen Sicherungen, horchst in den Keller hinein, ob sich dort nichts bewegt, guckst auch durch eines der rückwärtigen Dielenfenster auf die Feuertreppe, reine Vorsichtsmaßnahme. Sonst nichts.

Bronsky, hab' ich zu mir gesagt. Wer sind wohl die vielen hübschen Mädchen, die spät nachts im Schlafrock zu dir in die Diele kommen und dir Trinkgelder zustecken? Sind das die Callgirls, von denen der alte Ire gesprochen hatte und die hier in dem vornehmen Haus wohnen? Ist Prostitution in Amerika nicht streng verboten?

Bronsky, hab' ich zu mir gesagt. Da kommen 'ne Menge fremder Besucher nach Mitternacht. Sie sind gut angezogen, tragen helle Sommerhüte, modische Anzüge und bunte Krawatten. Sind das Kunden der Callgirls oder ihre Zuhälter? Schwer zu unterscheiden. Die geben dir auch Trinkgelder, damit du die Schnauze hältst, und du dürftest sie gar nicht hereinlassen, ohne genau zu kontrollieren, wohin und zu wem sie eigentlich wollen.

Bronsky, hab' ich zu mir gesagt: Du wirst die Hausverwaltung nicht alarmieren. Schließlich geht dich das nichts an. Und der alte Ire hält ja auch den Mund. Und der ist dreißig Jahre hier und schon etwas bekloppt.

Eines Nachts läuteten drei Männer. Sie waren gut angezogen, und da dachte ich mir: Die kann man ruhig reinlassen. Sicher wollen die zu den Callgirls. Ich öffnete also die Tür.

Zu spät. Die drei waren bewaffnet. Der eine, ein Weißer, hielt mir 'ne Kanone vor den Mund; der zweite, ein Puertorikaner, zog ein langes Messer; der dritte, ein Neger, hatte einen Hammer.

»So, du kleiner Mutterficker«, sagte der Neger. »Wenn du nicht machst, was wir dir sagen, dann bist du mausetot.«

»Ich mache alles, was ihr sagt.«

»Okay«, sagte der Neger.

»Paß auf, du Hurensohn«, sagte der Weiße. »Wir gehen jetzt in den Aufzug und fahren ein wenig spazieren.«

»Wohin?« fragte ich.

»Das wirst du schon sehen, du kleiner Mutterficker«, sagte der Neger.

Sie wollten mich zuerst aufs Dach schleppen, aber dann sagte der Neger, daß der Keller besser sei. So fuhren wir denn mit dem Aufzug ins Kellergeschoß.

Ich war sicher, daß sie mich umbringen würden. Bronsky, sagte ich zu mir. Was die Nazis nicht geschafft haben, das werden diese Kerle vollbringen.

Sie stießen mich in den Keller. Sie nahmen mir die Brieftasche fort, durchsuchten sämtliche Taschen meiner Livree, zogen mir die Schuhe aus und guckten in den Strümpfen nach, ob ich nicht auch dort Dollars versteckt hätte.

»22 Dollar«, sagte der Neger, der inzwischen meine Brieftasche durchsucht hatte.

»Hast du nicht noch mehr?« fragte der Weiße.

»Das ist alles«, sagte ich.

Sie schleppten mich in den Raum, wo die Waschautomaten standen, die von den Hausbewohnern für den Billigpreis von 25 Cent benutzt wurden. Es ist aus mit dir, dachte ich. Sie werden dich zerstückeln und in einen der Waschautomaten stopfen. Morgen früh wird man Teile von dir finden oder erst morgen nachmittag. Wie konntest du nur so blöd sein und in New York als Nachtportier arbeiten. Das ist ein gefährlicher Job.

Ich mußte mich auf den Fußboden legen und die Arme auf dem Rücken verschränken. Merkwürdigerweise hatte ich weniger Angst als damals während des Krieges, im Güterzug, auf dem Wege zum Schauplatz der Endlösung. Sekundenlang dachte ich an meine Mutter und was sie wohl sagen würde, wenn sie das wüßte. Ich dachte auch an das Sechste Kapitel, das noch nicht geschrieben war.

Sie fesselten meine Beine und Arme. Sie stopften mir einen Knebel in den Mund und rollten mich zwischen die Waschautomaten. Dann verschwanden sie im Aufzug.

Am nächsten Morgen fand mich der alte Ire, der schon ein bißchen bekloppt war von seinem langen Dienst. Er befreite mich von den Fesseln, zog mir den Knebel aus dem Mund und grinste.

Der alte Ire sagte: »Die Leute haben sich gewundert, warum heute früh kein Portier da war.«

»Das kann ich mir gut vorstellen«, sagte ich.

»Das ist ein vornehmes Haus«, sagte der alte Ire. »Hier ist immer ein Portier da. Tag und Nacht.«

»Ja«, sagte ich.

»Ganz besonders in aller Früh. Die Leute sind's gewohnt, wenn sie aus dem Haus gehen.«

»Ja«, sagte ich.

Ich fragte: »Ist das schon mal passiert?«

»Ja«, sagte der alte Ire. »So was passiert öfter. Das gehört zu dem Job.«

»Nur nachts?«

»Meistens nachts«, sagte der alte Ire. »Aber es passiert auch am Tage.«

»Ist es Ihnen schon passiert?«

»Ein paarmal«, sagte der alte Ire.

»Wissen Sie, daß der Portier im Nebenhaus unlängst umgebracht wurde?«

»Nein«, sagte ich.

»Es stand in der Zeitung«, sagte der alte Ire.

»So«, sagte ich.

»Ein genauer Bericht«, sagte der alte Ire. »Sogar mit einem Pressefoto.«

»Was war das für ein Foto?«

»Ein Portier ohne Kopf«, sagte der alte Ire.

»Ohne Kopf?«

»Ja«, sagte der alte Ire.

Der Job war wirklich nicht schlecht. Ich machte nach wie vor die Nachtschicht, der Ire die Tagschicht. Die dritte Schicht von vier bis zwölf machte ein Sizilianer.

Einmal sagte der Sizilianer zu mir: »Bronsky. Willst du noch was nebenbei verdienen?«

»Klar«, sagte ich.

»Hier im Haus wohnt ein alter Konsul. Er ist gelähmt und sitzt in einem Rollstuhl. Hast du Lust, ihn jeden Tag zur Bank zu fahren? Um Punkt neun.«

»Okay«, sagte ich.

»Sonst hat das immer meine Frau gemacht«, sagte der Sizilianer, »ein kräftiges Weibsbild, aber die ist jetzt im neunten Monat.«

»Okay«, sagte ich.

»Der alte Konsul zahlt drei Dollar für den Job. Drei Dollar täglich.«

»Okay«, sagte ich.

Um acht Uhr früh war meine Schicht zu Ende. Ich zog mich um, ging um die Ecke, dann zwei Straßenblocks weiter bis zur 55. Straße, dort wo Bickford's Schnellgaststätte war, setzte mich an die Theke, bestellte ein ordentliches Frühstück, aß zwei Eier mit Schinken, Toast und Butter, trank drei Tassen Kaffee, um munter zu bleiben, rauchte ein paar Zigaretten und ging dann, kurz vor neun, zurück in das Haus in der Park Avenue.

Der alte Konsul war ein merkwürdiger Kauz. Er sprach kein einziges Wort zu mir. Als ich oben in seiner Wohnung klingelte, wurde die Tür von innen geöffnet. Eine alte Frau mit einem Stock schob den

Konsul mitsamt dem Rollstuhl in den Flur hinaus. Ich stellte mich vor, aber der Konsul antwortete nicht.

Ich schob den Rollstuhl in den Aufzug. Wir sausten nach unten. Der Sizilianer war noch nicht da. Ich fragte den alten Iren, wo die Bank des Konsuls sei. Er erklärte es mir.

Ich schob den Konsul zu seiner Bank in der 58. Straße/Ecke Madison Avenue. Dort wußte man bereits Bescheid. Ein Bankbeamter winkte mir, als ich den Konsul hereinrollte. Er zeigte mir auch den betreffenden Schalter und das Girl hinter dem Schalter, das für den Konsul zuständig war.

Ich wartete etwas abseits, bis der alte Konsul von dem Girl hinter dem Schalter bedient worden war. Ich sah, wie er sein Sparbuch vorzeigte, beobachtete, wie das Girl mit der Rechenmaschine hantierte und dann dem alten Konsul sein Geld auszahlte. In Amerika geht man nicht zur Kasse. Alles wird von dem Girl hinter dem Schalter erledigt.

Ich fragte einen Bankbeamten, warum der alte Konsul tagtäglich mit seinem Sparbuch zur Bank müsse, und da sagte er mir, daß das bloß ein Hobby sei.

Dann rollte ich den alten Konsul wieder hinaus auf die Straße. Ich brachte ihn sicher nach Hause und erhielt von der alten Frau mit dem Stock meine drei Dollar.

Ich versuchte ein paarmal, mit dem Konsul ein Gespräch anzufangen, erhielt aber nie eine Antwort.

Auch die Frau mit dem Stock antwortete nicht, wenn ich sie ansprach.

Ich fragte den Sizilianer, ob er wüßte, in welchem Land der Konsul ehemals gearbeitet hatte, aber er wußte es nicht. Auch der irische Portier hatte keine Ahnung. Nur einmal erwähnte der irische Portier, der den Konsul schon seit Jahren kannte, daß der Konsul öfter deutsch gesprochen hätte, obwohl er ein waschechter Amerikaner sei.

»Mit wem hat der Konsul deutsch gesprochen?« fragte ich.

Der irische Portier sagte: »Mit der Frau mit dem Holzbein.«

Und da kam mein erster Verdacht. Vielleicht, so sagte ich mir, war der Konsul in Berlin. Vielleicht sogar im Jahre 1939. Vielleicht – und das ist ebenfalls nur eine Vermutung – war er nicht nur Konsul, sondern Generalkonsul!

Als ich den Konsul am nächsten Tag abholte und im Rollstuhl über die Straße fuhr, war ich so gut wie sicher, wen ich hier vor mir hatte: DEN AMERIKANISCHEN GENERALKONSUL.

Bronsky, sagte ich zu mir. Ein kleiner Unfall an der Straßenkreuzung könnte nicht schaden! Du wirst den Rollstuhl aus Versehen über die Bordkante des Gehsteigs schieben ... eine blitzschnelle Bewegung ... ein vorbeifahrendes Auto ... und schon ist es geschehen!

Bronsky! Du mußt den Generalkonsul umbringen!

13.

Habe eine Eintragung in mein Tagebuch gemacht. Ich schrieb: Ich, Jakob Bronsky, habe den amerikanischen Generalkonsul nicht umgebracht. Fügte dann noch hinzu: Mein Job als Nachtportier ist heute zu Ende. Die drei Wochen Urlaubsvertretung sind abgelaufen. Habe jetzt genug Geld, um endlich das Sechste Kapitel anzufangen und selbstverständlich fertigzustellen, eventuell auch das Siebente, falls meine Ersparnisse nicht vorher erschöpft sind.

Seitdem ich die rückständige Miete bezahlt habe, ist meine Wirtin freundlich und zuvorkommend. Heute sagte sie zu mir: »Herr Bronsky. Die Flecken auf ihrem Bettuch gehen nicht mehr heraus. Ich habe das Bettuch weggeschmissen, aber Sie brauchen es nicht zu bezahlen.«

»Herr Bronsky! Heute morgen hat jemand angerufen. Ich sagte, daß Sie noch schlafen.«

»Das muß ein Irrtum sein. Mich ruft keiner an.«

»Doch, Herr Bronsky. Ein Verwandter von Ihnen. Hab' leider seinen Namen vergessen.«

»Ich weiß schon, wer das ist.«

»Sie sollen zurückrufen!«

»Vielen Dank. Das werde ich machen.«

»Ist das ein Onkel von Ihnen?«

»Nein. Der amerikanische Schwager meiner in Europa vergasten Tante.«

»Ein entfernter Verwandter?«

»Jawohl.«

»Ein amerikanischer Jude?«

»Nein. Aber einer, der schon dreißig Jahre hier ist.«

»Er sagte, daß er in Brooklyn wohnt. In 'ner ganz miesen Gegend. Sicher ein armes Schwein?«

»Im Gegenteil. Der ist steinreich.«

Ich rief meinen reichen Verwandten in Brooklyn an.

»Hier ist Jakob Bronsky.«

»Tag, Jakob. Ist schön, daß du anrufst.«

»Ist irgendwas passiert?«

»Was soll denn passiert sein?«

»Jemand gestorben oder eine Hochzeit?«

»Nein. Bloß ein Familientreffen.«

»Das meine ich ja. Das kann nur eine Hochzeit sein oder ein Begräbnis.«

»Weder das eine noch das andere.«

»Was ist los?«

»Wir ziehen um. In unser neues Haus in Long Island. Ein kleines Einweihungsfest. Kommst du?«

»Okay.«

»Wir schicken dir noch ein Kärtchen mit der neuen Adresse.«

»Das freut mich.«

»Die Party findet nächsten Samstag statt.«

»Okay. Samstag.«

Ich ging hin, obwohl ich keine Lust dazu hatte. Ich hatte meine Verwandten nur einmal gesehen – als ich hier ankam –, dann nie wieder. Sie interessierten mich nicht, und das beruhte auf Gegenseitigkeit. Was wollten sie von mir?

Bronsky! Die wollen dir das neue Haus zeigen. Weiter nichts. Die wollen dir zeigen, daß sie's zu was gebracht haben. Daß sie Kinder haben, Haus und Garten, ein neues Auto, ein regelmäßiges und beachtliches Einkommen. Daß der Hausherr kein Schwanzwichser ist, weil er das nicht nötig hat. Daß sie englisch sprechen, auch zu Hause, und kein Deutsch. Daß sie noch nie was von der Warren Street gehört haben! Daß sie auf dich scheißen, dich, Jakob Bronsky, vor dem sie Angst hatten, als er hier ankam, im New Yorker Hafen, ohne einen Cent, weil sie glaubten, daß er was will von ihnen. Aber der wollte nichts.

Es sah so aus, als ob sich meine Verwandten wirklich mit mir freuten. Ich sagte, daß ich das Haus schön fände, die geschmacklosen Möbel geschmackvoll, den Fernseher ganz toll, die Bilder nicht echt, aber modern, das Auto ganz große Klasse, den Teppich im Wohnzimmer einmalig, den Waschautomaten sehr praktisch, die Teenager mächtig gewachsen, den Hund immer noch so wie er war. Ich schüttelte viele Hände, erkannte entfernte Verwandte –, auch einen echten Cousin und eine echte Cousine.

Irgend jemand begrüßte mich, den ich noch nie gesehen hatte.

»Sind Sie wirklich ein Bronsky?«

»Jawohl.«

»Ich habe die Bronskys in Halle gekannt.«

»Ich kann mich nicht erinnern.«

»Im Jahre 1926.«
»Da kam ich gerade zur Welt.«
»Verstehe.

Dachte, daß die Bronskys den Krieg in Europa nicht überlebt hätten.«
»Sie haben ihn überlebt.«
»Auch Ihre Eltern?«
»Jawohl.«

»Das klingt wie ein Wunder.«
»Jawohl.«
»Wie habt ihr den Krieg überlebt?«
»Das kann ich Ihnen nicht sagen.«

»Sind Ihre Eltern heute hier?«
»Nein.«
»Wo sind sie?«
»Sie sind nach Kalifornien gefahren.«
»Für immer?«
»Das weiß ich nicht.«

»Kriegen Sie regelmäßig Post? Von Ihren Eltern?«
»Sehr selten.«
»Wie kommt das?«
»Wir haben uns nichts mehr zu sagen.«
»Das versteh' ich nicht.«
»Ich auch nicht.«

»Sind Sie verheiratet?«
»Nein.«
»Warum?«
»Das weiß ich nicht.«
»Sie haben sicher einen guten Job?«

»Ich habe gar keinen Job.«
»Wirklich?«
»Jawohl.«

»Sind Ihre Eltern deshalb böse, weil Sie nicht verheiratet sind und keinen Job haben?«
»Das kann sein.«

»Wie geht es Ihren Eltern finanziell?«
»Sie schlagen sich durch.«
»Was macht Ihr Vater?«
»Er arbeitet als Packer bei einer großen Firma.«
»Und Ihre Mutter?«
»Die arbeitet in einer Fabrik.«
»Das finde ich aber schade.«
»Warum finden Sie das schade?«
»Weil Ihr Vater mal ein reicher Kaufmann war.«
»Das war einmal.«
»Und Ihre Mutter eine Dame.

Ich erinnere mich: 1926. Ihre Mutter war im achten Monat. Mit Ihnen wahrscheinlich. Wie heißen Sie mit Vornamen?«
»Jakob.«
»Ach ja. Jakob. Ich erinnere mich. Ihre Mutter sagte: ›Wenn's ein Junge wird, dann heißt er Jakob.‹

Eine wirkliche Dame, Ihre Mutter. Damals. Trotz ihres Zustands. Ich erinnere mich: Sie suchte gerade ein neues Dienstmädchen. Wissen Sie das noch?«
Ich sagte: »Das war vor meiner Geburt.«

Es gab reichlich zu essen. Auch mit den Getränken wurde nicht gespart. Einige Leute beguckten kritisch meinen Pariser Anzug. Jemand fragte: »Haben Sie den noch von drüben?« – Ich sagte: »Jawohl.«

Meine echte Cousine, die ich nur einmal gesehen hatte, stellte mir eine junge Dame vor: »Das ist mein Cousin Jakob, ein angehender Schriftsteller. Noch nicht lange im Land. – Und das ist meine Freundin Joan, eine Chefsekretärin.«

Wir tranken einen Whisky-Soda. Meine Cousine war so taktvoll und ließ uns allein. Ich hätte der Chefsekretärin gern gesagt, daß ich unlängst eine Chefsekretärin in den Arsch gefickt hatte, aber das traute ich mich nicht.

»Ihre Cousine hat mir gerade erzählt, daß Sie mal als Laufbursche in der Madison Avenue gearbeitet haben. Stimmt das?«

»Das stimmt.«

»Sie sagte, Sie hätten sie mal angerufen und ihr das erzählt.«

»Das stimmt.«

»So was erzählt man doch nicht.«

»Warum nicht?«

»Weil sich das nicht schickt.«

»Finden Sie?«

»So was erzählt man nicht.
Ich arbeite auch in der Madison Avenue.«

»Wo denn?«

»Raten Sie mal!«

»Bei einem Verleger?«

»Nein. Bei einer Werbefirma.
Sind Sie wirklich Schriftsteller?«

»Ja. Ich bin Schriftsteller.«

»Ihre Cousine hat mir erzählt, daß Sie noch nie was veröffentlicht haben.«

»Bis jetzt noch nichts.«

»Das ist aber schade.«

»Ja. Das finde ich auch.«

»Werden Sie mal was veröffentlichen?«

»Ich hoffe es.«

»Und wenn es Ihnen nicht gelingt?«

»Dann hab' ich eben Pech gehabt.«

»Dann wäre Ihre Arbeit doch umsonst. Reine Zeitverschwendung.«

»Das mag sein.«

»Schreiben Sie wirklich in einer fremden Sprache?«

»Ja. Ich schreibe deutsch.«

»Eine schwere Sprache?«

»Ja. Ziemlich schwer.«

»Was sind Ihre größten Probleme?«

»Geldprobleme.«

»Das übliche?«

»Ja. Das übliche.«

»Sind Sie von Ihrer Mutter abhängig?«

»Warum fragen Sie das?«

»Jeder ist von seiner Mutter abhängig.«

»Das kann sein.«

»Ich interessiere mich nämlich für Psychologie.«

»Wirklich?«

»Ja. Sie auch?«

»Ich nicht.«

»Wie kommt das?«

»Weiß ich nicht.«

»Jeder interessiert sich doch heute für Psychologie.«

»Das wußte ich nicht.«

»Sind Sie aufs College gegangen?«

»Nein.«

»Warum nicht?«

»Weiß ich nicht. Der Krieg nehme ich an.«

»Sie könnten das noch nachholen.«

»Dazu hab' ich keine Lust.«

»Haben Sie sonst noch Probleme?«

»Nein.«

»Sie sind zu beneiden.«

»Wie meinen Sie das?«

»Keine seelischen Probleme?«

»Nein.«

»Jeder hat seelische Probleme.«

»Ich nicht.«

»Haben Sie mal was von Freud gehört?«

»Noch nie.«

»Das glaube ich Ihnen nicht.«

»Warum?«

»Jeder hat mal was von Freud gehört.«

»Ich aber nicht.«

»Sic nehmen mich auf den Arm!«

»Bestimmt nicht.«

»Doch. Sie nehmen mich auf den Arm.«

Sie ging beleidigt weg. Ich ging ihr nach und traf sie an der Getränkebar. Da ich sie heute unbedingt ficken wollte, versuchte ich, sie wieder zu versöhnen.

Ich sagte: »Das mit Freud war nur ein Spaß. Ich habe Freud aufmerksam gelesen.«

»Das hab' ich mir gedacht.«

Ich sagte: »Auch Adler und Jung.«

»Wirklich?«

»Ja.«

»Die kenne ich nicht.«

»Das macht nichts.«

»Und wie ist's mit Ihren seelischen Problemen?«

»Das war auch nur ein Spaß.«

»Sie haben seelische Probleme?«

Ich sagte: »Jeder hat doch seelische Probleme.«

Nach der Party nahm sie mich mit. Im Auto. Da saß sie, am Steuer, mit ihrem leeren Gesicht, nicht gerade mein Typ, aber gut genug für einen schnellen Fick, blond, ganz gut gewachsen, ungefähr in meinem Alter. Ich konnte fast ihre Gedanken lesen, während wir eine Zeitlang ohne zu sprechen, auf der dunklen Autobahn in Richtung Manhattan fuhren: Was soll ich mit diesem Penner! Ich werde ihn irgendwo absetzen, an der Neunundfünfzigsten, in der Innenstadt, irgendwo.

Ich sagte: »Wissen Sie, es ist nicht leicht, in einer Sprache zu schreiben, die keiner mit mir reden will.«

»Keiner?«

»Mit Ausnahme der paar Emigranten, die ich zufällig kenne.«

»Ach so.«

»Das ist eines meiner größten Probleme.«

»Sie reden von der deutschen Sprache?«

»Ja.«

»Warum schreiben Sie dann nicht englisch, eine Sprache, die jeder versteht?«

»Das geht nicht.«
»Sie hängen an der deutschen Sprache?«
»Ja.«
»Das versteh' ich nicht.«
»Ich auch nicht.«
»Sind Sie nicht Jude?«
»Natürlich.«
»Na also.«

Ich hatte recht. Sie ließ mich in der Innenstadt aus dem Wagen.

»Haben Sie's weit bis nach Hause?«
»Nein.«
»Die U-Bahn fährt die ganze Nacht.«
»Das weiß ich.«

14.

Dieses Jahr war ein besonders heißer Sommer. Wer sich's leisten konnte, flüchtete aus der Stadt. In der Emigrantencafeteria lief die Klimaanlage auf Hochtouren. Ab Mitternacht jedoch wurde sie nach wie vor abgestellt, und der heiße Atem der Stadt drang durch die offene Eingangstür.

Ich kümmerte mich nicht um die Hitze, arbeitete verbissen, planmäßig, Nacht für Nacht, trank eine Menge Kaffee und rauchte die übliche Anzahl Zigaretten. DER WICHSER machte Fortschritte. Als ich das Siebente Kapitel fertig hatte, besaß ich noch zehn Dollar.

Ich sagte also zu mir: Bronsky. Du hast nicht nur das Sechste, sondern tatsächlich auch das Siebente Kapitel fertiggeschrieben und hast immer noch zehn Piepen in der Tasche. Jetzt stellt sich die Frage: Weitermachen, das Achte Kapitel anfangen, oder einen Job suchen?

Ich hatte beschlossen, einen Job zu suchen. Gegen ein Uhr Mittag fuhr ich in die Warren Street, mit dem Bus, aber diesmal als zahlender Fahrgast.

Stellte zu meinem Erstaunen fest, daß Micky Silbersteins Büro geschlossen war. Vor der Tür hing ein großes Schild: WEGEN TODESFALL GESCHLOSSEN!

Pech, dachte ich. Verdammtes Pech. Wer mochte gestorben sein? War Micky Silberstein verheiratet? War seine Frau gestorben oder seine Mutter, sein Vater oder sonst jemand in der Familie? Ich ging kopfschüttelnd weiter, den langen Gang entlang, an den vielen Agenturen vorbei. Ich sah viele Zettel an den Türen der Agenturen, aber die Jobs, die sie anboten, interessierten mich nicht. An der letzten Tür am Ende des Flurs fiel mir ein übergroßes Plakat auf: JUNGER KELLNER GESUCHT CATSKILL MOUNTAINS! KLASSEJOB FÜR DREITAGEWEEKEND! GARANTIERTE 150 DOLLAR! NUR STUDENT!

Ich bin natürlich gleich reingegangen. Hinter dem Schreibtisch saß ein fetter Ire, der typische Antisemit. Er grinste, als er mich sah.

»Was ist das für ein Job?« fragte ich.

»In den Catskill Mountains«, sagte der Ire. »Weißt du, was die Catskill Mountains sind?«

»Nein«, sagte ich, obwohl ich es wußte.

»Das sind die jüdischen Berge in der Umgebung New Yorks. Wieso weißt du das nicht?«

»Ich wußte es eben nicht.«

»Der Job ist nichts für dich, Junge.«

»Warum ist er nichts für mich?«

»Weil du zu alt bist, Junge. Hast du das Plakat nicht gesehen? Steht doch drauf: Junger Kellner gesucht!«

»Ich bin aber nicht alt.«

»Doch. Für den Job dort bist du zu alt.«

»Das versteh' ich nicht.«

Der fette Ire lachte. »Ich sag' dir, daß du zu alt bist,

Junge. Das ist ein vornehmes Hotel in den Catskill Mountains. Dort fahren die reichen Judenweiber hin, um mit den jungen Kellnern zu ficken. Die wollen nur einen Studenten, verstehst du? Einen jungen!«

»Ich könnte ja sagen, ich sei ein Student?«

»So siehst du aber nicht aus, Junge. Ich kann dich dort nicht hinschicken. Der Boß hat mir gesagt: Er muß jung sein und ein Student.«

»Dann soll der Boß mich am Arsch lecken.«

»Okay, Junge«, sagte der fette Ire.

Ich war ziemlich schlecht gelaunt, als ich wieder draußen auf dem langen Flur stand. Da ich im Augenblick keine Lust hatte, weiter nach Arbeit zu suchen, verließ ich das Gebäude. Draußen auf der Straße blickte ich mich um. Ich wußte, daß weiter oben, an der Straßenecke, eine kleine Cafeteria war, schäbig, verdreckt, verschmierte, ungewaschene Schaufenster, die bekannte Warren-Street-Cafeteria, wo die Penner herumsaßen, die keinen Job gefunden hatten. Dort wollte ich jetzt hin, um einen Kaffee zu trinken.

Am Nebentisch saß ein Penner, der mir auffiel. Er trug einen abgewetzten, fleckigen Smoking, der aussah, als ob sein Besitzer viele Nächte darin geschlafen hätte, vielleicht irgendwo in der Bowery, dem New Yorker Säufer- und Pennerviertel, oder auf einer Parkbank. Ich sah den Hals einer Whiskyflasche aus der linken Tasche des Smokings herausragen. Der Mann trug ein ehemals weißes Hemd, das vor Schmutz starrte. Irgend etwas in seinem zerfressenen alten Gesicht sagte mir, daß es sich hier um einen Menschen handelte, der das Leben in- und auswendig kannte, der wußte, was gespielt wurde, dem es aber egal war. Wahrscheinlich einer, so sagte ich mir, den der Suff erledigt hatte.

Der Mann saß allein am Tisch, ebenso wie ich. Einmal stand er auf, um sich ein Brötchen zu holen. Als er wieder zurückkam, war sein Tisch inzwischen von anderen Pennern besetzt worden. Der Mann blickte sich um, und kam dann an meinen Tisch.

»Ist hier noch ein Platz frei?«

»Ja.«

Wir kamen gleich ins Gespräch.

»Na, Kumpel, bist du auch ein Kellner?«

»Ja. Gelegentlich.«

»Ich seh's an deiner schwarzen Hose.«

»Ja.«

»Ich arbeite auch gelegentlich als Kellner. Trage deshalb meinen Smoking. Hab' ihn heute früh gleich angezogen, um auf der Agentur 'n besseren Eindruck zu machen.«

»Ja. Das kann ich sehen.«

Ich erzählte ihm die Sache mit dem Job in den Catskill Mountains.

»Da hast du Pech gehabt, Junge. Bist eben keine zwanzig.«

Ich sagte: »Ja.«

»Und kein Student.«

»Ja.«

»Pech gehabt, Junge.«

Ich sagte: »Ja.

Wie ist das eigentlich in den vornehmen jüdischen Hotels in den Catskill Mountains? Stimmt das, daß die Frauen dort hinfahren, um mit den jungen Kellnern zu ficken?«

»Das stimmt, Junge.«

»Wie ist das?«

»Das ist ganz einfach, Junge. Die Männer dieser Frauen müssen tüchtig anschaffen, um ihren Frauen ein schönes und bequemes Leben zu machen und die Kinder später aufs College zu schicken. So ist das. Arbeiten den ganzen beschissenen Sommer durch. Manche machen Überstunden oder haben zwei Jobs. Bleiben in New York, verstehst du? Aber sie wollen die Frauen für 'ne Zeitlang loswerden. Auch die Kinder. Und so schicken sie die während der großen Hitze in so 'n Kurhotel in die Catskill Mountains. Damit sie frische Luft haben und auf andere Gedanken kommen.«

»Und wissen die Männer, daß ihre Frauen dort in den Kurhotels mit den jungen Kellnern herumficken?«

»Sie wissen es, aber tun so, als wüßten sie es nicht.«

»Und warum muß so ein Kellner ein Student sein?«

»Weil die weiblichen Gäste in so einem Kurhotel mit keinem gewöhnlichen Kellner ficken würden.«

»Gibt es genug Studenten für alle Kurhotels in den Catskill Mountains?«

»Mehr als genug«, sagte der Penner im Smoking. »Tausende New Yorker Studenten arbeiten während der Sommerferien in den Kurhotels, um sich ihr Studiengeld zu verdienen. Und die Frauen wissen das und fahren deshalb hin. Und die Bosse wissen das auch, ich meine: Sie wissen, warum die Frauen hinkommen, und es ist ihnen recht so, denn das ist ein gutes Geschäft.«

»Warum wollen die Frauen nur junge Studenten? Es gibt ja schließlich Studenten, die schon etwas älter sind?«

»Die wollen nur die ganz jungen.«

»Hat das was mit dem Jugendkult in diesem Land zu tun?«

»Das hat was damit zu tun.«

»Und warum kann so ein Kellner kein unbekannter Schriftsteller sein, sagen wir, einer mit einem guten Schwanz? Warum wollen die Bosse nur einen Studenten? Ein unbekannter Schriftsteller ist schließlich kein gewöhnlicher Kellner, und die Frauen können getrost mit ihm ficken.«

»Die Bosse wollen keinen unbekannten Schriftsteller«, sagte der Penner im Smoking. »Entweder, weil er nicht jung genug ist oder weil ein unbekannter Schriftsteller als Penner gilt. Und für Penner haben diese Weiber nichts übrig. Das wissen auch die Bosse.«

»Und wie ist das mit den Studenten?«

»Ein Student ist kein Penner«, sagte der Penner im Smoking. »Ein Student ist einer, den diese Weiber respektieren, weil aus ihm voraussichtlich mal was werden wird.«

»Verstehe.«

»Außerdem ist das mit den Studenten die Mode in den Kurhotels. Und gegen die Mode in Amerika kannst du nichts machen. Diese verdammten Kurhotels sind eben reine Studentenficks. Das ist so. Und niemand kann das ändern.«

»Wie ist das eigentlich in den nichtjüdischen Kurhotels?«

»Genauso, Junge. Genauso. Aber über die redet man nicht, wenigstens nicht in New York.«

»Warum?«

»Weil man in New York nur über die Catskill

Mountains redet, die ganz in der Nähe sind.«

»Wo sind die nichtjüdischen Kurhotels? Gibt es keine in der Nähe von New York?«

»Es gibt einige, aber sie kommen nicht in Betracht. Die meisten sind weit weg, in Palm Beach, am Lake George und in den Adirondack Mountains.«

»Warst du mal dort?«

»In einem der Kurhotels dort hab' ich mal als Hilfskoch gearbeitet.«

»Wo war das?«

»Am Lake George.«

»Ein nichtjüdisches Hotel?«

»Ja. Ein nichtjüdisches Hotel. Dort traute sich kein Jude rein, weil dort nur die Wasps verkehrten.«

»Was sind die Wasps?«

»Leute rein englischer Abstammung. Wasp ist eine Abkürzung für White-Anglo-Saxon-Protestant.«

»Das wußte ich nicht.«

»Du bist noch nicht lange hier, was?«

»Noch nicht lange.«

»In diesem Wasp-Hotel, wo ich mal als Hilfskoch gearbeitet hatte, da war's noch schlimmer als in den jüdischen Kurhotels der Catskill Mountains. Dort fickten die Frauen rein englisch-protestantischer Abstammung sogar im Freien mit den Studentenkellnern, nachts natürlich, am Swimming-Pool, auf den Liegestühlen oder den weichen Gummimatten.«

»Eine tolle Sache.«

»Ja. Eine tolle Sache.

Guck mal, Junge«, sagte der alte Penner im Smoking. »In New York hast du bei solchen Klasseweibern keine Chance. Entweder aus Mangel an Gelegenheit oder weil sie verheiratet sind und während der

Nicht-Ferienzeit ihren Männern treu sind, oder weil sie so kostspielig sind, daß dir beim bloßen Gedanken an die vielen Piepen, die du ausgeben mußt, noch vor dem ›date‹ das Husten vergeht. Aber in so 'nem Kurhotel ist das was ganz anderes.«

»Wie kommt das?«

»Weil die Amerikanerin im allgemeinen ihre Grundsätze aufgibt, wenn sie im Urlaub ist.«

»Das wußte ich nicht.«

»Das ist aber so. Du kannst es nicht ändern.«

»Ja«, sagte ich.

»Viele von diesen Weibern fahren in die Catskill Mountains, viele ein bißchen weiter, manche aber reisen nach Europa. Die Muskelmänner an den Mittelmeerstränden könnten dir ein Lied davon singen.«

»Woher weißt du das alles?«

»Weil ich viel herumgekommen bin.«

»Das kann ich mir vorstellen.«

»Ja«, sagte der alte Penner im Smoking.

Ich holte mir noch einen Kaffee, setzte mich wieder und blickte auf meine billige Armbanduhr. Ich sagte: »Eigentlich brauche ich einen Job.«

»Hast du schon alle Agenturen abgeklopft?«

»Nicht alle«, sagte ich. »Ich war nur im ersten Stock.«

»Ich zeig' dir, wo du 'n Job kriegen kannst«, sagte der alte Penner.

»Okay«, sagte ich.

Der alte Penner ging mit mir zurück in die Warren Street Nummer 80. Ich folgte ihm in den dritten Stock. Sah gleich, was dort los war.

Vor einer der Agenturen stand eine Schlange Männer. Ich sah das große Plakat an der Tür: 20 KELLNER FÜR HEUTE ABEND DRINGEND GESUCHT! 3 DOLLAR GEBÜHREN! ALTER UNWICHTIG! SMOKING NOTWENDIG!

»Na, was sagst du dazu?« sagte der alte Penner im Smoking. »Ich hab' das Plakat schon vor 'ner Stunde gesehen.«

»Warum hast du den Job nicht genommen? Du hast doch einen Smoking!«

»Weil der Job drei Dollar kostet. Und weil ich keine drei Dollar habe.«

»Da hast du Pech gehabt«, sagte ich.

»Ja«, sagte der alte Penner im Smoking.

Ich sagte: »Der Job ist auch nichts für mich. Ich habe zwar drei Dollar, aber ich habe keinen Smoking.«

»Da hast du Pech gehabt«, sagte der alte Penner.

»Ja«, sagte ich. »Da hab' ich Pech gehabt.«

»Der Job ist nicht in Manhattan«, sagte der alte Penner im Smoking. »Ich hab' mich nämlich schon erkundigt. Vorhin. Kenne auch das Lokal. 'ne weite Strecke bis dorthin. Great Neck City. Aber der Job ist gut. Dreihundert Piepen.«

»So was gibt's nicht. Nirgends kannst du dreihundert Piepen an einem Abend verdienen.«

»Doch, so was gibt's«, sagte der alte Penner im Smoking. »Du kannst sie nicht auf ehrliche Weise verdienen. Aber wenn du 'n bißchen Köpfchen hast, dann kannst du sie verdienen.«

»Dreihundert Piepen?«

»Dreihundert Piepen.

Paß auf, Junge«, sagte der alte Penner im Smoking.

»Ich mach, dir 'n Vorschlag. Ich hab 'n Smoking, aber keine drei Dollar. Bei dir ist's umgekehrt. Du hast die drei Dollar, aber keinen Smoking. Stimmt's?«

»Stimmt«, sagte ich.

»Wie wär's, wenn wir uns gegenseitig aushelfen?«

»Wie meinst du das?«

»Du borgst mir drei Dollar. Und ich borg, dir 'n Smoking.«

»Hast du noch einen zweiten Smoking?«

»Ich hab' noch einen alten aus meiner früheren Kellnerzeit.«

»Wo?«

»Bei mir zu Hause.«

»Ich glaub' nicht, daß du ein Zuhause hast.«

»Nicht direkt bei mir zu Hause«, sagte der alte Penner im Smoking. »Ich hab' den Smoking in einem Koffer.«

»Wo steht der Koffer?«

»In einem Keller. 'n altes Haus in der Bowery. Dort, wo ich im Augenblick schlafe.«

»Mal sehen«, sagte ich.

»Du wirst es nicht bereuen«, sagte der alte Penner im Smoking. »Ich zeig' dir den Trick, wie du die dreihundert Piepen verdienst. Ehrenwort.«

»Okay«, sagte ich.

»Paß auf, Junge«, sagte der alte Penner im Smoking. »Wenn du da reingehst in die Agentur, sag dem Kerl hinter dem Schreibtisch nicht, wie du heißt. Denk dir irgendeinen falschen Namen aus. Zeig ihm auch nicht deine Sozialversicherungsnummer.«

»Okay«, sagte ich.

Wir gingen in die Agentur. Ich sah auch hier eine

Menge Penner, aber keiner schien einen Smoking zu besitzen. Sicher war der Job noch zu haben. Hinter dem Schreibtisch saß ein Kerl mit einem Gaunergesicht. Dem ist alles egal, dachte ich. Der will bloß deine drei Dollar. Dem kannst du erzählen, was du willst.

»Wie heißen Sie?« fragte der Kerl mit dem Gaunergesicht.

»Robert McCormick«, sagte ich.

»Sie sehen nicht aus wie einer, der McCormick heißen könnte«, sagte der Kerl mit dem Gaunergesicht.

Ich fragte: »Wie sehe ich aus?«

»Wie einer, der Fischbein heißen könnte oder Cohn.«

»Fischbein«, sagte ich.

»Also Fischbein?«

»Ja«, sagte ich. »Fischbein.«

»Haben Sie eine Sozialversicherungsnummer?«

»Die hab' ich zu Hause vergessen.«

»Es hat keinen Zweck, mich anzulügen«, sagte der Kerl mit dem Gaunergesicht. »Und wie ist's mit 'nem Smoking?«

»Den hab' ich auch zu Hause vergessen.«

»Es hat keinen Zweck, mich anzulügen«, sagte der Kerl mit dem Gaunergesicht, »weil Sie dort nämlich nicht ohne Smoking arbeiten können. Wenn Sie dort ohne Smoking ankommen, dann schickt man Sie gleich wieder weg.«

»Ich habe aber einen Smoking.«

»Okay, Fischbein«, sagte der Kerl mit dem Gaunergesicht. »Geben Sie mir jetzt die drei Dollar.«

Ich gab ihm das Geld, und er schrieb etwas auf einen Zettel, drückte den Firmenstempel drauf und gab mir den Wisch. Ich las: Fischbein, Kellner, Arbeit für einen Tag. Dann kam die Adresse des Lokals in Great Neck City.

Der Kerl mit dem Gaunergesicht sagte: »Der nächste!«

Mein neuer Freund, der alte Penner im Smoking, erzählte dem Kerl mit dem Gaunergesicht eine ähnliche Geschichte. Ich steckte ihm schnell drei Dollar zu. Er bezahlte und bekam seinen Wisch.

Wir gingen zu Fuß bis zur Bowery.

»Ich hab' dem Kerl gesagt, daß ich Fischbein heiße.«

»Das habe ich gehört.«

»Und du?«

»Ich sagte, ich heiße Eisenhower.«

»Wie unser Präsident?«

»Sehr richtig.«

»Heißt du wirklich Eisenhower?«

»Natürlich nicht.

Wie ich wirklich heiße, ist unwichtig«, sagte der alte Penner im Smoking. »Die Leute nennen mich Pinky.«

»Okay, Pinky«, sagte ich.

»Und wie nennt man dich?«

»Bronsky.«

»Heißt du wirklich Bronsky?«

»Ja. Ich heiße Bronsky.«

15.

Pinky wohnte kostenlos im Keller eines baufälligen Hauses, das schon zur Hälfte abgerissen worden war. Im Keller huschten die Ratten herum. Es stank nach Tod, Verwesung und Unrat. Neben alten, kaputten Waschautomaten lag allerlei Gerümpel herum, dazwischen: Pinkys Koffer mit dem Smoking.

»Wo schläfst du eigentlich? Zwischen den Waschautomaten?«

»Nein. Es gibt hier noch einen Hinterausgang mit einer windgeschützten Treppe.«

Pinky holte den Smoking aus dem schäbigen Koffer. Er war in einem schlimmen Zustand.

»Zieh ihn gleich an«, sagte Pinky, »damit er ein bißchen aufgeht.«

»Ich glaube, er ist zu groß.«

»Das macht nichts«, sagte Pinky.

»Du mußt mir noch einen Dollar pumpen«, sagte Pinky, »damit ich mir ein sauberes Hemd kaufen kann.«

»Du kriegst kein Hemd für einen Dollar.«

»Doch«, sagte Pinky. »Ich kenne ein Geschäft hier in der Nähe, wo sie weiße Nylonhemden haben. Für einen Dollar.«

Wir kauften das Hemd für Pinky. Dann gingen wir zum Bahnhof. »Kaufst du mir auch eine Fahrkarte?« fragte Pinky.

»Okay«, sagte ich.

Im Zug nach Great Neck City sagte Pinky: »Ich kenne den Laden, wo wir heut' nacht arbeiten werden. Deshalb weiß ich auch, daß der Job dreihundert Piepen wert ist.«

»Woher kennst du den Laden?«

»Ich hab' ihn mir mal angeguckt. Vor einigen Monaten.«

»Warum?«

»Weil der Laden bekannt ist unter den Pennern, die seit Jahren in diesem ›business‹ sind, und weil sich das mit den dreihundert Piepen herumgesprochen hat unter den Kumpels. Wollte sehen, ob es auch stimmt.«

»Stimmt es?«

»Es stimmt.«

»Was ist das für ein Laden?«

»Das größte Tanzlokal in Great Neck City.«

»Und wie ist es mit den dreihundert Piepen?«

»Das werd' ich dir gleich erklären.

Paß auf, Bronsky Junge«, sagte Pinky. »Die Sache ist so: Ein Riesen-Scheiß-Laden. Ungefähr zweihundert Tische. Ein Podium mit einer Band, so 'ne richtige Scheißkapelle mit allem Drum und Dran. Eine Menge Kellner. Die haben nie genug. Deshalb brauchten die heute zwanzig Kellner zur Aushilfe. So ist das, Bronsky Junge. So ist das. Ein Oberkellner ist auch da und ein paar hübsche Weiber, die die Hostessen spielen, auch ein paar Aufpasser und Rausschmeißer.«

»Und wie willst du in so einem Laden dreihundert Piepen verdienen?«

»Das werd' ich dir gleich erklären.

Paß auf, Bronsky Junge«, sagte Pinky. »Die Sache ist so: In diesem Scheißladen zahlt keiner der Gäste an der Kasse, wie das sonst üblich ist, sondern die Kellner kassieren das Geld, kapiert?«

»Kapiert.«

»Der Boß weiß natürlich genau, was jeder Kellner kassiert, weil du nichts aus der Küche und der Bar raustragen kannst, weder Speisen noch Getränke, ohne einen Bon zu hinterlassen. Weißt du, was ein Bon ist?«

»Ja«, sagte ich.

»Okay«, sagte Pinky. »Du kriegst vom Oberkellner eine Menge leerer Bons. Jedesmal, wenn du was aus der Küche rausträgst oder aus der Bar, gibst du einen Bon ab, schreibst deinen Namen drauf, deine Kellnernummer und den Preis für die betreffenden Speisen und Getränke. Folglich weiß der Boß genau, wieviel du kassieren mußt. Kapiert?«

»Kapiert.«

»Du nimmst mindestens dreihundert Dollar ein in so einem Saftladen. Das ist klar. Gegen vier Uhr früh, wenn der Laden dicht macht, wird abgerechnet. Du gibst dem Boß das Geld und kriegst deine Prozente.«

»Keine Trinkgelder?«

»Nicht in diesem Tanzlokal. Die arbeiten mit Prozenten. Zehn Prozent. Ist nicht viel. Aber der Umsatz macht es. Die Kellner wissen das. Die Gäste wissen das. Und der Boß weiß das.«

»Und wie willst du da dreihundert Piepen machen?«

»Das werd' ich dir gleich erklären.

Paß auf, Bronsky Junge«, sagte Pinky. »Die Sache ist so: Wir warten gar nicht bis vier Uhr früh, bis der Laden dicht macht. Wir kassieren, was uns zusteht, und hauen ab, ehe der Boß anfängt, wie üblich Kasse zu machen und mit den Kellnern abzurechnen. Wir hauen 'ne Stunde früher ab. Ungefähr so.«

»Verstehe.«

»Wir können natürlich mehr als dreihundert Piepen machen. Das weiß man vorher nicht so genau. Auf jeden Fall wird das 'ne schöne Stange Geld.«

»Und wenn sie uns erwischen?«

»Keiner wird uns erwischen.«

»Bist du da so sicher?«

»Ganz sicher.

Paß auf, Bronsky Junge«, sagte Pinky. »Die Sache ist so: Die Polizei hat andere Sorgen, als unter acht Millionen New Yorkern zwei Kellner zu suchen, die Fischbein und Eisenhower heißen, und noch dazu wegen so 'ner Bagatelle. Die Polizei hat wirklich andere Sorgen. Hast du mal die Zeitung gelesen?«

»Ja«, sagte ich.

»Na also«, sagte Pinky.

»Eigentlich hast du recht.«

»Außerdem«, sagte Pinky, »gehört der Saftladen einer Mafiaclique. Und die gehen bekanntlich nicht zur Polizei. Brauchst dir keine Sorgen zu machen.«

»Die könnten uns aber aufstöbern?«

»Dazu haben die gar keine Zeit. Lohnt sich nicht wegen 'n paar Piepen. Mit so was geben die sich gar nicht ab. Die machen Millionengeschäfte. Du darfst dich nur nicht nochmals in dem Laden blicken lassen. Das ist alles.«

»Und wie ist's mit der Warren Street Nummer 80? Dort können wir dann auch nicht mehr hingehen?«

»Doch«, sagte Pinky. »Dort kannst du ruhig hingehen. Nur würde ich an deiner Stelle die Agentur im dritten Stock vermeiden, die dir den Job gegeben hat.«

Der Hals von Pinkys Whiskyflasche ragte immer noch aus der linken Tasche seines Smokings hervor. Als die ersten Häuser von Great Neck City auftauchten, griff Pinky nach der Flasche, trank sie leer, grinste mich an und rollte die Flasche unter seinen Sitz.

Es war kurz vor fünf, als wir auf dem Bahnhof von Great Neck City ankamen. Der Job sollte um fünf Uhr anfangen. Wenigstens stand das auf dem Arbeitszettel, den uns die Agentur gegeben hatte. Trotzdem beeilten wir uns nicht. Pinky wußte genau, wo der Laden lag. Wir gingen langsam, unterhielten uns und rauchten. Pinky hatte sein neues Hemd gleich angezogen und trug sein altes, in Zeitungspapier gewickelt, unter dem Arm. Da ich noch in Pinkys Rattenkeller in den alten, zerdrückten und ziemlich verdreckten Smoking geschlüpft war, trug ich meine schwarze Hose, die ich vorher angehabt hatte, ebenfalls unter dem Arm, allerdings nicht in Zeitungspapier gewickelt, sondern in einer Plastiktüte, die ich zwischen den Waschautomaten in Pinkys Wohnloch gefunden hatte.

Es war nicht weit bis zu dem Tanzlokal. Vor der großen Eingangspforte stand ein kleiner, pockennarbiger Türhüter in blauer Livree. Wir fragten ihn, wo das Büro sei, und er sagte es uns.

Ein typischer Mafialaden. Der Boß und einige andere Mafiosi saßen mit maskenhaften Gesichtern in einem kleinen Büro, saßen steif da in ihren teuren Anzügen und starrten uns böse an, als wir in unseren dreckigen Smokings eintraten. Wir zeigten unsere Arbeitszettel. Der Boß würdigte uns keines Wortes. Er sagte etwas auf italienisch zu den anderen Mafiosi – die nickten bloß –, dann telefonierte er mit dem Oberkellner, der auch gleich ankam.

»Wer hat diese Penner hierhergeschickt?« fragte der Boß.

»Die Agentur«, sagte der Oberkellner.

»Die Kerle haben sich mindestens ein Jahr lang nicht gewaschen«, sagte der Boß. »Wenn wir mit solchen Kellnern arbeiten, können wir bald den Laden zusperren.«

»Ich habe der Agentur gesagt, daß sie uns keine Penner schicken sollen«, sagte der Oberkellner.

»Schicken Sie die beiden wieder nach Hause«, sagte der Boß.

»Das geht nicht«, sagte der Oberkellner. »Wir brauchen heute abend jeden Mann.«

Ich sah, daß der Boß rot anlief. Er fing zu brüllen an: »Raus mit den beiden!«

»Macht, daß ihr rauskommt«, sagte der Oberkellner.

Wir gingen und trieben uns eine Zeitlang vor der großen Eingangspforte rum. Pinky war der Ansicht, daß der Oberkellner uns bald zurückrufen würde. Er hatte recht. Der Oberkellner kam nach einigen Minuten heraus und winkte uns. Wir folgten ihm in den Tanzsaal.

Im Tanzsaal wimmelte es bereits von Kellnern, die gerade dabei waren, die Tische zu decken. Offenbar waren wir etwas spät dran.

»Ich habe mit dem Boß geredet«, sagte der Oberkellner. »Wir brauchen heute abend tatsächlich jeden Mann. Geht in die Küche und laßt euch von dem Tellerwäscher einen Putzlappen geben. Reinigt eure Smokings mit heißem Wasser und schwarzem Kaffee.«

»Okay«, sagte Pinky.

»Dann geht ihr ins Büro und gebt dem Boß eure Namen und eure Sozialversicherungsnummern.«

»Okay«, sagte Pinky.

»Dann geht ihr in den Umkleideraum und laßt eure Sachen dort oder was ihr da eingewickelt habt in Zeitungspapier und der Plastiktüte.«

»Okay«, sagte Pinky.

»Und dann kommt ihr hierher zurück und meldet euch bei mir.«

Wir taten, wie uns geheißen. Wir putzten unsere Smokings. Wir gingen ins Büro und gaben dem Boß unsere falschen Namen mit falschen Adressen und versprachen ihm, die Sozialversicherungsnummern demnächst per Post zu schicken, da wir die Kärtchen mit den Nummern zu Hause vergessen hätten und die Nummern nicht auswendig kannten. Dann gingen wir in den Umkleideraum und ließen dort, was wir mitgebracht hatten: meine schwarze Hose und Pinkys altes Hemd. Als wir dann etwas später wieder im Tanzsaal waren, sagte der Oberkellner: »Laßt euch von einem der regulären Kellner zeigen, wie man die Tische deckt. Wir haben hier ein eigenes System. Wenn ihr mit dem Decken fertig seid, dann geht ihr in die Küche und kriegt was zu fressen. Später kommt ihr wieder zu mir zurück, damit ich euch die Bons für die Küche und die Bar gebe.«

»Okay«, sagte Pinky.

»Wir servieren hier meistens Champagner«, sagte der Oberkellner. »Aber es wird auch viel Rye und Scotch getrunken. Wein trinkt hier kaum irgend jemand.«

»Okay«, sagte Pinky.

»Ich zeig' euch auch später, was in der Küche los ist. Die Speisekarte ist unkompliziert.«

»Okay«, sagte Pinky.

»Ihr seid zwar dreckig«, sagte der Oberkellner, »aber scheinbar Oldtimers?«

»Wir sind Oldtimers«, sagte Pinky.

Nachdem wir uns bei den Regulären erkundigt hatten, wie man hier die Tische zu decken hatte, machten wir uns an die Arbeit. Später gingen wir in die Küche und ließen uns was zu essen geben. Der Koch, ein düster aussehender Sizilianer mit buschigen Augenbrauen und einem Pferdegebiß, gab uns einen Teller Spaghetti mit Tomatensauce.

»Wie ist es mit etwas Fleisch?« fragte Pinky. »In jedem New Yorker Lokal kriegen die Kellner Fleisch.«

»Du bist hier nicht in New York«, sagte der sizilianische Koch. »Hier bist du in Great Neck City.«

Der Betrieb fing ziemlich spät an. Die ersten Gäste kamen um neun. Solange nicht viel zu tun war, gingen wir abwechselnd auf die Toilette, um eine zu rauchen. Pinky war guter Laune, denn jeder von uns hatte sieben Tische zugeteilt bekommen, und das bedeutete sichere dreihundert Piepen.

Erst gegen elf fing der Hochbetrieb an. Wir hatten keine Zeit mehr zu rauchen. Die Kellner rannten aufgeregt hin und her. Wir auch. Zwischen den vielen Tischen war wenig Platz, weil die Gäste herumstanden, schwatzend und lachend. Die Kellner mußten sich ihren Weg zur Küche und Bar buchstäblich erkämpfen. Eine richtige Plackerei.

Besonders für Jakob Bronsky, der nicht sehr geschickt war und mit seinem Tablett öfters stolperte, Jakob Bronsky, der ein Dichter war und kein Jongleur. Natürlich war Pinky, der Oldtimer, geschickter, und Pinky nickte ihm aufmunternd zu. In seinen weisen Säuferaugen glänzte bereits die Vorfreude auf die dreihundert Piepen.

Kurz nach zwei Uhr morgens gab Pinky mir ein Zeichen. Ich war völlig erschöpft und verschwitzt. Wir kassierten unser Geld, und dann folgte ich Pinky auf die Herrentoilette. Dort zählten wir unsere Piepen.

»Wieviel hast du?« fragte Pinky.

»Nicht ganz 300. Nur 280.«

»Das ist auch nicht schlecht«, sagte Pinky. »280 sind fast 300.«

»Ja«, sagte ich.

»Das ist wirklich nicht schlecht«, sagte Pinky.

»Und wieviel hast du?«

»Etwas mehr.«

»Wieviel?«

»320.«

»Was machen wir jetzt?«

»Wir hauen ab.«

»Okay. Aber was ist mit unseren Sachen? Wir haben noch was im Umkleideraum. Meine schwarze Hose und dein altes Hemd.«

»Wir können jetzt nicht in den Umkleideraum.«

»Warum?«

»Die dürfen uns nicht mit so viel Geld im Umkleideraum erwischen. Das ist zu verdächtig.«

»Was machen wir?«

»Wir können auch nicht durch den Hinterausgang raus, weil uns dort die Aufpasser sehen.«

»Und wie ist's mit dem Vorderausgang?«

»Dort stehen die Rausschmeißer, außerdem der Portier.«

»Was machen wir?«

»Wir gehen durch die Küche. Neben der Spülmaschine ist ein Ausgang, der zu den Mülltonnen führt.«

»Ist das nicht verdächtig?«

»Die Küche ist nicht verdächtig. Auch nicht der Küchenausgang, weil die Kellner oft mal rausgehen, um frische Luft zu schnappen, wenn gerade mal nichts zu tun ist.«

»Und was ist mit unseren Sachen? Im Umkleideraum?«

»Vergiß die Sachen.«

Alles klappte. Auf Pinky konnte man sich verlassen. Wir entwischten durch die Küche, umgingen die Mülltonnen im Hof und traten durch ein Gittertor auf die dunkle Straße. Draußen fingen wir an zu rennen.

Ich rief Pinky zu: »Rennen wir zum Bahnhof?«

»Nein«, rief Pinky keuchend zurück. »Das dauert zu lange, bis der Zug kommt. Wir rennen zum nächsten Taxistand.«

16.

Wir trafen uns noch einmal – Pinky und ich – in der kleinen Pennercafeteria, Ecke Warren Street. Ich gab ihm den Smoking zurück, frisch gereinigt.

»Was wirst du jetzt machen, Pinky?«

»Weiß ich noch nicht.«

»Wirst du dir eine Wohnung mieten?«

»Nein, Junge. Ich brauche das Geld für wichtigere Zwecke.«

»Whisky?«

Pinky nickte. »Ich hab' mir bereits zwei Kisten gekauft und zwischen den Waschautomaten versteckt.«

»Du bist aber heute gar nicht besoffen?«

»Ich versuch 'ne Weile trocken zu bleiben. Aber ich weiß, daß das nicht lange geht.«

»Wann wirst du wieder mit dem Saufen anfangen?«

»Weiß ich noch nicht.

Und was wirst du mit dem Geld machen?«

»Ich werde schreiben, Pinky.«

»Was schreibst du, Junge?«

»Ein Buch.«

»Wie lange kannst du von dem Geld leben?«

Ich sagte: »Vielleicht zwei Monate.«

»Dann mußt du aber sparsam damit umgehen.«

»Das habe ich gelernt.«

»Vielleicht treffen wir uns noch einmal, was?«

»Vielleicht«, sagte ich.

»In der Warren Street Nummer 80. Wenn wir wieder einen Job suchen?«

»Vielleicht«, sagte ich.

Wir saßen noch eine Weile zusammen und redeten über die Jobs, die wir mal gehabt hatten. Später begleitete ich Pinky bis zur Bowery. Dort nahm ich die U-Bahn.

Zwei Monate sollte das Geld reichen, um den größten Teil meines zukünftigen Bestsellers DER WICHSER fertigzuschreiben. Ich lebte sparsam, drehte jeden lausigen Cent zweimal um, ehe ich ihn ausgab, schnitt meine Zigaretten in die Hälfte, sparte mit den Eiern beim Frühstück, sogar mit dem Toastbrot, nahm zwar meinen eigenen Kaffee, aber mischte etwas von Herrn Seligs dazu, aß in der Cafeteria meistens nur Suppe oder bestimmte Gerichte, die zu Sonderpreisen verschleudert wurden. Trotzdem gab ich mehr Geld aus, als geplant war. Manchmal ging ich ins Kino, weil ich Abwechslung brauchte, oder holte mir ein Strichmädchen, wenn die kalten Duschen nicht mehr halfen.

Einmal, in einem Times Square Kino, saß ich neben einem jungen Neger. Ich hatte noch nie einen Mann gesehen, der so fasziniert auf die Leinwand starrte. Der Neger war äußerst unruhig. Er zuckte ununterbrochen mit dem Kopf und schaukelte mit den Knien. Als Doris Day ein bißchen zuviel von ihren Beinen zeigte, machte der Neger seinen Hosenschlitz auf. Wahrscheinlich dachte er dabei an alle weißen Frauen, die er gern gehabt hätte und nicht kriegen konnte … wenigstens vorläufig noch nicht: im Jahre 1953. Ich sah, wie er seinen schwarzen Schwanz herausnahm und ganz ungeniert zu onanieren anfing. Eine Weile guckte ich zu, dann verspürte ich Lust zu rauchen, stand auf, ging nach oben, in die Raucherloge.

Eines Samstags beschloß ich, in ein Tanzlokal zu gehen. Ich hatte gerade das Zehnte Kapitel beendet und dachte mir, daß eine schöpferische Pause nicht schaden könnte. Natürlich hoffte ich, ein Mädchen zu treffen.

Ich ging zuerst ins Roseland, hatte aber keinen Erfolg. Gegen Mitternacht verließ ich das Tanzlokal und versuchte es im Friendship club over 28, dem ›Ball der einsamen Herzen‹.

Auch dort sah man mir an, daß ich keine Piepen hatte. Irgendwas stimmte nicht mit mir, das merkten die Frauen sofort. Ich sagte zu mir: Bronsky. Die jüngsten Weiber hier sind mindestens vierzig. Aber die vierzigjährigen tragen die Nase hoch, weil sie jünger sind als die anderen. Da hast du keine Chance. Wenn du auf Nummer sicher gehen willst, dann versuch's am besten mit 'ner Alten. Da geht's vielleicht.

Ich tanzte mit einer Frau, die ungefähr 65 war. Sagte zu mir: Loch ist Loch. In der Not frißt der Teufel Fliegen. Und wenn du heute nacht mit ihr ins Bett gehst, dann sag ihr, sie soll die Zähne nicht rausnehmen. Es wird schon gehen. Du kriegst ihn sicher hoch. Und nötig hast du's. Verdammt noch mal.

Die Frau war gar nicht so übel. Ihre Figur war in Ordnung. Auch die Beine. Sie preßte die alten Titten beim Slowfox gegen meinen Pariser Anzug. Einmal küßte ich sie auf den runzligen Hals.

Ich lud sie zu einem Drink ein. Sie fragte mich, ob ich einen Job hätte. Ich sagte: »Sogar einen guten.«

Die alte Frau erzählte mir, daß sie in Coney Island wohne, und fragte mich, ob ich sie im Wagen nach Hause bringen wolle. Als ich ihr sagte, daß ich meinen Wagen heute nicht mitgebracht hätte, ließ sie mich stehen. Ich ging nach Hause und nahm eine kalte Dusche.

Nach Fertigstellung zweier weiterer Kapitel war mein Schwanz so steif, daß ich glaubte, verrückt zu werden. Trotzdem wollte ich weder wichsen noch zu einem Strichmädchen gehen. Ich rief kurz entschlossen einen Heiratsvermittler an.

Da mein Fall dringend war, bekam ich gleich einen Termin. Am frühen Nachmittag saß ich im Büro des Heiratsvermittlers.

»Ich sehe, daß Sie noch nicht lange hier sind«, sagte der Heiratsvermittler. »Ein Grünhorn, wie?«

»Ja«, sagte ich.

»Viele von den Neueinwanderern wollen heiraten«, sagte der Heiratsvermittler. »Das ist vernünftig.«

»Ja«, sagte ich.

»Das ist immer das Beste«, sagte der Heiratsvermittler.

»Ja«, sagte ich.

Ich sagte: »Ich möchte ein Mädchen so um die 25.«

»Das geht nicht«, sagte der Heiratsvermittler.

»Warum soll das nicht gehen?«

»Weil Sie zu alt sind.«

Ich sagte: »Ich bin 27.«

»Sie sehen aber älter aus.«

»Das weiß ich.«

»Sie könnten vierzig sein.«

»Das weiß ich.«

»In Amerika«, sagte der Heiratsvermittler, »wollen die Frauen gleichaltrige Männer. So ist das. Es kommt auch nicht darauf an, wie alt Sie in Wirklichkeit sind.«

»Worauf kommt es an?«

»Wie alt Sie aussehen.

Wenn Sie wie vierzig aussehen«, sagte der Heiratsvermittler, »dann nimmt Sie kein 25jähriges Mädchen. Es sei denn, Sie sind ein Millionär. Das wäre natürlich was anderes. Sind Sie ein Millionär?«

»Nein«, sagte ich. »Ich bin kein Millionär.«

»Ich hätte ein Mädchen für Sie«, sagte der Heiratsvermittler, »die eigentlich kein Mädchen mehr ist. Sie ist 38.«

»38?«

»Jawohl«, sagte der Heiratsvermittler. »Sie ist 38, sieht aber wie dreißig aus, also zehn Jahre jünger als Sie, da Sie ja wie vierzig aussehen.«

»Zehn Jahre jünger als ich?«

»Jawohl«, sagte der Heiratsvermittler. »Da haben Sie, wenn man an die üblichen Spielregeln denkt, im Grunde keine Chance. Aber ich könnte es ja mal versuchen.«

»Okay«, sagte ich.

»Haben Sie ein festes Einkommen?«
»Ja«, sagte ich.
»Wieviel?«
»150 in der Woche.«
»Das ist gar nicht mal schlecht.«
»Ich bin damit zufrieden.«

»Man darf nie mit seinem Einkommen zufrieden sein«, sagte der Heiratsvermittler. »Das können Sie mir sagen, aber sagen Sie's ja nicht dem Mädchen. Ein Mann muß sich verbessern. Er muß zielstrebig sein und hoch hinaus wollen. Wer einmal auf der Leiter sitzt, der muß auch hinaufklettern. Sonst ist er ein Versager.«
»Da haben Sie vollkommen recht.«
»Sagen Sie dem Mädchen nicht, daß Sie ein Versager sind.«
»Das werde ich bestimmt nicht sagen.«

»Was machen Sie eigentlich?«
»Ich bin Journalist.«
»Bei welcher Zeitung sind Sie angestellt?«
»Bei gar keiner.«
»Wieso sind Sie dann Journalist?«
»Ich bin freier Journalist.«

Der Heiratsvermittler holte ein Fotoalbum aus seinem Schreibtisch, suchte eine Weile, fand dann die richtige Seite und zeigte sie mir.
»Schauen Sie sich das Mädchen gut an!«
»Das mache ich gerade.«
»Wie gefällt sie Ihnen?«

»Sie ist nicht gerade mein Typ.«

»Warum?«

»Ein bißchen zu dick, finde ich. Außerdem trägt sie 'ne Brille.«

»Sie sieht wie Elizabeth Taylor aus«, sagte der Heiratsvermittler, »... falls Elizabeth Taylor zunehmen würde, eine Brille trüge und ein paar Jahre älter wäre.«

»Finden Sie das wirklich?«

»Ganz bestimmt«, sagte der Heiratsvermittler. »Man muß nur den richtigen Blick dafür haben.«

Unter dem Bild standen einige Angaben zur Person des älteren Mädchens. Ich las: Shirley Schwarz, 38, Jüdin, fünf Fuß, neun, 170 Pfund, liebt Musik, Theater, Kino und die freie Natur. Beruf: Chefsekretärin.

Bronsky, sagte ich zu mir. Du willst ja sowieso nicht heiraten, sondern bloß einen schnellen Fick. Sie ist zwar nicht dein Typ, aber sie ist 'ne Chefsekretärin, und jetzt wirst du endlich mal Gelegenheit haben, eine echte Chefsekretärin zu ficken.

»Ein gebildetes Mädchen«, sagte der Heiratsvermittler. »Gerade das richtige für Sie. Sie gehört auch dem jüdischen Glauben an. Genauso wie Sie.«

»Ja«, sagte ich.

»Ich habe zwar eine Menge anderer Mädchen auf Lager«, sagte der Heiratsvermittler, »... auch Nichtjüdinnen, irische Mädchen und viele andere ... aber da es in New York drei Millionen Juden gibt, sehe ich nicht ein, warum Sie als Jude eine Nichtjüdin heiraten sollten. Sie verstehen schon, was ich meine: Ich habe da gar keine Vorurteile, aber ich glaube, daß es besser ist, wenn die Kinder in der Religion ihrer Eltern erzogen werden. Da gibt es dann keine Konflikte.«

»Ich habe nichts gegen irische Mädchen«, sagte ich, »und auch nichts gegen andere, und die Religion ist mir scheißegal, und das mit der Kindererziehung, das kriegen wir schon hin.«

»Sie wollen das Mädchen nicht?«

»Das habe ich nicht gesagt.«

»Ich kann Ihnen noch andere zeigen.«

»Das ist nicht nötig.«

»Was wollen Sie eigentlich?«

»Lassen Sie mich mal überlegen.«

Ich zündete mir eine Zigarette an und dachte angestrengt nach.

»Ich werde es mit dem Mädchen versuchen«, sagte ich dann, »weil sie 'ne Chefsekretärin ist.«

»Na also«, sagte der Heiratsvermittler. »Eine Chefsekretärin, das ist doch was!«

»Ja«, sagte ich.

»Die Sache kostet fünfzig Dollar«, sagte der Heiratsvermittler. »Wenn es mit dem Mädchen nicht klappt, dann stelle ich Ihnen andere vor, und Sie brauchen mir keinen einzigen Cent mehr zu zahlen. Alles nur für fünfzig Dollar. Glauben Sie mir, ich bin der billigste Heiratsvermittler in New York.«

»Ich habe im Augenblick nur zwanzig Dollar.«

»Dann geben Sie mir die zwanzig. Aber ich mache Sie aufmerksam: Wenn es mit dem Mädchen nicht klappt, dann stelle ich Ihnen keine andere vor, es sei denn, Sie zahlen den Rest.«

»Okay«, sagte ich.

»Wie werde ich das Mädchen treffen? In Ihrem Büro?«

»Nein«, sagte der Heiratsvermittler. »Wir nehmen es mit dem Vorstellen hier nicht so genau. Sie kriegen die Telefonnummer des Mädchens, auch die Adresse, und Sie rufen sie einfach an.«

»Und das Mädchen?«

»Die kriegt Ihre Adresse und Telefonnummer. Außerdem alle Angaben, die Ihre Person betreffen. Ich rufe sie noch heute an.«

»Wird mich das Mädchen anrufen?«

»Selbstverständlich nicht. Der Mann muß immer den ersten Schritt tun. Später natürlich, nachdem Sie sich kennengelernt haben und die Sache ein bißchen läuft, dann wird auch das Mädchen mal anrufen.«

»Wann kann ich das Mädchen anrufen?«

»Erst morgen«, sagte der Heiratsvermittler. »Sie könnten natürlich auch etwas länger mit dem Anrufen warten. Das macht einen besseren Eindruck.«

Ich sagte: »Ich hab's aber eilig« und dachte dabei an den schnellen Fick.

Bevor ich ging, zahlte ich meine zwanzig Dollar, hinterließ meinen richtigen Namen, Adresse und die Telefonnummer meiner Wirtin.

17.

Ich erwachte am nächsten Morgen mit einem peinlichen Ständer. Auch die kalte Dusche nützte nichts. Da ich es eilig hatte und meine neue Braut, die Chefsekretärin, am liebsten gleich bestiegen hätte, rief ich schon nach dem Frühstück bei ihr an. Eine Männerstimme meldete sich.

»Hallo?«

Ich sagte: »Hallo.«

»Wer sind Sie?«

»Jakob Bronsky.«

»Kenne ich nicht.«

»Ich habe die Telefonnummer vom Heiratsvermittlungsbüro bekommen.«

»Ach so.«

»Und wer sind Sie?«

»Ich heiße Schwarz. Ich bin Shirleys Vater.«

»Wohnt sie bei Ihnen?«

»Ja. Shirley wohnt bei ihren Eltern.«

»Das ist aber merkwürdig.«

»Warum ist das merkwürdig?«

»Weil junge Leute, die alleinstehend sind, meistens alleine wohnen.«

»Was soll das heißen?«

»Gar nichts.«

»Shirley wohnt bei uns, weil das billiger ist und

weil sie für ein neues Auto spart. Außerdem plant sie eine Weltreise.«

»Verstehe.«

»Wer sind Sie eigentlich?«

»Ich hab's Ihnen doch schon gesagt. Ich heiße Jakob Bronsky.«

»Hat uns der Heiratsvermittler ein Bild von Ihnen geschickt?«

»Nein.«

»Warum?«

»Weil ich ihm keins gegeben habe.«

»Haben Sie keins bei sich gehabt?«

»Sehr richtig.«

»Hat er keins von Ihnen verlangt?«

»Nein. Bei mir nicht. Der wollte nur fünfzig Dollar.«

»Hören Sie, junger Mann, meine Tochter ist nicht zu Hause. Die ist noch im Büro. Wußten Sie nicht, daß sie arbeitet?«

»Doch.«

»Warum haben Sie dann so früh angerufen?«

»Weil ich's eilig hatte.«

»Sie wollen doch nicht etwa schon morgen heiraten?«

»Nein. Das allerdings nicht.«

»Hören Sie, junger Mann. Ich habe jetzt keine Zeit. Rufen Sie am Abend an, wenn Shirley zu Hause ist.«

»Okay.«

»Haben Sie einen Job?«

»Selbstverständlich.«

»Was für einen?«

»Ich nehme an, daß der Heiratsvermittler das Ihrer

Tochter bereits erzählt hat.«

»Das kann sein.«

»Hat Ihre Tochter wirklich nichts von mir erwähnt?«

»Nein.«

»Ich bin aber sicher, daß der Heiratsvermittler bereits mit ihr gesprochen hat.«

»Shirley erzählt mir nicht alles.«

»Okay.«

»Okay«, sagte der Mann am anderen Ende der Leitung.

Mein Atem ging schneller, als ich am Abend den Hörer abnahm und die Nummer meiner neuen Braut wählte. Als ich ihre Stimme hörte, kam es mir fast. Mein harter Schwanz stieß gegen die Telefonschnur. Ich legte den Hörer wieder auf, zündete mir eine Zigarette an, wartete ab, bis ich mich beruhigt hatte, und wählte die Nummer noch einmal. Wieder hörte ich ihre Stimme.

Ich sagte: »Hier ist Jakob Bronsky.«

»Haben Sie nicht schon einmal angerufen?«

»Ja. Aber die Verbindung war schlecht.«

»Mein Vater hat mir erzählt, daß Sie schon einmal, im Laufe des Tages, anriefen.«

»Ja, kurz nach dem Frühstück.«

»Mein Vater sagte, es wäre am Nachmittag gewesen.«

»Das stimmt. Ich frühstücke immer spät.«

»Hängt das mit Ihrer Arbeitszeit zusammen?«

»Sehr richtig.«

»Sie sind also Jakob Bronsky.«

»Ich bin Jakob Bronsky.«

»Und Sie wissen, wer ich bin?«

»Natürlich. Sie sind Miss Schwarz.«

»Sie dürfen mich Shirley nennen.«

»Okay, Shirley.«

»Darf ich Sie Jakob nennen?«

»Selbstverständlich.«

»Mr. Newman hat mir viel von Ihnen erzählt.«

»Der Heiratsvermittler?«

»Mir gefällt dieses Wort nicht.«

»Mir auch nicht. Also Mr. Newman.«

»Ja. Mr. Newman.«

»Was hat Mr. Newman von mir erzählt?«

»Er sagte, daß Sie gerade der Richtige für mich sind.«

»Das hat er mir auch gesagt.«

»Wirklich?«

»Ja.«

»Sind Sie wirklich Journalist?«

»Ja.«

»Für welche Zeitung schreiben Sie?«

»Für verschiedene.«

»Ich lese regelmäßig die Herald Tribune, ab und zu auch mal die Times und die News, aber ich habe Ihren Namen noch nie gesehen.«

»Ich schreibe unter einem Pseudonym.«

»Können Sie mir das verraten?«

»Nein.«

»Warum nicht?«

»Weil da zuviel auf dem Spiel steht. Meine Artikel sind sehr kontrovers.«

»Sind Ihre Artikel politisch?«

»Ja.«

»Sie haben doch nicht etwa den Präsidenten der

Vereinigten Staaten angegriffen?«

»Doch, das habe ich.«

»Oder den Senator McCarthy?«

»Den Kommunistenfresser?«

»Den meine ich.«

»Natürlich. Den auch.«

»Ich finde das äußerst interessant.«

»Ja.«

»Haben Sie auch über die Negerfrage geschrieben?«

»Das ist mein Hauptthema.«

»Auch das Problem der Puertorikaner?«

»Das auch.«

»Erzählen Sie mir davon.«

»Von den Negern und Puertorikanern?«

»Ja.«

»Mir fällt im Augenblick nichts ein.«

»Aber Sie haben doch darüber geschrieben?«

»Natürlich. Aber wissen Sie: wenn meine Artikel einmal gedruckt sind, dann vergesse ich den Inhalt.«

»Das finde ich aber merkwürdig.«

»Um den Ballast abzuschütteln. Damit ich neue Gedanken kriege.«

»Ach so.

Finden Sie es nicht schrecklich, daß die Puertorikaner so viele Kinder machen? Die sind fast wie die Ratten.«

»Die ficken eben gern.«

»Was haben Sie gesagt?«

»Verzeihen Sie. Ich hab' das nicht so gemeint.«

»Man müßte ihnen etwas über Geburtenkontrolle beibringen.«

»Sehr richtig.«

»Haben Sie auch darüber geschrieben?«

»Selbstverständlich.«

»Auch die Neger machen so viele Kinder, obwohl nicht ganz so viel wie die Puertorikaner.«

»Ja«, sagte ich.

»Dafür haben die Puertorikaner ein besseres Familienleben. Ihre Kinder haben wenigstens ein Zuhause.«

»Ja«, sagte ich.

»Bei den Negern ist das ganz schlimm. Die kleinen Negerkinder tun mir leid.«

»Da haben Sie recht.«

»Und wer muß dafür zahlen? Für die Kinder meine ich. Die Steuerzahler! Wir, Herr Bronsky. Sie und ich.«

»Sie wollten mich doch Jakob nennen.«

»Ich meine: Jakob. Wir müssen für die Kinder der Neger und Puertorikaner zahlen. Stimmt das nicht?«

»Es stimmt«, sagte ich.

»Zahlen Sie auch so viele Steuern?«

»Eigentlich nicht«, sagte ich.

»Wieso?«

»Steuerhinterziehung gehört zu meinen Hobbys.«

»Das ist doch sicher nur ein Spaß?«

»Natürlich«, sagte ich.

Ich zündete mir noch eine Zigarette an, und dabei fiel mir ein, daß das mit der Steuerhinterziehung kein Spaß war. Aber das ging sie nichts an, auch nicht, wie das mit meiner Sozialversicherungsnummer war und was für Tricks ich benutzte, wenn ich mal einen Job hatte.

»Sind Sie noch da, Jakob?«

»Ja. Ich bin noch da.«

»Mr. Newman hat mir gesagt, daß Sie ein regelmäßiges Einkommen von 150 Dollar in der Woche haben.«

»Das habe ich.«

»Hat man als freier Journalist ein so regelmäßiges Einkommen?«

»Eigentlich nicht. Ich verdiene oft mehr. Ich habe Mr. Newman nur mein ungefähres Durchschnittseinkommen angegeben, aber ich war vielleicht ein bißchen zu bescheiden.«

»Sie verdienen also in Wirklichkeit mehr?«

»Ja.«

»Reisen Sie auch gerne?«

»Eigentlich nicht.«

»Wieso?«

»Ich bin während des Krieges zuviel herumgereist.«

»Ach so.«

»Ja.«

»Das tut mir leid.«

»Das braucht Ihnen nicht leid zu tun.«

»Wo sind Sie während des Krieges herumgereist?«

»Darüber rede ich nicht.«

»Waren Sie auch in einem KZ?«

»Darüber rede ich nicht.«

»Ich plane nämlich eine Weltreise.«

»Das hat mir Ihr Vater bereits gesagt.«

»Vielleicht sogar nach Indien.«

»So?«

»Ja. Waren Sie mal in Indien?«

»Noch nicht.«

»Die Leute dort sollen schrecklich arm sein.«
»Ja. Das hab' ich auch gehört.«

»Gehen Sie oft ins Theater?«
»Ja.«
»Da kriegen Sie als Journalist sicher Freikarten?«
»Das stimmt.«
»Was haben Sie alles gesehen?«
»Verschiedenes.«
»Theaterkarten sind sehr teuer. Es heißt, daß Theaterkarten in Europa billiger sind.«
»Viel billiger.«
»Gehen Sie auch ins Kino?«
»Ins Kino gehe ich oft.«
»Wer ist Ihr Lieblingsschauspieler?«
»Keiner.«
»Und Ihre Lieblingsschauspielerin?«
»Ingrid Bergman.«
»War die nicht in einen Skandal verwickelt?«
»Ja.«
»Ein ziemlich mieser Skandal?«
»Das weiß ich nicht.«

»Träumen Sie manchmal von einer Schauspielerin?«
»Manchmal.«
»Die meisten Männer träumen von Marilyn Monroe.«
»Die ist nicht mein Typ.«
»Sie träumen von Ingrid Bergman?«
»Sehr richtig.«
»Wie ist das?«
»Ich hole sie manchmal von der Leinwand runter, nachts unter meiner Decke, und fummle ein bißchen bei ihr rum.«

»Sie machen Späße?«

»Da bin ich nicht so sicher.«

»Man sieht sie auch nicht mehr. Höchstens noch in den billigen Kinos, wo von Zeit zu Zeit die alten Filme gezeigt werden. Gehen Sie in billige Kinos?«

»Manchmal.«

»Das ist aber nicht schick.«

»Warum?«

»Weil das nicht schick ist.«

Ich spürte wieder, wie mein Schwanz gegen die Telefonschnur stieß. Dieses blöde Arschloch mußt du heute noch ficken! Du brauchst dringend eine heiße Fotze. Du hast Schmerzen unter der Eichel, an einer bestimmten Stelle. Du hast zu lange keine Frau gehabt. Du bist noch jung. Und du schreibst ein Buch. Es wird leichter mit dem Schreiben gehen, wenn du mal entspannst. Du wirst dieser blöden Kuh deinen Streß, deine Einsamkeit, deine Sehnsüchte, deine Träume, deine Wahnvorstellungen mit deinem Samen zwischen die Beine schießen. Dein Kopf wird klar werden, dein Hunger gestillt, dein Durst gelöscht.

»Wie wär's mit heute abend?« fragte ich. »Wir könnten uns irgendwo treffen.«

»Das geht leider nicht.«

»Warum?«

»Weil heute Freitag ist und ich bereits eine Verabredung habe.«

»Mit einem jungen Mann?«

»Selbstverständlich.«

»Und morgen?«

»Morgen ist Samstag. Da geht's erst recht nicht. Ich habe auch morgen eine Verabredung.«

»Und Sonntag?«

»Sonntag auch nicht.«

»Eine Verabredung?«

»Ja. Ich habe auch am Sonntag eine Verabredung.«

»Ich bin aber einsam«, sagte ich, »und ich würde Sie heute abend gerne sehen.«

»Haben Sie keine Freundinnen?«

»Nein.«

»Das ist aber bedauerlich.«

»Ja.«

»Rufen Sie mich nächste Woche wieder an. Am besten schon Montag wegen meines Terminkalenders. Vielleicht können wir dann für übernächsten Samstag was ausmachen.«

»Okay«, sagte ich. »Also Montag.« Ich legte auf.

18.

Am nächsten Tag rief ich den Heiratsvermittler an, in der Absicht, meine zwanzig Dollar zurückzuverlangen.

»Heute ist Samstag«, sagte der Heiratsvermittler. »Woher wußten Sie, daß mein Büro geöffnet ist?«

Ich sagte: »Weil Samstag der einsamste Tag der Woche ist.«

»Das stimmt«, sagte der Heiratsvermittler. »Miss Schwarz hat nämlich soeben hier angerufen und mir gesagt, daß sie bereits eine Verabredung mit Ihnen hat.«

»Keine feste Verabredung«, sagte ich. »Ich soll sie am Montag wieder anrufen. Das dauert mir alles viel zu lange.«

»Sie müssen eben Geduld haben«, sagte der Heiratsvermittler.

»Geduld?«

»Ja«, sagte der Heiratsvermittler.

»Miss Schwarz hat mir alles berichtet.«

»Was hat sie berichtet?«

»Von Ihrem europäischen Gehabe.«

»Das versteh' ich nicht ganz.«

»Sie war enttäuscht von Ihnen, aber ich habe das inzwischen wieder eingerenkt.«

»Warum war sie enttäuscht?«

»Das werde ich Ihnen gleich sagen.

Man erzählt einer jungen Dame nicht, daß man einsam ist«, sagte der Heiratsvermittler. »Man erzählt auch nicht, daß man keine ›dates‹ hat, denn dann ist man ein Versager.«

»Daran habe ich nicht gedacht.«

»Sie sind eben noch nicht lange genug in Amerika.«

»Das stimmt.«

»Man fragt auch eine Dame nicht, ob sie die Absicht hätte, Sie noch am selben Abend zu treffen. So was schickt sich nicht. Oder am nächsten Tag, der ausgerechnet ein Samstag ist. Oder am übernächsten, der ausgerechnet ein Sonntag ist. So was macht man nicht. Sie tun so, als ob Sie nicht wüßten, daß ein Mädchen in diesem Land nicht zugeben kann, daß sie am Weekend keine Verabredung hat. So was gibt es nicht. Jede Frau, die als Frau erfolgreich ist, ist entweder verheiratet, oder sie hat am Weekend eine Verabredung. Verstehen Sie das?«

»Ja«, sagte ich.

»Eine Frau, die Erfolg hat, ist nicht einsam, ebenso wie ein Mann, der Erfolg hat, nicht einsam ist.«

»Ja«, sagte ich.

»Armut und Einsamkeit sind in diesem Land eine Schande.«

»Ja«, sagte ich.

»Wenn ich Ihnen einen Rat geben kann: Reden Sie nie von Armut oder Einsamkeit!«

»Von Armut habe ich nichts gesagt.«

»Aber von Einsamkeit?«

»Ja. Das stimmt.«

»Wie gesagt: ich habe das bereits wieder eingerenkt. Miss Schwarz erwartet Ihren Anruf am Montag.«

Am Montag rief ich meine neue Braut wieder an. Sie wollte diesmal wissen, wie groß ich war, ob ich Haare hätte oder eine Glatze, ob ich jugendlich aussähe und fit – wie man eben aussehen muß, um ›in‹ zu sein –, ob ich Zukunftspläne hätte und ob ich an mich glaube. Ich gab ihr ausweichende Antworten. Schließlich kam es dann doch zu einer festen Verabredung.

»Also gut«, sagte sie. »Am Samstag um sieben. Laden Sie mich zum Dinner ein?«

»Selbstverständlich.«

»In ein nettes Lokal?«

»Natürlich.«

»Ich freue mich schon darauf.«

»Ja. Ich auch.«

»Holen Sie mich ab?«

»Gerne.«

»Sie können bei mir klingeln«, sagte sie, »aber das wäre umständlich, da Sie Ihren Wagen nicht vor dem Haus parken können.«

»Warum nicht?«

»Weil es keine Parkplätze gibt.«

»Was soll ich machen?«

»Ich werde vor dem Haus auf Sie warten«, sagte sie. »Fahren Sie mit Ihrem Wagen bis zum Haus, stoppen Sie kurz – das geht –, und ich werde schnell einsteigen. So haben Sie keine Parkplatzprobleme.«

»Okay«, sagte ich.

»Wie sieht Ihr Wagen aus?«

»Ist das so wichtig?«

»Natürlich. Ich muß ja ihren Wagen erkennen!«

»Er ist rot«, sagte ich. »Ein roter Jaguar.«

»Oh, Sie fahren einen Jaguar?«

»Sehr richtig.«

»Ein neuer?«

»Ein nagelneuer.«

Ich war froh, daß sie nicht in Brooklyn oder in der Bronx wohnte, wie die meisten jüdischen Frauen, denen ich im Roseland oder beim ›Ball der einsamen Herzen‹ begegnet war. Bis nach Brooklyn mußte man oft eine Stunde oder mehr mit der U-Bahn fahren, und nach der Bronx war es fast ebensoweit.

Am nächsten Samstag holte ich meinen alten Pariser Anzug aus der Reinigung. Auch ein sauberes weißes Hemd. Ich wählte die beste Krawatte, die ich im Schrank hängen hatte und brachte meine abgelatschten Tom-Mc-Ann-Schuhe auf Hochglanz. Am Nachmittag ging ich spazieren, um die Zeit bis zu dem großen ›date‹ totzuschlagen. Gegen sechs Uhr dreißig nahm ich die U-Bahn.

Sie wohnte im Ostteil Manhattans, in der 11. Straße, nicht weit von der 2. Avenue. Ich fuhr mit der U-Bahn bis zum Union Square und ging den Rest der Strecke zu Fuß. Es fing an zu regnen. Als ich ankam – es war Punkt sieben –, stand sie wartend im Hauseingang.

»Hallo, Jakob!«

»Hallo, Shirley!«

»Es regnet. Treten Sie näher. Kommen Sie in den Eingang. Sie sind ja schon ganz naß.«

»Ist nicht so schlimm.«

»Wo ist der Jaguar?«

»Der ist leider nicht angesprungen. Hab' ihn in der Garage stehen lassen.«

»Das ist aber schade.«

»Ja.«

»Was machen wir jetzt?«

»Ich weiß es nicht.«

»Sie könnten ein Taxi holen?«

»Okay.«

»Haben Sie schon einen Tisch reserviert?«

»Wo?«

»In einem netten Lokal.«

»Noch nicht. Wir kriegen auch so einen Tisch.«

»Aber nicht in einem renommierten Lokal.«

»Machen Sie sich keine Sorgen.«

»Wollen Sie jetzt ein Taxi holen? Ich werde inzwischen hier warten.«

»Ja.«

Ich ging durch den Regen zurück in Richtung 2. Avenue. Bronsky, sagte ich zu mir. Die wiegt keine 170 Pfund, wie's der Heiratsvermittler in seinem Album eingetragen hatte. Die wiegt sicher hundert Pfund mehr. Schätze 270. Und das Bild, das dir der Heiratsvermittler gezeigt hat, stammt wahrscheinlich aus ihrer Jugendzeit, ein alter Trick. Sie ist auch nicht 38, sondern mindestens 48. Und sie sieht auch nicht zehn Jahre jünger aus. Und in ein renommiertes Lokal will sie gehen. Und mit dem Taxi will sie fahren. Und sicher wird sie später noch in ein Nachtlokal wollen, weil es Samstag ist oder weil es noch nicht spät genug ist, um nach Hause zu gehen an einem Samstag. Verdammt noch mal, Bronsky. Was hast du dir hier eingebrockt! Und ficken kannst du sie heute auch nicht, weil sie bei ihren Eltern wohnt. Und weil sie sich weigern wird, mit auf deine Bude zu kommen. Und ins Hotel wird sie sicher auch nicht wollen. Du kennst ja den Typ. Außerdem steht dein Schwanz nicht mehr. Der ist bei ihrem Anblick plötzlich weich und schlaff geworden. Bronsky! Sei klug und mach dich aus dem Staube!

Ich ging zum Union Square, nahm die U-Bahn und stieg am Times Square aus.

In Donald's Pinte ließ ich mir drei Hamburger geben, Ketchup, Zwiebeln und eine ordentliche Portion Kartoffelsalat. Dazu trank ich einige Gläser Bier. Beim vierten Bier dachte ich kaum noch an meine Braut. Das schwabbelige Gesicht der Shirley Schwarz verblaßte allmählich, schwamm nicht mehr störend über den Resten der Hamburger, des Kartoffelsalats, des Tellerrands, der Biergläser ... war nur noch ein konturloser Fettfleck. Ich rauchte drei Zigaretten, holte mir einen schwarzen Kaffee und einen bunten Banana-Split. Dann stand ich auf, überquerte die 42. Straße und ging in eines der billigen Kinos.

Als ich kurz nach elf aus dem Kino kam, dachte ich nicht mehr an Shirley Schwarz, an den Heiratsvermittler und die verlorenen zwanzig Dollar. Ich war ziemlich erregt, hatte einen Steifen und wollte nun endlich meinen verdienten Fick.

Die Strichmädchen in der Times-Square-Gegend, vor allem die in der 8. Avenue und der 42. Straße, waren genauso verkommen wie die Strichmädchen am oberen Broadway, rings um die Emigrantencafeteria und meinen Wohnblock. Ich sagte also zu mir: Bronsky!

Höchste Zeit, daß du mal was Anständiges fickst. Heute wirst du dir eine Luxushure leisten.

Der Regen hatte aufgehört. Mein Pariser Anzug war längst trocken. Langsam, nachdenklich, rauchend, einen Steifen in der Hose, schlenderte ich bis zur 57. Straße. Dort bog ich rechts ein und ging hinüber auf die Ostseite Manhattans.

Dort saßen sie: die Luxushuren. In einer teuren Bar. Ecke 57. Straße und 3. Avenue. Man konnte vor dem Schaufenster stehen und sie anstarren. Hübsch waren sie. Gut gewachsen. Tadellos angezogen. Elegant. Frisiert nach dem letzten Modeschrei. Dort saßen sie: an der Theke. Nippten an ihren Cocktailgläsern. Lächelten steif. Blickten ab und zu zum Schaufenster. Dort, wo ich stand. Und auch andere.

Bronsky, sagte ich zu mir. Was stehst du hier rum? Guckst dir die Augen aus dem Kopf. Geh rein in die Bar. Rede mit einer. Spendier ihr einen Drink.

Ich setzte mich auf den Barhocker neben die große Blonde, auf die ich besonders scharf war. Sie hatte die Beine der Mistinguette, den Körper von Esther Williams und ein Gesicht, das mich entfernt an die Bergman erinnerte. Mensch, Bronsky, sagte ich zu mir. Das ist ein Klasseweib. So eine hast du noch nie gehabt. Denk nicht an Shirley Schwarz, an ihr schwammiges Gesicht, die fetten Beine, den breiten Arsch. Die steht wahrscheinlich noch immer im Hauseingang, starrt sich die Augen aus und wartet auf dein Taxi.

»Möchten Sie einen Drink?« fragte ich die große Blonde.

Wir tranken zwei Cocktails und sprachen über das Wetter. Dann folgte sie mir hinaus auf die Straße.

Auf dem Weg in ihr Hotel merkte ich, daß uns ihr Zuhälter folgte. Ich tat aber so, als hätte ich den Zuhälter gar nicht gesehen.

Das Zimmer war elegant. Sogar ein Bad war da.

»Das kostet 25 Dollar«, sagte die Blonde.

»Ich wußte nicht, daß das so teuer ist.«

»Sie müssen im voraus bezahlen.«

»Okay«, sagte ich.

Ich gab ihr die 25 Dollar und sah, wie sie das Geld in ihre Handtasche steckte. Sie legte die Handtasche auf den Teppich. Sie zog sich den Schlüpfer aus. Sonst nichts.

»Komm«, sagte sie.

Ich nahm mir nicht einmal die Zeit, das Bett aufzudecken. So scharf war ich auf die. Ich warf sie aufs Bett und stürzte mich auf sie drauf. Ich hatte gerade noch Zeit, den Schlitz meiner Pariser Hose zu öffnen – den Schlitz mit den altmodischen Knöpfen –, da kam es mir schon.

Ich sagte: »Das gilt nicht.«

»Was soll das heißen?«

»Es ist mir vorzeitig gekommen.«

»Dein Pech, Junge.«

»Ich hab' ihn nicht mal reingesteckt.«

»Dein Pech, Junge.«

»Laß mich noch einmal ran!«

»Das kostet wieder 25 Dollar.«

»Soviel hab' ich nicht.«
»Guck mal in deiner Brieftasche nach.«
»Okay«, sagte ich.

Ich gab ihr noch einmal 25 Dollar. Diesmal zog sie sich aus. Ganz. Wir machten es diesmal richtig.

Als sie ins Badezimmer ging, um sich für den nächsten Kunden zu waschen, nahm sie ihre Handtasche mit. Sie war vorsichtig.

19.

In den nächsten Wochen litt ich an einem abnormalen Durst. Ich wußte gar nicht, was mit mir los war. Je mehr ich trank, desto durstiger wurde ich. Dabei hatte die große Sommerhitze längst nachgelassen. In der Emigrantencafeteria schüttelten meine Bekannten die Köpfe. »Sie sind krank, Herr Bronsky. Warum gehen Sie nicht zu einem Arzt?«

Ich arbeitete jetzt an meinem Fünfzehnten Kapitel. Meine Barschaft ging allmählich zu Ende.

Trotzdem hatte ich mir vorgenommen, die Hälfte meines Romans fertigzuschreiben. Zum Arzt wollte ich nicht.

Es wurde von Tag zu Tag schlimmer. Ich hatte mich beim Schreiben vom gewohnten Kaffee auf Coca Cola umgestellt. Auf meinem Tisch häuften sich die leeren Flaschen. Oft trank ich zwanzig Coca Cola in einer Schreibnacht. Das Schlimmste aber war, daß ich ununterbrochen den Drang zum Pinkeln verspürte. Das störte natürlich beim Schreiben, weil ich jedesmal unterbrechen und auf die Toilette gehen mußte.

Ich schlief schlecht, wachte fast jede Stunde auf, trank Leitungswasser und ging auf die Toilette. Einmal pinkelte ich ins Bett. Frühmorgens wachte ich mit einem schweren Kopf auf. Meine Glieder fühlten sich wie Blei an. Oft blieb ich im Bett, bis es draußen dunkelte. Dann stand ich auf, schlurfte müde in die Emigrantencafeteria, versuchte an meinem Buch zu arbeiten, konnte mich aber nicht konzentrieren.

Schließlich ging ich dann doch zu einem Arzt.

»Sie haben Diabetes, Herr Bronsky!«

»Das kann doch nicht sein?«

»Sind Ihnen Fälle in Ihrer Familie bekannt?«

»Ja. Einige. Beide Großmütter waren zuckerkrank.«

»Da haben wir die Bescherung. Sie sind erblich belastet.

Ich muß noch eine zweite Urinprobe machen«, sagte mein Arzt, »außerdem brauchen wir eine Blutprobe. Wenn Ihr Diabetes nicht allzu schwer ist und keine Komplikationen aufweist, kann ich Sie mit Tabletten behandeln. Sonst müssen Sie spritzen.«

»Insulin?«

»Insulin!«

Das Resultat der Blutprobe war katastrophal, auch das der zweiten Urinprobe. Ich hatte nicht nur hohen Blutzucker – mehr als der Arzt vermutet hatte –, sondern außerdem noch eine Vergiftung – Ketoazidose nannte das mein Arzt –, eine typische Folge bei unbehandeltem, lange vernachlässigtem und schwerem Diabetes.

Ich mußte ins Krankenhaus. Blieb dort zwei Wochen. Mein Körper wurde entgiftet. Ich erhielt Insulin, außerdem Salztabletten, weil mein Körper zuviel

Wasser verloren hatte. Die Schwestern zeigten mir, wie man Insulin spritzte. Im Grunde sehr einfach. Ich lernte eifrig. Bald konnte ich mir die Spritze selber verabreichen.

Nachdem ich aus dem Krankenhaus entlassen worden war, kaufte ich mir, mit gültigem Rezept, meine eigene auskochbare Spritze und einen Monatsvorrat Insulin. Ich mußte nun täglich spritzen, und zwar gleich nach dem Aufstehen, vor dem Frühstück. Als das Insulin zu Ende war, ging ich wieder zu meinem Privatarzt wegen der Urin- und Blutproben und um mir ein neues Insulinrezept zu holen.

Der Arzt legte mir eine Rechnung vor. Ich sagte ihm offen, daß ich im Augenblick nicht bezahlen konnte. Zu meinem großen Erstaunen zeigte er Verständnis.

»Wann können Sie bezahlen, Herr Bronsky?«

»In ungefähr vier Monaten.«

»Das ist ziemlich lange.«

»Ich erwarte nämlich Geld. Eine große Summe.«

»Vielleicht könnten Sie doch etwas eher bezahlen?«

»Nein. Bestimmt nicht.«

»Okay«, sagte der Arzt.

»Wie oft muß ich hierherkommen?«

»Einmal monatlich. Wegen der Urin- und Blutproben und wegen des Insulinrezepts.«

»Okay«, sagte ich.

Mein Arzt war äußerst nett. Vielleicht glaubte er wirklich, daß ich die Rechnung bezahlen würde. Vielleicht hielt er mich für einen Menschen mit einem Gewissen.

»Wie fühlen Sie sich, Herr Bronsky?«

»Ich fühle mich bedeutend besser.«

»Keinen Durst mehr?«

»Keinen Durst. Ich muß auch nicht mehr soviel pinkeln.«

»Halten Sie Diät?«

»Selbstverständlich.«

»Keine Süßigkeiten? Keine Coca Cola? Fettlose Kost?«

»Ja.«

»Das ist sehr vernünftig.«

»Mir wird nur manchmal schwindlig. Unlängst bin ich auf der Straße umgefallen.«

»Das kommt vom Insulin. Man nennt das Insulinschock. Sie haben wahrscheinlich zuviel gespritzt oder unregelmäßig gegessen.«

»Das kann sein.«

»Wenn wieder mal so ein Anfall kommt, dann essen Sie einfach ein Stück Zucker.«

»Ich denke, ich soll keinen Zucker essen?«

»Das stimmt. Nur wenn Sie einen Anfall haben, dann müssen Sie Zucker essen.«

»Ist das nicht ein Widerspruch?«

»Das ist eben so. Im allgemeinen ist der Blutzucker bei Diabetikern zu hoch, aber manchmal – durch das Insulin bedingt – fällt er ganz plötzlich und ist dann zu niedrig. Sie kriegen einen Anfall – man nennt das Insulinschock –, und Sie müssen Zucker essen. So ist das.«

»Geht der Anfall dann vorbei?«

»Meistens ja.«

»Und wenn nicht?«

»Manche sterben bei so einem Anfall.«

»Ich bin aber nicht gestorben.«

»Da haben Sie eben Glück gehabt.«

»Herr Doktor. Ich habe Angst vor diesen Anfällen!«

»Sie brauchen keine Angst zu haben. Sie müssen nur regelmäßig leben, auch nicht zuviel spritzen und nicht zuwenig. Dann werden Sie keine Anfälle haben.«

»Regelmäßig leben, haben Sie gesagt?«

»Sehr richtig. Regelmäßig schlafen. Regelmäßig essen. Regelmäßig arbeiten. Keine Extravaganzen. Keine übermäßigen Anstrengungen. Keinen Streß. Keine Sorgen. Keine Aufregungen. Die kleinsten Unregelmäßigkeiten bringen bei Diabetikern den Stoffwechsel durcheinander und beeinflussen die Wirkung des Insulins.«

»Und dann kommen die Anfälle?«

»Jawohl.«

»Sonst noch was?«

»Oder Sie landen wieder im Krankenhaus mit einer neuen Vergiftung und hohem Blutzucker.«

»Da hab' ich mir ja was Schönes eingebrockt!«

»Sehr richtig.«

»Herr Doktor. Ich bin nämlich Schriftsteller. Kann man als Diabetiker noch schreiben?«

»Sie können kritzeln, soviel Sie wollen, vorausgesetzt, daß Sie sich konzentrieren können.«

»Das ist es eben.«

»Das hängt von Ihrer Lebensweise ab. Wenn es mit dem Stoffwechsel klappt, was wieder von einer regelmäßigen Lebensweise abhängt, dann werden Sie sich konzentrieren können.«

»Ich kann aber nicht regelmäßig leben.«

»Sie müssen es aber.«

»Herr Doktor. Sagen Sie: wie ist es eigentlich mit dem Ficken. Darf man als Diabetiker noch ficken?«

»Das dürfen Sie. Vorausgesetzt, daß Sie es können.«

»Wie meinen Sie das?«

»Bei manchen Diabetikern versagt die Potenz.«

»Wird das bei mir der Fall sein?«

»Das weiß ich nicht.«

Der Arzt stand auf und gab mir die Hand. Er lächelte verständnisvoll. Ich mußte durchs Wartezimmer gehen, um zum Ausgang zu gelangen. Die Patienten im Wartezimmer starrten mich an, und ich hatte das Gefühl, als ob sie alle auf meinen Schwanz blickten. Draußen auf der Straße hatte ich wieder einen Anfall.

Ich beschloß, mir wieder einen Job zu suchen, da ich nur noch wenige Dollars in der Tasche hatte. Bronsky, sagte ich zu mir. Kauf dir beim Trödler eine billige Kellnerhose, weil du die alte in Great Neck City vergessen hast. Nimm die U-Bahn und fahr zur Warren Street. Denk nicht mehr an deinen Schwanz. Der Arzt hat dir nur Angst gemacht. Dein Schwanz ist okay.

Die Agentur Silberstein war wieder geöffnet. Micky Silberstein gab mir die üblichen Jobs, vertretungsweise, für ein paar Tage. Ich verdiente, was ich zum Leben brauchte, und begann bereits wieder Pläne zu schmieden, um irgendwie zu Geld zu kommen und den WICHSER fertigzuschreiben.

Oft hielt ich nach Pinky Ausschau, weil ich glaubte, Pinky wußte, wo man wieder einen großen Coup landen konnte, aber Pinky schien spurlos verschwunden. Ich traf ihn weder in der Warren Street noch in seinem Rattenkeller. Vielleicht war er ausgezogen. Einmal – als ich wieder in den Rattenkeller wollte, in der Hoffnung, ihn diesmal anzutreffen – stellte ich fest, daß das Haus nicht mehr existierte. Man hatte es inzwischen abgerissen.

Die Angst vor der Krankenhausrechnung machte mir zu schaffen. Sie konnte jeden Tag eintreffen. Mit dem Hausarzt konnte man reden, aber mit den zuständigen Leuten im Krankenhaus war nicht zu spaßen. Ich hatte keine Krankenversicherung und wußte nicht, was ich machen sollte. Mit den Gerichten wollte ich auch nichts zu tun haben.

Eines Nachts zog ich aus meiner Wohnung aus, heimlich, mit drei Wochen Miete im Rückstand. Ich fand ein billiges Zimmer in einer Absteige. Bronsky, sagte ich zu mir. Da es in Amerika keine Anmeldepflicht gibt, wird dich die Krankenhausrechnung nie erreichen.

Es klappte nicht so richtig mit meinen Jobs. Oft überraschten mich die Schwindelanfälle. Dann fingen meine Knie an zu zittern und meine Hände. Einmal – ich arbeitete gerade vertretungsweise als Kellner – verschüttete ich einen ganzen Teller Suppe, und ausgerechnet auf das neue Abendkleid einer Dame. Ich wurde fristlos gefeuert.

Die Bosse beschwerten sich bei Micky Silberstein, und Micky Silberstein blickte mich traurig an. »Tut mir leid, Bronsky. Aber ich kann dir keinen Job mehr geben.«

»Ich muß doch irgendwas machen, Micky.«

»Versuch's bei anderen Agenturen.«

»Dort kennt man mich nicht. Außerdem hat das keinen Zweck. Als Kellner kann ich nicht mehr arbeiten. Als Fensterputzer auch nicht. Und als Teller- oder Autowäscher verdient man nichts.«

»Tut mir leid, Bronsky.«

»Ich könnte wieder mal als Portier arbeiten!«

»Da hab' ich im Augenblick nichts.«

»Hast du nicht irgendwas andres?«

»Im Augenblick nicht, Bronsky.«

Ich war schon in der Tür, als Micky Silberstein mich plötzlich zurückrief. »Ich hab' doch was für dich, Bronsky.«

»Was hast du?«

»Den richtigen Job für dich.«

»Den richtigen Job?«

»Jawohl.«

Micky Silberstein zeigte mir einen der Auftragszettel: ÄLTERE DAME SUCHT MANN, DER BEREIT IST, IHREN HUND SPAZIERENZUFÜHREN.

»Na, was sagst du dazu, Bronsky? Das ist doch was für dich. Da kannst du meinetwegen mit den Beinen und mit den Händen zittern. Der Hund wird sich nicht bei mir beschweren.«

»Was kann man dabei verdienen?«

»Die Dame zahlt drei Dollar für den Job.«

»Davon kann ich nicht leben.«

»Du könntest zwei Hunde spazierenführen! Ich hab' da noch was.«

»Ein zweiter Hund?«

»Sehr richtig. Der Hund eines älteren Herrn. Zahlt

ebenfalls drei Dollar. Zwei Hunde. Sechs Dollar.«

»Das ist nicht viel.«

»Wenn du sparsam lebst, kommst du über die Runden.«

»Okay, Micky.«

20.

Es war ein Siebentagejob, da die Hunde auch samstags und sonntags auf die Straße mußten. Jeder der Besitzer gab mir drei Dollar täglich, so wie Micky Silberstein es versprochen hatte. Es war leicht auszurechnen: Zwei Hundebesitzer zahlten zusammen sechs Dollar pro Tag. Und sechs mal sieben sind 42. Ich verdiente also 42 Dollar wöchentlich und kam gar nicht mal schlecht über die Runden. Der Job war auch nicht schwer. Ich mußte die Hunde frühmorgens abholen, etwa eine Stunde spazierenführen, damit sie Bewegung hatten, am Abend dann noch mal dasselbe. Natürlich mußte ich achtgeben, daß sie ihre Därme entleerten und ordentlich pißten.

Die Weisen sagen, daß es keinen Job ohne Probleme gibt. Auch dieser leichte Job bereitete mir mancherlei Kopfzerbrechen. Die Hunde bepinkelten sämtliche Autos, die am Straßenrand geparkt waren. Deshalb geriet ich oft in Schwierigkeiten mit den Autobesitzern oder ihren Chauffeuren, besonders in der Park Avenue, wo die Limousinen der Reichen standen, die Rolls-Royces und Cadillacs mit ihren Chauffeuren in schmucker Livree, die schweigend und wartend am Steuer saßen. Ich konnte die Park Avenue aber nicht vermeiden, da beide Hundebesitzer in der Park Avenue wohnten. Ein anderes Problem war der Umstand, daß es sich nicht um Hunde, sondern um Hündinnen handelte. Die eine Hündin hieß Candy, war eine Mischrasse und keine Jungfrau mehr. Sie gehörte dem älteren Herrn. Mit Candy hatte ich in Bezug auf ihr Geschlecht keine Probleme, dafür aber mit Dolly, der zweiten Hündin, einer weißen Pudelin, die der älteren Dame gehörte. Mit Dolly war es wirklich schlimm.

»Hören Sie, junger Mann«, sagte die ältere Dame, als ich Dolly zum ersten Mal abholte. »Dolly ist eine Jungfrau. Sie ist noch völlig unschuldig. Sie müssen aufpassen, daß keiner der Straßenhunde Dolly bespringt. Wenn Dolly schwanger wird, dann ist es aus mit dem Job.«

»Ich werde auf Dolly aufpassen«, sagte ich. »Machen Sie sich keine Sorgen.«

Ich paßte wirklich scharf auf Dolly auf. Trotzdem wäre es einmal fast passiert. Ich guckte mir gerade das Schaufenster einer Buchhandlung an, als ein Herr mit einer großen Dogge vorbeikam. Ein Männchen natürlich. Der Herr blieb neben mir stehen. Auch er schien sich für Bücher zu interessieren. Wir wechselten ein paar Worte über die letzten Neuerscheinungen. Dann – ich mußte irgend etwas geahnt haben – drehte ich mich um. Ich sah gerade noch, wie die große Dogge den Hintern meiner Dolly beschnupperte und dann plötzlich mit steifem Schwanz auf sie draufsprang. Schnell zog ich Dolly von der Dogge fort. Sagte zu mir: Bronsky. Das hätte dich fast den Job gekostet.

Seitdem ich den Hundejob hatte, konnte ich meine Freizeit besser einteilen. Ich schrieb nicht mehr nachts, sondern am Nachmittag, aß meine Mahlzeiten zu den vom Arzt vorgeschriebenen Zeiten und ging früh zu Bett, um für den Hundejob fit zu sein. Die Anfälle traten seltener auf, seitdem ich mich an das Insulin gewöhnt hatte und regelmäßiger lebte. Im Grunde war ich zufrieden. Ich lebte sparsam, vermied die Strichmädchen, nahm kalte Duschen, um meinen Schwanz zu beruhigen, der immer noch funktionierte, und dachte daran, daß DER WICHSER trotz fehlender nächtlicher Inspiration auch bei Tageslicht Fortschritte machte.

Eines Tages, lieber Bronsky, wirst du es geschafft haben. Eines Tages wird die letzte Zeile des WICHSERS auf dem Papier stehen.

Manchmal traf ich Herrn Selig in der Emigrantencafeteria. Er begrüßte mich immer höflich und tat so, als wüßte er nicht, daß ich heimlich ausgezogen war, ohne die rückständige Miete zu bezahlen. Ich nahm an, daß er der Wirtin von unseren Begegnungen nichts erzählte.

Einmal sagte er zu mir: »Sie schreiben jetzt am Nachmittag?«

»Nur noch am Nachmittag.«

»Sie scheinen ein bürgerliches Leben zu führen?«

»Wie man's nimmt, Herr Selig.«

»Wann werden Sie mit dem WICHSER fertig sein?«

»Das weiß ich noch nicht.«

In meiner Absteige wimmelte es von Kakerlaken. Ich fand die Tierchen sogar in meinem Bett. Ein paarmal versuchte ich sie mit einem Spray auszuräuchern, aber sie kamen immer wieder zurück.

Habe mir die Emigrantenzeitung gekauft und die

Wohnungsannoncen studiert. Schließlich fand ich, was ich suchte.

Wieder ein Zimmer bei einer älteren jüdischen Dame. Auch billig.

»Mein Mann ist gestorben«, sagte die ältere jüdische Dame. »Und die Kinder sind verheiratet und wohnen weit weg. Sie wissen ja, wie das ist.«

»Ja«, sagte ich.

»Es geht gar nicht mal ums Geld. Ich will nur nicht allein sein. Die Angst, verstehen Sie?«

»Wovor haben Sie Angst?«

»Vor Einbrechern.«

»Kann ich verstehen.«

»Es passiert so viel in dieser Stadt.«

»Ja«, sagte ich.

»Deswegen wollte ich keine Dame. Ich wollte einen Herrn, weil ich mich da sicherer fühle.«

»Verstehe«, sagte ich.

»Haben Sie Angst vor Einbrechern?«

»Nein«, sagte ich.

»Sie können hier machen, was Sie wollen«, sagte die ältere Dame. »Sie dürfen bloß keine Damen empfangen.«

»Okay«, sagte ich.

»Aber Sie können die Küche benutzen, den Kühlschrank, das Badezimmer. Sogar den Fernsehapparat!«

»Sie haben einen Fernseher?«

»Jawohl. Ein ganz neuer.«

»Wo steht er?«

»Im Wohnzimmer.«

»Und Sie haben nichts dagegen, wenn ich im Wohnzimmer sitze?«

»Im Gegenteil. Da habe ich weniger Angst.«

Ich nahm das Zimmer sofort. Sagte zu mir: Mensch, Bronsky. Mit diesem Zimmer hast du den großen Treffer gemacht. Du darfst sogar den Fernseher benutzen. Um ganz ehrlich zu sein: So ein Ding hast du noch nie besessen. Jetzt brauchst du nicht mehr ins Kino zu gehen. Kannst dein Geld sparen. Hast das Kino jetzt umsonst. Im Wohnzimmer. Zu Hause.

Ich freute mich wirklich auf den Fernseher.

Meine Diät war teuer, da ich vorwiegend Proteine essen mußte, das heißt: Fleisch, Fisch und Käse. Auch die Medikamente kosteten Geld. Um mit meinen 42 Dollar auszukommen, mußte ich sowieso auf fast alles verzichten, was mir zuweilen noch Spaß machte, vor allem: Strichmädchen, Tanzlokale und Kinos. Früher hatte ich viel gelesen, aber auch dazu hatte ich in der letzten Zeit keine Lust – mir fehlte die innere Ruhe –, und ich blätterte nur noch flüchtig die Buchbesprechungen der Zeitungen durch, um auf dem laufenden zu bleiben. Der Fernseher war eine Art Rettung, der wenigstens etwas Abwechslung brachte.

Meine Wirtin ging schon um neun Uhr schlafen. So saß ich dann, wenn sie schlief, Abend für Abend allein im Wohnzimmer, stellte den Fernseher an, wählte das gewünschte Programm und starrte in die Röhre.

Da war ein Programm, das mich ganz besonders fesselte. Es lief einmal wöchentlich unter dem Titel PÄDAGOGISCHE STUNDE. Der Star der Sendung war

Mary Stone, die berühmteste Psychologin Amerikas.

Dieses Programm verpaßte ich nie. Jede Woche um Punkt 22 Uhr erlebte ich Mary Stone. Ich merkte mir alles, was sie sagte. Ich kannte jedes Fältchen in ihrem Gesicht, jede einstudierte Geste, den Klang ihrer Stimme, den Ausdruck ihrer Augen, das freundliche, unpersönliche Lächeln. Nur ihren Geruch kannte ich nicht.

Mary Stone erzählte den Amerikanern einmal wöchentlich zwischen 22 und 23 Uhr, wie man glücklich werden konnte. Sie sprach über das Geheimnis des Erfolgs. Laut Zeitungsberichten war ihre Sendung die meistgesehene in ganz Amerika. Millionen sahen Mary Stone und hörten ihr atemlos zu.

Überall wurde von Mary Stone gesprochen. Sogar im Supermarkt. Unlängst, als ich mir eine Stange Zigaretten zum Sonderpreis geholt hatte und in der Schlange vor der Kasse stand, hörte ich zwei Frauen hinter mir tuscheln: »Haben Sie gestern Mary Stone gesehen?«

»Ja.«

»Ist das nicht außergewöhnlich?«

»Eine geniale Frau!«

»Wie alt schätzen Sie sie?«

»Ungefähr 35.«

»Haben Sie mitgekriegt, was sie gesagt hat?«

»Natürlich. Es gibt kein Altern mehr, hat sie gesagt. Der Mensch ist so alt, wie er sich fühlt.«

»Ist das nicht fabelhaft?«

»Ja.«

»Da bin ich keine 65. Sondern 25.«
»Sehr richtig.«

Ich träumte nachts von Mary Stone. Ich hörte ihre Worte: »Wer an sich selbst glaubt, dem liegt die Welt zu Füßen! – Wer Liebe ausstrahlt, ist schön. – Der Liebende braucht nicht in den Spiegel zu schauen, um seine Falten zu zählen. – Wählen Sie den richtigen Partner, dann werden Sie keine Eheprobleme haben. – Lassen Sie zwei Tage und zwei Nächte verstreichen, bevor Sie eine wichtige Entscheidung treffen. – Wenn Sie kontaktarm sind, suchen Sie nicht die Schuld beim anderen. – Achten Sie stets auf Ihre Kleidung. – Versuchen Sie, sich gesund zu ernähren. – Vermeiden Sie jeden Streß. – Denken Sie daran, daß das Leben kurz ist. – Wenn Sie Ihr Auto ärgert, dann tauschen Sie es um, und wenn Ihnen Ihr Job nicht gefällt, dann suchen Sie sich einen anderen. – Versuchen Sie, wenigstens einmal am Tag herzlich zu lachen. – Achten Sie auf eine regelmäßige Verdauung. – Versuchen Sie, weniger zu rauchen. – Atmen Sie öfter am Tag tief durch, auch bei normaler Klimaanlage. – Wenn Ihr Magen verstimmt ist, dann beruhigen Sie ihn mit der Mary-Stone-Methode. Denken Sie an etwas Schönes. Dann brauchen Sie kein Alka-Seltzer zu schlucken. – Hadern Sie nicht mit ihrem Schicksal. Seien Sie froh und getrost. Wenn es mal nicht klappt, dann denken Sie doch an all die armen Menschen, die nicht das Glück haben – so wie Sie – in diesem schönen Land zu leben. Gott liebt Amerika, denn Amerika ist sein Acker, ein heiliger Acker, der den Erfolgreichen mit seiner ganzen Liebe belohnt. Wenn Sie erfolglos sind, dann klagen Sie nicht Gottes Acker an, sondern sich selbst.

Fragen Sie sich: Was ist los mit mir? Wo ist mein Glaube an mich selbst? Hier hat jeder eine Chance. Suchen Sie den Schlüssel zum Erfolg in sich selbst. Seien Sie nicht verzagt. Denn so steht es geschrieben: Wer da sucht, der findet!«

Ich stelle mir vor, daß ich Mary Stone einen Brief schreibe:

Liebe Mary Stone.
Ich, Jakob Bronsky, kann mir keinen Psychiater leisten. Nicht mal eine Psychologin. Ich bitte Sie deshalb, aus reiner Menschlichkeit mir mit meinen Problemen zu helfen. Kann ich in Ihre Praxis kommen? Wann haben Sie Sprechstunde?

Hochachtungsvoll
Ihr Jakob Bronsky

Die Antwort kam nach einer Woche:

Sehr geehrter Herr Bronsky.
Was bilden Sie sich eigentlich ein? Ich, Mary Stone, bin die berühmteste Psychologin Amerikas. Ich habe Millionen Fans: Hunderttausende schreiben mir Briefe. Jeder will irgend etwas. Wie stellen Sie sich das vor? Wie kann ich mich mit jedem persönlich befassen? Das ist unmöglich. Jeder hat Probleme. Glauben Sie's mir.

Nun, lieber Herr Bronsky. Ich habe hier fünf Sekretärinnen, die nichts anderes tun, als all die Briefe in eine Reihe Papierkörbe zu werfen. Durch einen merkwürdigen Zufall aber, lieber Herr Bronsky, ist Ihr Brief daneben gefallen, das heißt: nicht in, sondern neben einen der vielen Papierkörbe, und zwar auf den Fußboden. Eine meiner Sekretärinnen schob Ihren Brief dann aus Versehen unter den Teppich, wo er am nächsten Tag beim Saugen von meiner Putzfrau gefunden wurde. Und die Putzfrau, lieber Herr Bronsky, nahm Ihren Brief – weil sie ja nicht wußte, was sie damit machen sollte – und legte ihn auf meinen Schreibtisch. So kam es, lieber Herr Bronsky, daß ich Ihren Brief tatsächlich gelesen habe.

Nun, lieber Herr Bronsky. Es tut mir aufrichtig leid. Ich bin erstens zu beschäftigt, und zweitens ist es gegen mein Prinzip, irgend jemanden, der nicht zahlen kann, umsonst zu behandeln.

Hochachtungsvoll
Ihre Mary Stone

Liebe Mary Stone.
Herzlichen Dank für Ihren Brief. Wissen Sie: unlängst habe ich eine frigide Frau getroffen. Die kam in meine Wohnung, und ich, Jakob Bronsky, habe sie glücklich gemacht. Mit einem meiner vielen kleinen Tricks. Die hatte einen richtigen Orgasmus. Mit mir, Jakob Bronsky. Na, was sagen Sie dazu? Hätten Sie nicht mal Lust, es mit mir zu versuchen? Ich habe natürlich eine Bedingung: Wenn es mir gelingt, Sie mit einem meiner vielen kleinen Tricks glücklich zu machen, dann müssen Sie mich, als Gegenleistung, umsonst behandeln! Denn ich, Jakob Bronsky, brauche dringend einen Psychiater oder eine Psychologin.

Hochachtungsvoll
Ihr Jakob Bronsky

Telegramm: Liebster Jakob Bronsky. Habe Ihren Brief wieder durch einen Zufall gelesen. Endlich! Sie sind der Mann, auf den ich mein Leben lang gewartet habe. Sie kennen mein Problem. Wenn Sie halten, was Sie versprochen haben, dann bin ich gern bereit, Sie umsonst zu behandeln. Lassen Sie Ihren Fernseher heute nacht eingeschaltet. Ich werde gleich nach meiner Sendung aus dem Bildschirm steigen und in Ihr Bett schlüpfen.

Ihre Mary Stone

Tagebucheintragung: Ich, der Penner Jakob Bronsky, bin nicht sicher, ob der Dichter Jakob Bronsky weiß, daß diese Briefe und auch das Telegramm nur in seiner Einbildung existieren. Ich bin nur sicher, daß der Dichter Jakob Bronsky den Fernseher heute nacht nicht ausschalten wird.

Sie kam spät. Als sie aus dem Bildschirm stieg, hörte ich irgendwo eine Uhr schlagen. Mitternacht. »Im Märchen«, hatte meine Mutter einmal gesagt, »ist das immer die Geisterstunde.« – Mary Stone huschte in mein Zimmer und schlüpfte in mein Bett. Ich fummelte ein bißchen bei ihr rum und wußte bald, was mit ihr los war. Dachte an meine vielen kleinen Tricks, wählte den richtigen und behandelte sie.

»So«, sagte ich, nachdem sie ihren Orgasmus gehabt hatte. »Wie fühlen Sie sich?«

»Wie neugeboren. So was hab' ich noch nie erlebt.«

»Na, sehen Sie. Da muß man eben zu Jakob Bronsky kommen.«

»Jakob Bronsky«, hauchte Mary Stone.

»Ich habe Sie richtig behandelt!«

»Ja, Jakob Bronsky.«

»Und jetzt müssen Sie Ihr Versprechen halten!«

»Und das wäre?«

»Jetzt müssen Sie mich behandeln!«

»Als Psychologin?«

»Als Psychologin!«

»Wünschen Sie eine Analyse?«

»Jawohl.«

»Erzählen Sie mir irgendwas, Jakob Bronsky.«

»Was soll ich erzählen?«

»Irgendwas.«

»Ich weiß aber nicht, was.«

»Fangen Sie mit Ihrer Kindheit an.«

»Das ist zu langweilig.«

»Dann greifen Sie noch weiter zurück.«

»Wie weit?«

»Dorthin, wo Ihre Erinnerung nicht mehr hinreicht.«

»So weit?«

»Oder noch weiter.«

21.

»Am Anfang war die Angst«, sagte ich. »Eigentlich war's warm und gemütlich im Schoß meiner Mutter. Und trotzdem hatte ich Angst. Eine fürchterliche Angst. Es war, als hätte ich schon damals als kleiner Embryo gewußt, was mich dort draußen erwartet. Als hätte ich gewußt, daß der Augenblick der Geburt zugleich ein Todesurteil ist. Ich klammerte mich an der Nabelschnur meiner Mutter fest, entschlossen, weder zu wachsen, noch mich einfach hinausstoßen zu lassen in diese Welt.

Meine Mutter mußte etwas geahnt haben. Sie hielt die Hände über den dicken Bauch gefaltet, als wollte sie mit mir zusammen beten. ›Lieber Gott‹, flüsterte meine Mutter. ›Ich möchte den kleinen Jakob immer so behalten. Hab' Erbarmen mit ihm. Der hat so 'ne merkwürdige Angst. Ich kann es direkt spüren. Laß ihn nicht mehr wachsen. Laß ihn immer bei mir drin. Ich halte ihn warm. Ich bin gut zu ihm. Und ich ernähre ihn mit meinem Blut.‹«

»Hat der liebe Gott Ihrer Mutter geantwortet?«

»Das weiß ich nicht«, sagte ich. »Aber ich weiß, daß meine Mutter an seiner Stelle geantwortet hat.«

»Was hat sie gesagt?«

»›Es geht nicht‹, hat sie gesagt. ›Keine Mutter auf dieser Welt kann ihr Kind ewig behalten.‹«

»Was hat sie noch gesagt?«

»›Nicht einmal so lange sie lebt, kann sie das Kind behalten, und das ist schließlich keine Ewigkeit.‹«

»Das Leben ist kurz.«

»Sehr richtig.«

»Auch die Mütter müssen sterben.«

»Ja.«

»Deshalb hätte es keinen Sinn gehabt.«

»Sehr richtig. Es hätte keinen Sinn gehabt. Ich mußte also raus aus ihrem Schoß, um ein Weilchen zu leben und eines Tages zu sterben, entweder vor oder nach meiner Mutter.

Als die Wehen anfingen, schob ich mein Köpfchen ein wenig nach vorne, aber das klappte nicht richtig, weil ich ja gekrümmt lag. Ich strengte mich mächtig an. Und schließlich schaffte ich es. Meine Mutter schrie auf. Mein Kopf reckte sich, rutschte vorwärts, ich riß ein Auge auf, das linke, und für den Bruchteil einer Sekunde erhaschte ich einen Eindruck von dieser Welt.«

»Was haben Sie gesehen?«

»Ich sah zuerst nur meinen Vater: den Kettenraucher. Er stand rauchend neben dem Bett und blickte fasziniert auf den Bauch meiner Mutter. Ich sah auch die Hebamme in einer weißen Schürze. Sie hatte riesige Hände, vor denen mir schauderte, weil ich wußte, daß diese riesigen Hände bald zupacken würden, um mich, Jakob Bronsky, zu packen und auf die Schlachtbank zu ziehen.«

»Welche Schlachtbank?«

»Die Schlachtbank, die wir ›die Erde‹ nennen.«

»Erzählen Sie weiter.«

»Ich hab' auch den großen, schiefstehenden Spiegel der Schlafzimmerkommode gesehen, in dem sich das Fenster spiegelte.«

»Welches Fenster?«

»Das Fenster des Schlafzimmers, das auf den Garten hinausging.«

»Stand jemand am Fenster?«

»Ja. Am Fenster. Aber nicht im Zimmer, sondern draußen im Garten.«

»Sie wohnten also parterre?«

»Sehr richtig.«

»Wer stand dort am Fenster?«

»Zwei Männer standen in unserem Garten und guckten durchs Fenster.«

»Was für Männer?«

»Zwei Nazis.«

»Gab es damals schon Nazis?«

»Ja. Die gab es bereits.«

»In welchem Jahr war das?«

»1926.«

»Erzählen Sie weiter.«

»Die beiden Nazis standen dort in voller Uniform, mit Hakenkreuzbinden und allem Drum und Dran. Sie guckten auf den Bauch meiner Mutter und unterhielten sich.«

»Was haben sie gesagt?«

»Der eine sagte: ›Ich wette, daß es ein Junge wird.‹ Und der andere sagte: ›Das glaube ich auch.‹«

»Was haben sie noch gesagt?«

»›Es wird ein Jude‹, sagte der eine. ›Da bin ich ganz sicher.‹ ›Wieso denn?‹ sagte der andere.

›Weil die Eltern Juden sind.‹

›Ach so.‹

›Na, siehst du.‹

›Paß auf‹, sagte der erste wieder. ›Wenn er groß

genug ist, dann stecken wir ihn in die Gaskammer.‹
›In welche Gaskammer?‹ fragte der zweite.
›In irgendeine‹, sagte der andere.«

»Gab es denn im Jahre 1926 schon Gaskammern?« fragte Mary Stone.
»Noch nicht«, sagte ich.
»Und konnten die beiden Nazis wissen, daß es eines Tages Gaskammern geben würde?«
»Eigentlich nicht«, sagte ich.
»Und wieso haben sie es dann gesagt?«
»Das weiß ich nicht«, sagte ich.
»Und das alles wollen Sie im Bruchteil einer einzigen Sekunde gehört und gesehen haben?«
»Ja«, sagte ich.

»Erzählen Sie weiter, Jakob Bronsky«, sagte Mary Stone.
»Ich zog mein Köpfchen gleich wieder zurück«, sagte ich, »weil ich nicht wollte, daß meine Mutter schrie. Sie beruhigte sich auch gleich, atmete wieder regelmäßig, lag auf dem Rücken, wischte sich den Schweiß von der Stirn, und bewegte leise die Lippen. Dann fingen die Wehen wieder an, und meine Mutter begann zu stöhnen.

Ich wußte, daß ich verloren war, wenn mir in den nächsten Minuten nicht irgendwas einfallen würde. Jakob Bronsky, sagte ich zu mir. Laß dir was einfallen. Schlag dem lieben Gott ein Schnippchen.
Wie gesagt: Meine Mutter begann wieder zu stöhnen. In Gedanken versuchte sie mich festzuhalten, aber ihr Schoß war ungeduldig; der hörte nicht auf meine Mutter, sondern auf die Stimme im Weltall und

wollte mich unbedingt loswerden. – Wenn dir jetzt nichts einfällt, Jakob Bronsky, sagte ich zu mir, dann ist es wirklich aus mit dir.«

»Ist Ihnen etwas eingefallen?« fragte Mary Stone.

»Ja. Im letzten Augenblick. Ich machte einen Gordischen Knoten in die Nabelschnur meiner Mutter, lachte in mich hinein und dachte: So, jetzt könnt ihr mich mal.«

»Und was ist dann geschehen?«

»Dann war es soweit. Ich rutschte weit nach vorn. ›Es werde Licht!‹ sagte eine Stimme. Und tatsächlich wurde es hell, obwohl meine Augen noch geschlossen und völlig verklebt waren. Die Hebamme packte mit riesigen Händen zu, zog mich ans Tageslicht, sah den Gordischen Knoten in der Nabelschnur, lachte zynisch, sagte zu meinem kettenrauchenden Vater, er solle ihr mal die rostfreie Schere geben, nahm die Schere, durchschnitt den Gordischen Knoten, hob mich hoch, wischte mir übers Gesicht und gab mir einen Klaps auf den Hintern.

In wahnsinniger Angst stieß ich den ersten Lebensschrei aus.

Mein Vater lachte und hätte fast die Zigarette verschluckt. Auch die Hebamme lachte. Und sogar meine Mutter, die mich doch behalten wollte, fing plötzlich zu lachen an. Die beiden Nazis am Fenster grinsten. Ich wurde gebadet und gründlich gereinigt.

Ich wurde in Windeln gehüllt, bunte Tücher und eine warme Wolldecke. Ich nehme an, daß sie mich beschwichtigen wollten, um mir vorzugaukeln, daß die warme Verpackung so schützend, sanft und wohlig wäre wie der Schoß meiner Mutter. Ich ließ mir jedoch nichts vormachen. Ich brüllte, strampelte mit Ärmchen und Beinchen, zuckte mit dem Kopf und riß die Augen weit auf.

Unsere Wohnung war gepflegt und sauber. Nur mit dem Kinderwagen, der neben dem Bett meiner Eltern stand, stimmte was nicht. Er war ein Geschenk meiner Tante, deren Wohnung verwanzt war. Kaum war ich im Kinderwagen, da fielen die Wanzen über mich her und hätten mich bestimmt aufgefressen, wenn mein Vater nicht etwas gemerkt hätte.

›Der Junge schreit jetzt anders als vorher‹, sagte mein Vater zu meiner Mutter, die aufrecht im Bett saß und liebevoll auf den Kinderwagen blickte. ›Irgendwas ist doch da nicht in Ordnung!‹

›Vielleicht, weil er's noch nicht gewohnt ist‹, sagte meine Mutter. ›Er hat ja vorher noch nie in einem Kinderwagen gelegen.‹

›Und noch dazu in einem neuen‹, sagte mein Vater.

›Bist du auch sicher, daß es ein neuer ist?‹

›Ganz bestimmt‹, sagte mein Vater. ›Der Kinderwagen ist neu, aber er stand eine Zeitlang in der Wohnung deiner Schwester herum. Und die ist völlig verwanzt.‹

›Du glaubst doch nicht etwa, daß Wanzen in dem neuen Kinderwagen sind?‹

›Möglich ist's‹, sagte mein Vater.

Mein Vater beugte sich – Zigarette im Mund – über den Kinderwagen. Als er die Wanzen entdeckte, hob er mich blitzartig hoch, aschfahl im Gesicht, verlor die Zigarette, bemerkte das gar nicht, rannte mit mir im Schlafzimmer herum, wußte nicht, wo er mich hinlegen sollte, entschied sich schließlich für die große Waschschüssel, die – bereits entleert und trockengewischt – auf dem Fußboden stand, und legte mich dort hinein.

Sie werden sich vorstellen können«, sagte ich, »was das für eine Aufregung im Schlafzimmer meiner Eltern war. Die Hebamme kam aus der Toilette zurück, wo sie ziemlich lange gesessen hatte, angeblich wegen starker Bauchschmerzen. Es klingelte auch gerade, und mein Vater mußte zur Wohnungstür, um nachzusehen, wer das war. Unsere Nachbarn kamen herein, kurz darauf auch der Hausarzt, der sich immer verspätete, auch Verwandte kreuzten auf, darunter auch meine Tante, die uns den Kinderwagen geschenkt hatte. Mein Vater rannte hin und her, ließ sich beglückwünschen, schüttelte Hände, tauschte Küßchen aus, schrie die Hebamme an, sagte etwas von Wanzen, sprach von einem anderen Kinderwagen, der sofort herbeigeschafft werden müßte, sprach von auszuwechselnder Babywäsche, redete von Dringlichkeit und Gefahr. Meine Mutter lachte nicht mehr, sondern weinte, aufrechtsitzend, in ihrem Ehebett.

›Was ist eigentlich los?‹ fragte die Hebamme. ›Warum sind Sie so aufgeregt, Herr Bronsky?‹

›Weil der Kinderwagen verwanzt ist. Und inzwischen auch die Wäsche von unserem Jakob, die Tücher und die wollene Decke.‹

›Dann müssen wir sie eben auswechseln.‹

›Ja‹, sagte mein Vater. ›Aber schnell.‹

Jeder bestaunte die Wanzenbisse auf meiner Haut. Auch der Hausarzt. Der rieb meinen Körper mit einer Salbe ein, übergab mich dann der Hebamme, ließ sich von meinem Vater einen Schnaps geben, trank, rülpste, guckte mit Kennermiene auf den dicken Hintern der Hebamme, die über mich gebeugt stand und meine Wäsche wechselte, mir eine neue Wolldecke gab und mich sorgfältig einhüllte. Mein Vater rannte aus dem Haus, rannte über die Straße und noch etwas weiter, um die Ecke, glaub' ich, dort, wo ein Kaufhaus war. Er kaufte in Eile einen neuen Kinderwagen, erkundigte sich beim Verkäufer, ob der auch verwanzt wäre, beruhigte sich dann, als ihm erklärt wurde, daß das nicht der Fall sei, bezahlte, nahm den Wagen gleich mit. Bald lag ich wieder in meinem Kinderwagen, hatte mich etwas beruhigt, dachte: was die für ein Theater machen wegen ein paar Wanzen. Dachte: Wanzen sind nicht wichtig, obwohl du gebrüllt hast, weil es so juckte. Dachte: Es gibt Wichtigeres auf dieser Welt und Schlimmeres, guckte zum Fenster, wo noch immer die beiden Nazis standen und grinsten.

Meine Verwandten kamen täglich, einerseits, um mit meiner Mutter zu reden, andererseits, um mich zu bewundern. Nach ungefähr einer Woche sagte meine Tante zu meiner Mutter: ›Sei froh, daß die Wanzen ihm das Schwänzchen nicht abgebissen haben.‹

›Ja‹, sagte meine Mutter.

›Sein Schwänzchen sieht aus wie das Schwänzchen eines Goys.‹

›Weil es noch nicht beschnitten ist‹, sagte meine Mutter.

›Wann wird er beschnitten?‹

›Morgen‹, sagte meine Mutter.

Als ich beschnitten wurde, standen die beiden Nazis wieder vor dem Fenster. Der eine sagte zum anderen: ›Damit wir ihn später erkennen. Mit so einem verstümmelten Schwanz wird er niemandem einreden können, er sei arisch.‹

›Sehr richtig‹, sagte der andere.

›Er kann uns folglich nicht entwischen.‹

›Das stimmt‹, sagte der andere.

Ich wurde lange von meiner Mutter gestillt, auch nach der Beschneidung. Später bekam ich die Flasche.

Die Zeit des Stillens war die schönste Zeit. Meine Mutter hatte große Brüste, prall und kräftig, mit runden, fleischigen Brustwarzen. Ich saugte mit Wollust, so lange, bis ich müde wurde. Dann pinkelte ich friedlich auf die Hand, die mich hielt, lehnte mein Köpfchen an eine der großen Brüste und schlief ein.

Sie können mir ruhig glauben«, sagte ich, »daß Jakob Bronsky der Stolz der Familie war. Meine Eltern saßen stundenlang vor meinem Lager und starrten mich an. Sie konnten sich einfach nicht sattsehen. ›Eines Tages‹, so sagte mein Vater, ›wird unser Jakob mein Geschäft übernehmen.‹

›Wenn er erwachsen ist‹, sagte meine Mutter.

›Selbstverständlich‹, sagte mein Vater. ›Wenn er erwachsen ist.‹

›Wir werden ihn hegen und pflegen‹, sagte meine Mutter, ›damit er dein würdiger Nachfolger wird.‹

›So sei es‹, sagte mein Vater.

Im zarten Alter von sechs Wochen wurde ich, Jakob Bronsky, mit meiner zukünftigen Aufgabe als Nachfolger meines Vaters und zukünftiger Chef des Möbelhauses Bronsky, bekanntgemacht. Meine Mutter hatte mich festlich angezogen und schob mich aufgeregt und ganz rot im Gesicht, im Kinderwagen durch die Straßen unserer Stadt. Als wir in der Großen-Ulrich-Straße ankamen, die Hauptstraße der Stadt Halle an der Saale, dort, wo auch das Möbelhaus Bronsky lag, flüsterte meine Mutter mir zu: ›So, Jakob. Gleich wirst du dein Geschäft sehen. Mach nicht in die Windeln. Schlaf nicht wieder ein. Zeig, daß du einmal ein richtiger Chef wirst!‹ Sie werden sich vorstellen können, wie geschmeichelt und stolz ich war. Ich gab mir wirklich Mühe, nicht in die Windeln zu machen, hielt die Augen offen, wachsam – der künftige Chef – richtete mich im Kinderwagen auf, versuchte alle Schilder über den Türen und Schaufenstern der Geschäfte zu lesen, erkannte dann mein Geschäft, das Möbelhaus Bronsky, ließ vor Aufregung ein paar Tröpfchen in die Windel fallen, beherrschte mich aber und sagte zu mir: Jakob. Nicht jetzt! Was werden die Angestellten von dir denken, wenn du mit vollen Windeln ins Geschäft kommst!

Meine Mutter schob mich schnell über die belebte Straße zwischen den vielen Menschen hindurch – manche mit, manche ohne Kinderwagen –, gerade noch rechtzeitig an der klingelnden Straßenbahn vorbei. Drüben, auf der anderen Seite der Großen-Ulrich-Straße, blieb sie keuchend stehen, gab sich dann einen inneren Ruck und schob den Kinderwagen bis zum Geschäft.

Meine Ankunft schien alle im Möbelhaus Bronsky aus dem Häuschen gebracht zu haben. Die Angestellten liefen nervös hin und her, die Kunden zuckten zusammen, wagten nur noch zu flüstern und glotzten mich an. Nur mein Vater band seine Krawatte fester und hob mich freudestrahlend aus dem Kinderwagen.

Ich wurde allen vorgestellt, auch den Kunden: ›Das ist Jakob Bronsky, der zukünftige Chef!‹

22.

Unser Dienstmädchen war kurz vor meiner Geburt mit einem Eisenbahner durchgebrannt. Eine Zeitlang kamen die Dienstmädchen unserer Verwandten zu uns, um die Wohnung sauberzumachen. Das Kochen besorgte meine Tante, solange meine Mutter das Bett hüten mußte. Natürlich hatten sich viele Dienstmädchen vorgestellt, aber da meine Mutter sehr wählerisch war, schickten wir sie alle wieder weg. Erst als ich sieben Wochen alt war, fanden wir die richtige. Sie hieß Grete.

Grete hatte noch größere Brüste als meine Mutter. Wenn wir allein waren, durfte ich mit ihnen spielen. Als Gegenleistung ließ ich sie an meinem Schwänzchen fummeln, besonders, wenn sie mich badete oder meine Windeln wechselte.

Je älter ich wurde, desto schneller schien die Zeit zu verstreichen. Bald fing ich auf allen vieren an zu kriechen, kurz darauf machte ich Gehübungen, und eines Tages stand ich, Jakob Bronsky, aufrecht auf beiden Beinen.

Als ich zwei Jahre alt war, wurde meine Mutter wieder schwanger. Anfangs versuchte sie mich zu täu-

schen und erzählte mir, daß sie zugenommen hätte, aber dann, als sie das Umstandskleid trug, wurde ich mißtrauisch. Sagte zu mir: Jakob. Im Bauch deiner Mutter wächst die Konkurrenz!
Und so war es. Meine Mutter gebar einen zweiten Sohn. Er hieß Abel. Abel war das genaue Gegenteil von mir. Er war schwarzhaarig, hatte dunkle Augen und eine bräunliche Haut. Ich haßte ihn vom ersten Augenblick.

Seit Abels Geburt wurde ich, Jakob Bronsky, der zukünftige Chef des Möbelhauses Bronsky und Nachfolger meines Vaters, vollkommen von meiner Mutter vernachlässigt. Sie schien meine Gegenwart vergessen zu haben. Sie herzte und küßte meinen Bruder Abel den ganzen Tag, säugte ihn, ließ ihn zwischen den großen Brüsten schlafen. Ich bemerkte, daß Abel sich genauso verhielt wie ich mich einst verhalten hatte, als ich so klein war wie er.

Eines Morgens beschloß ich, Abel umzubringen. Ich schlich zu seinem Kinderwagen, stellte fest, daß er schlief, holte eines der gestickten Sofakissen aus dem Wohnzimmer, kam wieder zurück, preßte das Kissen auf seinen Mund und seine Nase, so lange, bis er mausetot war.«

»Das glaube ich nicht«, sagte Mary Stone.

»Was glauben Sie nicht? Daß ich einen Bruder hatte?«

»Doch«, sagte Mary Stone. »Das glaube ich Ihnen. Aber ich glaube nicht, daß er Abel hieß, und ich glaube nicht, daß Sie ihn umgebracht haben.«

»Glauben Sie, was Sie wollen«, sagte ich.

»Erzählen Sie weiter, Jakob Bronsky!«

»Was soll ich Ihnen erzählen?«
»Eine wirkliche Geschichte.«
»Wie meinen Sie das?«
»Eine Geschichte, die nicht jenseits Ihrer Erinnerungen liegt.«
»Wo soll ich anfangen?«
»Mit Ihrer ersten Erinnerung!«
»Der wirklichen?«
»Der wirklichen!«

»Meine erste Erinnerung ist ein Ringelreihentanz. Es muß in unserem Garten gewesen sein, ich glaube, in der Bernburger Straße, dort, wo wir gewohnt haben. Ich tanzte mit anderen Kindern, deren Gesichter ich vergessen habe. Ich weiß nur noch, daß ich hinfiel und zu heulen anfing. Dann hörte ich die Stimme meiner Mutter und die Stimme unseres Dienstmädchens. Irgend jemand hob mich auf. Ich glaube, es war meine Mutter.«
»Ist das alles?«
»Das ist alles.«
»Das finde ich aber höchst langweilig.«
»Das tut mir leid.

Ich erinnere mich auch an ein kleines Mädchen, das in der Wohnung nebenan wohnte. Einmal erwischte ich sie beim Pinkeln. Da war ich schon etwas älter.

Sie hockte neben der großen Gartenmauer. Ich ging hin und guckte, weil ich nicht verstehen konnte, warum sie beim Pinkeln auf der Erde hockte. Ich sah, daß sie keinen Vogel hatte, und wunderte mich.
Ich fragte: ›Wo ist dein Vogel?‹
›Was für ein Vogel?‹

›Na, dein Vogel‹, sagte ich.

Ich zeigte ihr meinen. ›Siehst du, so einen Vogel mein' ich.‹

Das kleine Mädchen begann zu weinen.

Einmal ging ich mit Grete in den Wald, dort unten, wo die Saale floß, nicht weit von der Giebichensteiner Burg. Wir waren nicht allein, denn Grete hatte ihren Freund mitgenommen, einen Straßenbahnschaffner. Der war ein langer, dürrer Kerl, der immer grinste. Er trug eine große Schildmütze, die er manchmal abnahm und mir spaßeshalber auf den Kopf setzte.

Ich erinnere mich: Es war düster im Wald. Die Sonne hatte sich versteckt. Grete breitete eine lange Wolldecke auf dem Moos aus. Wir setzten uns alle drei auf die Decke. Gretes Freund, der Straßenbahnschaffner, holte eine Flasche Schnaps aus seiner Jackentasche. Er grinste, trank, ziemlich viel und gab dann Grete die Flasche. Später ließ er auch mich von dem Schnaps kosten, grinste noch mehr, weil ich zu husten anfing, und nahm mir die Flasche wieder weg.

Dann zogen sich beide aus und fickten ganz ungeniert auf der Wolldecke. Ich sah, daß der Straßenbahnschaffner auch einen Vogel hatte, genauso wie ich, nur größer und unbeschnitten.

Einige Tage später traf ich wieder das kleine Mädchen, das an die Gartenmauer gepinkelt hatte. Ich erzählte ihr, was sich im Wald zwischen unserem Dienstmädchen und dem Straßenbahnschaffner abgespielt hatte. Ich sagte: ›Grete hat einen Vogel. Aber sie hat ihn versteckt in dem Loch zwischen ihren Beinen. Deshalb hat der Straßenbahnschaffner seinen Vogel in Gretes Loch gesteckt, um Gretes versteckten Vogel zu suchen. Denn ein Vogel sucht den anderen.‹

›Hat der Straßenbahnschaffner Gretes Vogel gefunden?‹

›Ja.

Wir müssen das auch so machen‹, sagte ich zu dem kleinen Mädchen. ›Du hast bestimmt auch einen Vogel, der sich nur versteckt hat. Ich werde ihn mit meinem Vogel finden und herausholen.‹

Das Mädchen nickte. Und dann fing sie wieder zu heulen an, so wie beim ersten Mal, als ich sie erwischt hatte.

›Du brauchst nicht zu heulen‹, sagte ich. ›Wir werden deinen Vogel finden.‹

Das kleine Mädchen nickte, aber dann hatte sie Angst und rannte weg.

Ich erinnere mich noch an meinen ersten Schultag und an die große blaue Zuckertüte, die mir mein Vater gekauft hatte. Meine Eltern begleiteten mich zur Schule. Ich hielt die Zuckertüte fest im Arm. Es war nicht weit bis zur Schule. Wir gingen langsam, und mein Vater hatte den Arm um mich gelegt. Ich war sehr stolz auf meine große blaue Zuckertüte.

Als wir im Klassenraum waren, bemerkte ich, daß nicht alle Kinder Zuckertüten hatten. Mein Vater erklärte mir, daß das die armen Kinder seien, deren Eltern sich so was nicht leisten könnten.«

»Das ist alles ziemlich belanglos«, sagte Mary Stone. »Haben Sie wirklich nicht mehr zu berichten?«

»Es ist schon zu lange her«, sagte ich. »Meine Erinnerungen sind verwischt.«

»Erzählen Sie mir etwas Wichtiges!«

»Zum Beispiel?«

»Wie Hitler an die Macht kam!«

»Daran kann ich mich nicht erinnern. Ich war noch zu klein.«

»Sie sind doch Jahrgang 1926. Im Jahre 1933 waren Sie sieben. Mit sieben hat man doch einiges gesehen?«

»Einiges schon«, sagte ich. »Aber es ist nicht viel.«

»Was haben Sie gesehen?«

»Als ich mit meiner Zuckertüte nach Hause ging, da fand in der Nähe unseres Hauses eine Straßenschlacht statt, zwischen Nazis und Kommunisten. Mein Vater war sehr blaß. Auch meine Mutter. Wir gingen schnell nach Hause und verschlossen unsere Wohnungstür.«

»Das war noch vor der Machtergreifung?«

»Das war kurz vorher.

Als Hitler an die Macht kam, sagte mein Vater, daß es den Juden jetzt schlecht gehen würde. Meine Mutter weinte, und mein Vater versuchte sie zu trösten. Er sagte: ›Dieser Spuk wird bald vorbeigehen und *der* wird sicher wieder gestürzt.‹ Ich erinnere mich auch, daß unser Dienstmädchen, die Grete, ins Wohnzimmer kam und meinem Vater versicherte, daß sie mit dem Straßenbahnschaffner Schluß gemacht hätte, *weil der seit gestern Parteimitglied war.*

In der Schule merkte ich anfangs kaum, daß sich in Deutschland etwas verändert hatte. Unser Lehrer hielt eine Ansprache, die keiner von uns verstand. Er sagte etwas von Blut und Boden, Lebensraum und

Arbeitsbeschaffung, alles Dinge, die keinen von uns interessierten. Einer der Jungen fragte den Lehrer, ob es jetzt auch für die armen Jungen neue Fußbälle gäbe, aber das wußte der Lehrer nicht. Über dem Schulhof wehte eine Hakenkreuzfahne, die mir im Grunde gut gefiel. Manche Väter meiner Schulkameraden trugen eine braune Uniform. Einer von ihnen – der Vater des Jungen, der neben mir auf der Schulbank saß – lachte jedesmal, wenn er mich sah ... ich nehme an, weil ich blond und blauäugig war und arischer aussah als alle anderen Kinder in der Klasse ... er tätschelte meinen Kopf und gab mir ein Stück Schokolade.

Unser Lehrer sagte nichts über die Juden. Erst als er versetzt wurde und wir einen neuen Lehrer bekamen, wurde das anders. Der sagte, daß die Juden schuld an der Schmach des deutschen Volkes seien, daß die Juden auf ihren Goldsäcken säßen und das deutsche Volk ausbluteten. Er erzählte uns vom verlorenen Krieg, von der bestätigten Dolchstoßlegende, von der Verschwörung des internationalen Judentums und ihrem hämischen Gelächter. Die Jungen in meiner Klasse verstanden das ebensowenig wie das Gerede des Lehrers vom Lebensraum, Blut und Boden und der Arbeitsbeschaffung. Nur die Sache mit den Goldsäcken fanden wir interessant. Einer der Jungen sagte, er möchte auch mal auf einem richtigen Goldsack sitzen, und ein anderer fragte, ob das was mit dem fliegenden Teppich in Tausendundeiner Nacht zu tun hätte, aber das wußte der Lehrer nicht.

Natürlich wußte keiner in meiner Klasse, daß ich Jude war. Aber eines Tages kam es heraus. Ich glaube, weil Grete, unser Dienstmädchen, die mich anfangs noch nach Schulschluß abholte, dem Lehrer sagte, daß ich morgen zu Hause bleiben müsse, weil morgen nämlich ein jüdischer Feiertag sei. Es sprach sich schnell herum. Keiner der Jungen hatte jemals einen Juden gesehen, denn es gab nicht viele in unserer Stadt, und die wenigen, die da waren, erkannte man nicht. Die Jungen guckten mich neugierig an und drehten die Köpfe um, wenn ich frühmorgens in die Klasse kam. Sie fragten mich, ob ich zu Hause auf einem Goldsack säße, und als ich verneinte, schlugen sie mir enttäuscht ins Gesicht. Ich schlug natürlich zurück, was die Sache noch schlimmer machte.

Ich mußte mich nun täglich mit den Jungen prügeln. Ich biß und kratzte und trat mit den Füßen. Ich hatte mir Eisendraht um die Fäuste gewickelt, um kräftiger und erfolgreicher zurückschlagen zu können, aber das nützte nichts. Sie fielen in Rudeln über mich her und prügelten mich windelweich. Zu Hause wusch Grete mir das Blut aus dem Gesicht.

Am meisten Spaß hatte mein Lehrer mit mir. Seitdem er wußte, daß ich Jude war, ließ er sich immer was Neues einfallen. Einmal malte er ein Schwein auf die schwarze Schiefertafel. Dann zeigte er auf mich und sagte: ›Bronsky. Weißt du, was das ist?‹

Ich sagte: ›Ein Schwein.‹

›Das ist ein Jude‹, sagte der Lehrer.

›Das stimmt nicht‹, sagte ich.

›Doch, das stimmt‹, sagte der Lehrer. Er grinste und fügte hinzu: ›Weißt du, warum die Juden kein Schweinefleisch essen?‹

›Nein‹, sagte ich. ›Das weiß ich nicht.‹

›Weil ein Schwein nicht seine Artgenossen frißt.‹

›Bei uns wird aber Schweinefleisch gegessen‹, sagte ich, ›weil wir nicht religiös sind.‹

›Das stimmt nicht‹, sagte der Lehrer.

›Doch‹, sagte ich. ›Das stimmt. Nur meine Großeltern essen kein Schweinefleisch, weil das fromme Leute sind.‹

›Schweine sind sie‹, sagte der Lehrer.

›Sie sind keine Schweine‹, sagte ich.

›So‹, sagte der Lehrer. ›Du widersprichst mir!‹

›Ja‹, sagte ich.

›Weißt du, was das bedeutet, wenn man seinem Lehrer widerspricht?‹

›Nein‹, sagte ich.

›Dann werd' ich's dir mal zeigen‹, sagte der Lehrer.

Der Lehrer hatte einen langen, dünnen Rohrstock. Ich mußte mich bücken, aber so, daß die Jungen meinen Hintern sehen konnten. Als er mich schlug, lachten die Jungen. Ich wollte nicht heulen und biß die Zähne zusammen. Aber dann kriegte ich einen Weinkrampf.

Der Lehrer prügelte mich nun fast täglich. Irgendein Vorwand war immer da. Grete schmierte mir dicke Salbe auf den Hintern.

23.

Meine Mutter erzählte mir einmal, daß mein Vater im Ersten Weltkrieg für Deutschland gekämpft hätte, allerdings in der Armee des großen Kaisers Franz Joseph, der mit Deutschland verbündet war. Sie zeigte mir auch die vielen Orden, die mein Vater für seine Tapferkeit und Vaterlandsliebe bekommen hatte, und sagte, mein Vater wäre ein Held.

Eines Morgens kam mein Vater in die Schule, um den Lehrer zur Rede zu stellen. Er trug seine Offiziersuniform und alle Orden, die mir meine Mutter gezeigt hatte. Er fragte den Lehrer, wie es möglich sei, daß der Sohn eines tapferen Offiziers so in der Schule mißhandelt werde. Er zeigte ihm die vielen Orden, aber der Lehrer lachte nur und sagte: ›Ähnliche Orden und ähnliche Uniformen haben sich die Juden erschwindelt.‹

Ich fragte meinen Vater, ob alle Juden reich wären. Mein Vater sagte mir daraufhin, daß es auch viele arme Juden gäbe, besonders in Osteuropa.

›Und in Deutschland?‹, fragte ich.

›Hier auch‹, sagte mein Vater, ›aber nicht so viele wie im Osten.‹

›Unser Lehrer hat neulich erzählt‹, sagte ich, ›daß alle Juden Knoblauch essen.‹

›Wir essen keinen Knoblauch‹, sagte mein Vater.

›Warum?‹ fragte ich.

›Weil ich davon Sodbrennen kriege‹, sagte mein Vater.

›Und die anderen Juden?‹ fragte ich.

›Im Osten‹, sagte mein Vater, ›dort essen sie sehr viel Knoblauch. Aber die Goyim dort, die essen den auch.‹

›Was sind Goyim?‹ fragte ich.

›Das sind Nichtjuden‹, sagte mein Vater.

Dieses Gespräch zwischen meinem Vater und mir fand in Gegenwart unseres Dienstmädchens Grete statt, die zufällig, mit einer Strickarbeit beschäftigt, im Wohnzimmer war. Grete sagte: ›Mein ehemaliger Freund, der Straßenbahnschaffner, der war mal in Italien. Und dort essen die auch Knoblauch.‹

›Das stimmt‹, sagte mein Vater. ›Die Italiener essen viel Knoblauch.‹

›Noch mehr als die Ostjuden?‹

›Ich glaube, noch mehr‹, sagte mein Vater.

Wir mußten während der Turnstunde eine Viertelstunde marschieren. Dabei wurden Lieder gesungen. Eines der Lieder, das unser Lehrer uns beigebracht hatte, gefiel den Jungen besonders gut. Sie sangen es immer: ›Wenn das Judenblut vom Messer spritzt, dann geht's noch mal so gut ...‹ Weil ich nicht mitsang, wurde ich verprügelt.

Ich konnte mir gar nicht vorstellen, daß es früher nur eine einzige Nationalhymne gegeben hatte. Wir sangen in der Schule nämlich zwei. Dabei mußten wir den rechten Arm hochhalten. Das war schmerzhaft, und ich kriegte immer einen Krampf. Ich sagte also zu mir: Bronsky. Zwei Hymnen, das dauert zu lange. Du wirst den rechten Arm nur während der einen hochhalten. Sonst kriegst du einen Krampf. Beim Horst-Wessel-Lied steckte ich meine rechte Hand – eigenwillig, wie ich nun einmal war – in die Hosentasche. Nur beim Deutschlandlied hob ich den rechten Arm. Hob ihn richtig. Hob ihn hoch.

Ich erinnere mich an den großen Boykott der jüdischen Geschäfte. Die Nazis hatten alle Schaufenster des Möbelhauses Bronsky mit Judensternen und Schimpfwörtern beschmiert. Vor dem Eingang zum Geschäft hatten sich zwei SA-Männer postiert. Die ließen keinen einzigen Kunden herein. Sie hatten auch ein Schild vor unsere Tür gehängt: KAUFT NICHT BEI JUDEN!

Meine Mutter weinte öfters, und mein Vater hatte ein sorgenvolles Gesicht. Einmal, als Grete mich von der Schule abholte, sagte sie zu mir, daß die SA jetzt auch die Schaufenster im Möbelhaus Bronsky eingeschlagen hätte.

Durch die Bernburger Straße marschierten jetzt öfter SA-Kolonnen. Das hatte irgendwas mit dem Kalender und den vielen Feiertagen zu tun. Ich beobachtete sie vom Wohnzimmerfenster. Einmal erlebte ich auch einen nächtlichen Fackelzug.

Es war an einem Sonntag. Ich hatte den ganzen Abend im Kinderzimmer mit meiner elektrischen Eisenbahn gespielt. Meine Eltern waren nicht zu Hause, und Grete war bei den Nachbarn. Gegen neun Uhr ging ich zu Bett. War gerade im Begriff einzuschlafen, da hörte ich Marschmusik. Ich stand auf, schlich barfuß zu dem offenen Fenster. Dort lehnte ich mich an, im Nachthemd, fröstelnd. Auf der nächtlichen Straße marschierte der Fackelzug vorbei. Ich war voller Staunen. Denn so was hatte ich noch nie gesehen. Es war, als würden all die vielen tausend brennenden Fackeln dem stillen schwarzen Himmel zeigen, was Blut und Boden war.

Grete erzählte mir, daß viele Leute ins KZ wanderten: Juden, Kommunisten und andere. ›Einer ist mal zurückgekommen‹, sagte sie. ›Er war abgemagert bis aufs Skelett, hatte Brandwunden von den Zigaretten, die die Wächter auf seinem Rücken ausgedrückt hatten. Außerdem hatte er nur noch ein Auge.‹

›Ist das der einzige, der zurückgekommen ist?‹ fragte ich.

›Noch einer ist zurückgekommen‹, sagte Grete. ›Aber der konnte nicht mehr reden.‹

›Warum?‹ fragte ich.

›Der kam in einem kleinen Päckchen verpackt‹, sagte Grete, ›das man seiner Frau geschickt hatte. Er war nur noch ein Häufchen Asche.‹

Das Gesicht meines Vaters wurde immer sorgenvoller. Grete sagte mir, daß wir fast keine Kunden mehr hätten, weil die Leute Angst hätten, bei Juden zu kaufen. Sie sagte auch, daß sie von uns weggehen müßte, weil Juden keine Dienstboten halten durften, die unter 45 waren.

›Wie alt bist du?‹ fragte ich, aber das wollte Grete nicht sagen.

Wir mußten Grete entlassen. Grete heulte und sagte, sie würde uns öfters besuchen.

Als das Geschäft nicht mehr zu halten war, verkaufte mein Vater das Möbelhaus Bronsky in der Großen-Ulrich-Straße. Er mietete einen schäbigen Laden in der Altstadt, den er ebenfalls Möbelhaus Bronsky nannte. Kurz darauf tauschten wir unsere schöne große Wohnung in der Bernburger Straße für eine andere in der Königstraße um, die ebenso klein und schäbig war wie der neue Laden, den mein Vater immer noch Möbelhaus Bronsky nannte.

Mein Lehrer sagte, daß die Juden in Deutschland nichts mehr zu suchen hätten. Meine Verwandten sagten sonderbarerweise dasselbe, obwohl sie es anders formulierten. Nur mein Vater glaubte fest an einen Umsturz.

Einmal, nachdem wir umgezogen waren, belauschte ich ein Gespräch im Wohnzimmer unserer schäbigen neuen Wohnung.

›Es ist höchste Zeit auszuwandern‹, sagte mein Onkel. ›Die Nazis werden uns alle totschlagen.‹

›Das wird das Ausland nicht zulassen‹, sagte mein Vater.

›Sie werden das Ausland nicht fragen.‹

›Es wird zu einem Umsturz kommen‹, sagte mein Vater. ›Das deutsche Volk hat offene Augen.‹

›Es hat keine‹, sagte mein Onkel. ›Das deutsche Volk ist völlig hypnotisiert.‹

›Hör zu, Nathan‹, sagte mein Onkel zu meinem Vater. ›Es heißt, daß die Nazis das gesamte Vermögen der Juden beschlagnahmen wollen.‹

›Das glaube ich nicht‹, sagte mein Vater.

›Es heißt auch‹, sagte mein Onkel, ›daß Juden bald einen Stern tragen müssen, damit man sie auch auf der Straße erkennt, daß Juden nicht mehr ins Kino dürfen, nicht ins Theater, bestimmte Straßen nicht benutzen dürfen, keine Parkbänke, keine öffentlichen Toiletten, keine Badeanstalten, nicht mal die Straßenbahn.‹

›Wer hat dir das gesagt?‹

›Ein Nazi, der ein hohes Tier ist.‹

›Woher kennst du so einen?‹

›Er war mal ein Kunde von mir.‹

›Und so einem glaubst du?‹

›Ich glaube ihm.

Bald wird es zu spät zum Auswandern sein‹, sagte mein Onkel. ›Denn wenn der Flüchtlingsstrom zu groß wird, werden die meisten Länder ihre Grenzen sperren. Du weißt ja, wie das ist. Und wenn man unser Vermögen beschlagnahmt, dann wird uns sowieso kein Land mehr haben wollen, denn die meisten Länder haben genug an ihrem eigenen Proletariat. Ohne Kapital kannst du nirgends einwandern.‹

›Vielleicht nach Amerika‹, sagte mein Vater.

›Dann mußt du dich aber beeilen.‹

›Warum?‹

›Weil die Amerikaner ein Quotensystem haben und jährlich nur eine bestimmte Anzahl von Einwanderungsvisen ausstellen. Wenn der Flüchtlingsstrom zu groß ist, dann wird es eben logischerweise mehr Flüchtlinge geben als zulässige Einwanderungsvisen. Die Amerikaner halten stur an ihrem Quotensystem fest. Du kannst auch nicht mit ihnen reden. Es nützt nichts. Wer nicht mehr drankommt, der bleibt in der

Patsche sitzen. Dann kannst du eben nicht mehr nach Amerika.‹

›Das kann sein‹, sagte mein Vater.

›Was wirst du unternehmen, Nathan?‹

›Gar nichts‹, sagte mein Vater. ›Ich warte ab.

Es wird zu einem Umsturz kommen‹, sagte mein Vater. ›Paß auf. Früher oder später werden die Deutschen merken, daß Hitler einen Krieg will. Und wer will schon in den Krieg ziehen?‹

›Da irrst du dich aber‹, sagte mein Onkel.

›Glaubst du?‹

›Das glaube ich.‹

›Es kommt bestimmt zu einem Umsturz‹, sagte mein Vater. ›Eines Tages wirst du mir recht geben. Alles wird wieder gut werden. Meine Kunden werden zurückkommen. Ich werde den schäbigen Laden in der Altstadt verkaufen und wieder einen in der Großen-Ulrich-Straße mieten. Ich werde das alte Möbelhaus Bronsky wieder aufbauen, verstehst du. So wie es war. Alles wird wieder gut werden. Und schließlich muß ich an Jakob denken. An seine Zukunft. Jakob muß das Möbelhaus Bronsky eines Tages übernehmen.‹

›Welches Möbelhaus Bronsky?‹

›Das in der Großen-Ulrich-Straße.‹

Und dann kam die Kristallnacht. Da brachen die Träume und Hoffnungen meines Vaters endgültig zusammen. In Deutschland brannten die Synagogen. Das Geschäft meines Vaters wurde völlig zertrümmert und unsere Wohnung in Brand gesteckt. Die Nazis spuckten meinem Vater ins Gesicht und traten ihn in die Hoden. Ich weiß nicht, ob meine Mutter vergewaltigt wurde. Ich weiß nur, daß ihr Kleid zerrissen war und voller Blut.

Am nächsten Tag beschloß mein Vater auszuwandern.

Mein Vater hatte am Tag nach der Kristallnacht einen verzweifelten Brief an den amerikanischen Generalkonsul geschrieben und ihm unsere Lage erklärt. Die Antwort des als Eilbrief abgesandten Schreibens kam erst viele Monate später.«

»Wann?« fragte Mary Stone.

»Im Juli 1939.«

»Was hat der amerikanische Generalkonsul geschrieben?«

»Daß wir auf eine Wartezeit von mehreren Jahren gefaßt sein müßten, ehe mit Einwanderungsvisen zu rechnen sei. Dem Brief war ein Formular beigefügt, das außer den üblichen Fragen noch einen vorgedruckten Text enthielt.«

»Was stand in dem vorgedruckten Text?«

»Ungefähr dasselbe. Mein Vater hat das Formular aufbewahrt und besitzt es noch heute. Ich kenne den vorgedruckten Text auswendig: ›Hiermit wird Ihnen mitgeteilt, daß sich die Wartezeit auf mehrere Jahre beläuft. Mündliche und schriftliche Anfragen an Beamte zur Beschleunigung Ihres Falles sind zwecklos.‹«

»Und das kurz vor Torschluß?«

»Kurz vor Torschluß. Als der Krieg schon vor der Tür stand.«

»Als sich die Falle für euch zu schließen begann?«

»Sehr richtig. Als sich die Falle für uns unaufhaltsam zu schließen begann.«

»Die Falle! Was hat die Falle versprochen ... die Falle, die noch nicht ganz zu war?«

»Die Ausrottung der Juden Europas. Die Endlösung.«

»Erschießungskommandos und Gaskammern?«

»Und noch viel mehr.«

»Es war aber noch nicht soweit?«

»Es war fast soweit!«

»Ihr konntet also nicht auswandern?«

»Wir konnten nicht mehr legal auswandern.«

»Was habt ihr gemacht?«

»Wir flüchteten über die Grenze.«

»Wohin?«

»Das werde ich Ihnen später erzählen. Es ist auch egal. Der Krieg hat uns rasch eingeholt.«

»Was ist geschehen?«

»Und dann kam der Krieg«, sagte ich. »Und der Krieg hat die Familie Bronsky eingeholt. Auch den Jakob Bronsky. Und als der Krieg zu Ende war, gab es plötzlich zwei Jakob Bronskys.«

»Wieso gab es da zwei Jakob Bronskys?«

»Es gab zwei«, sagte ich. »Den einen Jakob Bronsky, der mit den sechs Millionen gestorben ist, und den anderen Jakob Bronsky, der die sechs Millionen überlebt hat.«

»Erzählen Sie mir was von den beiden Jakob Bronskys!«

»Mit welchem soll ich anfangen?«

»Am besten der Reihe nach.«

»Mit dem ersten?«

»Ja. Mit dem ersten.«

»Der mit den sechs Millionen gestorben ist?«

»Der mit den sechs Millionen gestorben ist.«

24.

»Der erste Jakob Bronsky ist nur ein Gedanke«, sagte ich, »ein Gedanke, den ich einst verscheucht hatte, weil ich mich vor ihm fürchtete. Wenn der erste Jakob Bronsky auch heute noch zu mir sprechen könnte, dann würde er mir folgende Geschichte erzählen:

›Ich, der erste Jakob Bronsky, bin nur ein Gedanke. Ich habe in sechs Millionen Körpern gewohnt, so lange, bis ihre Namen gelöscht wurden. Einmal huschte ich in den Körper eines Vierzehnjährigen. Dort weilte ich längere Zeit. Sein Ich wurde mein Ich, seine Geschichte ... meine Geschichte.

Wir wohnten in Polen, in jenem Teil, der damals nicht von den Deutschen, sondern von den Russen besetzt worden war. Meine beiden älteren Schwestern hatten Russen geheiratet und waren weit fortgezogen. Die eine nach Moskau, die andere nach Odessa. Nur ich, der jüngste, war zu Hause geblieben.

Mein Vater war Handwerker und arbeitete in einem staatlichen Betrieb. Meine Mutter war gelähmt und saß in einem Rollstuhl.

Am 22. Juni 1941 weckte mich mein Vater schon sehr früh. Ich glaube, es hatte gerade zu dämmern begonnen. Er sagte: ›Es ist Krieg, Junge. Die Deutschen kommen.‹

›Das ist unmöglich‹, sagte ich. ›Wir haben doch mit den Deutschen einen Nichtangriffspakt.‹

›Sie kommen‹, sagte mein Vater. ›Es ist Krieg. Ich hab' es gerade im Radio gehört.‹

Ich stand auf und zog mich schnell an.

›Du mußt weg‹, sagte mein Vater. ›Nimm das Fahrrad und fahr zum Bahnhof. Vielleicht erwischst du noch einen Zug.‹

›Wohin?‹ fragte ich.

›Nach Osten‹, sagte mein Vater. ›Es gibt nur noch den einen Weg. Fahr zu deinen Schwestern, entweder nach Odessa oder nach Moskau. Die Deutschen werden nicht so weit vorstoßen.‹

›Und ihr?‹ fragte ich.

›Wir bleiben‹, sagte mein Vater.

›Vielleicht schaffen wir es zu dritt bis zum Bahnhof?‹

›Das würde nichts nützen‹, sagte mein Vater. ›Die Züge sind sicher überfüllt. Da ist kein Platz für eine Frau in einem Rollstuhl.‹

›Da hast du recht‹, sagte ich. ›Mutter sitzt im Rollstuhl. Es wird schwer sein mit ihr.‹

›Mach schnell‹, sagte mein Vater. ›Verlier keine Zeit. Und mach dir keine Sorgen um uns. Ich passe auf Mutter auf.‹

Ich nahm das Fahrrad und fuhr zum Bahnhof. Aus der Richtung, dort, wo der Bahnhof lag, hörte ich Bombeneinschläge. Stichflammen schossen zum Himmel. Als ich am Bahnhof ankam, war der Bahnhof zerstört.

Da es keine Züge mehr gab, die noch irgendwohin fuhren, fuhr ich mit dem Fahrrad bis zur nächsten Landstraße. Dort war es schwer durchzukommen, weil die Landstraße von vielen Flüchtlingen verstopft war.

Ich fuhr mit meinem Fahrrad auf einem Feldweg entlang. Ab und zu begegnete ich Einheiten der Roten Armee, die auf dem Gelände ringsum Stellung bezogen hatten. Da ich erst vierzehn war und noch jünger aussah, ließen sie mich durch.

Die ukrainische Grenze war nicht weit von unserer kleinen Stadt entfernt. Ich gelangte sicher über die Grenze und kam in eine kleine Stadt, deren Bahnhof nicht zerstört war. Dort erwischte ich einen überfüllten Flüchtlingszug. Das Fahrrad ließ ich am Bahnhof stehen.

Wir fuhren einige Stunden. Dann wurde der Zug bombardiert. Ich sprang herunter und ging zu Fuß weiter. Gegen Abend kam ich in eine mittlere ukrainische Stadt.

Mein Vater hatte mir beim Abschied ein paar Geldscheine in die Hand gedrückt. Es war nicht viel. Ich kaufte mir etwas zu essen. Nachts schlief ich auf einer Parkbank.

Am nächsten Morgen traf ich einen alten Mann, der in der Nähe meiner Parkbank pinkelte. Ich fragte ihn, ob es noch weit nach Moskau sei, und er sagte, das wäre sehr weit.

Ich machte mich wieder auf den Weg. Da der Bahnhof der Stadt zerstört war, ging ich zu Fuß. Ich schlug den Weg nach Moskau ein, weil ich dachte, das wäre sicherer als Odessa.

Ich weiß nicht mehr, wie viele Tage ich unterwegs war. Eines Abends kam ich wieder in eine mittlere ukrainische Stadt. Dort schlief ich ebenfalls auf einer Parkbank. Mitten in der Nacht wachte ich auf. Ich hörte die Einschläge von Granaten. Irgendwo am Rande der Stadt wurde gekämpft. Da ich jedoch übermüdet war, schlief ich wieder ein. Am nächsten Morgen war die Stadt von den Deutschen besetzt.

In der Stadt wohnten viele Juden. Es war fast so wie in den kleinen und mittleren Städten Galiziens. Ich erkannte die Juden sofort, und sie erkannten mich. Ich redete mit ihnen und erzählte ihnen meine Geschichte. Die Juden gaben mir zu essen, weil ich kein Geld mehr hatte und weil sie nicht wollten, daß ich Hunger litt; sie waren freundlich zu mir und hatten Verständnis. Eine jüdische Familie bot mir Unterkunft an. Da sie arm waren und nur zwei Betten hatten, schlief ich auf der Ofenbank. Sie waren gut zu mir, gaben mir ein Kopfkissen und eine warme Decke und teilten ebenfalls ihr Brot mit mir.

Die Deutschen durchsuchten jedes Haus in der Stadt, aber sie taten uns nichts. Einer von ihnen gab mir eine Zigarette. Wir standen stundenlang vor den Haustüren oder am Fenster und sahen die schweren Panzer vorbeirollen. Erst drei Tage später wurde es anders. Da kam die SS mit ihren Einsatzkommandos.

Die Einsatzkommandos trieben die Juden aus der Stadt heraus. Ich weiß nicht genau, wie viele Juden es waren, aber ich schätze, es waren fünftausend.

In der Nähe der Stadt war ein Wald. Ein Teil des Waldes war abgebrannt. Dort trieben sie uns hin. Wir mußten unsere eigenen Gräber schaufeln, und dann wurden wir erschossen.

Ich war aber nicht tot. Ich war nicht mal verwundet. Als ich nämlich an die Reihe kam, war es schon gegen Abend. Wir hatten viel Zeit verloren mit dem Schaufeln der Gräber, und dann dauert es schließlich 'ne ganze Weile, bis man Fünftausend erschießt. Es war also schon gegen Abend, und die Deutschen waren ungeduldig und zielten nicht mehr so gut. Ich ließ mich blitzschnell ins Massengrab fallen, und die Deutschen merkten es nicht.

Unter den Fünftausend waren nicht viele Männer, da die meisten Männer im wehrtüchtigen Alter bereits mit der Roten Armee abgezogen waren. Es waren meistens nur Greise, Frauen und Kinder, ein paar Kranke natürlich und ein paar Jungen in meinem Alter. Die Toten fielen auf mich, ganze Berge von ihnen.

Ich lag direkt unter einem Kind. Es war ein kleines Mädchen von ungefähr sechs oder sieben. Sie badete mich in ihrem Blut und ich konnte kaum atmen.

Als es ganz dunkel wurde, zogen die Deutschen wieder ab. Ich wartete, bis ich sicher war, daß sie weg waren. Dann arbeitete ich mich aus dem Haufen der Toten heraus. Die Toten bildeten eine Art Treppe, und so war es leicht, aus dem Massengrab herauszuklettern.

Eine ganze Nacht lang irrte ich im Wald herum. Dann, als die Morgensonne aufkam, ging ich ziellos durch die hinter dem Wald liegenden offenen Felder.

Die Deutschen waren jetzt überall, und ich hatte Angst, in irgendein Dorf zu gehen. Ich wusch mich in einem Bach, ruhte mich im Schatten einer Trauerweide aus und schlief ein. Als ich erwachte, stand die Sonne hoch am Himmel.

Ein Bauer sagte mir, daß Odessa gefallen sei. Als ich ihm sagte, daß ich zu meiner anderen Schwester nach Moskau wollte, lachte er mich aus.

Ich wußte, daß es keinen Zweck hatte weiterzuwandern. Ich hatte auch plötzlich Sehnsucht nach meinen Eltern und machte mir Sorgen um meine Mutter. Was würde sie machen, wenn meinem Vater etwas passiert war? Vielleicht brauchte sie mich? Schließlich saß sie gelähmt in einem Rollstuhl.

Ich wanderte zurück nach Polen, um meine Eltern wiederzufinden. Viele Wochen vergingen. Ich vermied die Landstraßen und hielt mich meistens im Wald auf. Als ich durch ein Gebiet kam, das keinen Wald hatte, ging ich geduckt und vorsichtig durch Wiesen und Felder.

Ich ernährte mich von den Früchten der Obstgärten am Rande der Dörfer. Auf den Feldern grub ich Kartoffeln aus oder pflückte die grünen, unreifen Maiskolben. Zuweilen erschlug ich einen Vogel mit einem Stein oder erwischte kleine Fische im Bach mit meinen bloßen Händen. Manchmal schlich ich nachts in irgendein Dorf, um bei Bauern Eier, Brot und Streichhölzer zu stehlen.

Die Hofhunde schlugen immer an, wenn ich bei den Bauern einbrach. Aber das störte mich nicht, da ich flink war und längst das Weite gesucht hatte, wenn der Bauer aufwachte und schlaftrunken aus der Tür torkelte. Nur einmal wäre ich fast erwischt worden. Der Bauer lief brüllend hinter mir her. Als ich über den Dorfplatz rannte, sah ich deutsche Soldaten und ukrainische Miliz. Ich sprang über einen Zaun, rannte weiter und verschwand im Dunkel.

Ich kam heil über die polnische Grenze. Als ich die Vororte meiner Heimatstadt erreichte, traf ich eine alte Frau. Ich fragte sie, ob den Juden in dieser Stadt irgendwas passiert sei.

›Nichts Besonderes‹, sagte die alte Frau. ›Die Juden leben jetzt in einem Ghetto.‹

›Wo ist das Ghetto?‹

›Im Ostteil der Stadt.‹

Ich gelangte ins Ghetto, indem ich die Wachen täuschte. Auf den Straßen lagen Tote herum, manche in der Gosse, manche mitten auf dem Fahrweg, andere lagen auch friedlich vor den alten Häusern. Ich fragte einen Juden, ob man die Leute erschossen hätte, aber er sagte, die wären bloß verhungert.

›Habt ihr nichts mehr zu essen?‹

›Wir haben nichts mehr zu essen.‹

›Wie kommt das?‹

›Das Ghetto ist abgesperrt. Die Deutschen lassen keine Lebensmittel herein.‹

Das Haus, in dem wir früher gewohnt hatten, lag außerhalb des Ghettos. Da meine Eltern nicht mehr dort wohnten, blieb mir nichts anderes übrig, als sie dort zu suchen, wo sie sich zur Zeit vermutlich aufhielten: im Ghetto. Ich suchte den ganzen Tag, kämmte das Ghetto durch, Haus für Haus, und fand schließlich meine Mutter. Nur sie. Sie wohnte in einem Massenquartier. Sie saß im Rollstuhl und guckte mich an, als ich zur Tür hereinkam.

›Dein Anzug ist voller Blut, mein Junge. Wo hast du dich herumgetrieben?‹

›Unter den Toten.‹

›Und du bist wirklich zurück?‹

›Ja. Ich bin wirklich zurück.

Wo ist mein Vater?‹

›Den haben sie erschossen.‹

›Das kann doch nicht wahr sein?‹

›Doch. Es ist wahr. Er wollte aus dem Ghetto heraus, um bei den Bauern Lebensmittel aufzutreiben. Und da haben sie ihn erwischt.‹

Ich weinte eine Zeitlang vor mich hin. Meine Mutter streichelte meinen Kopf und tröstete mich.

›Ich werde jetzt auf dich aufpassen‹, sagte ich. ›Hab keine Angst. Ich bin ja wieder zurück.‹

›Ich habe nur noch Lebensmittel für vier Tage. Dann ist es aus.‹

›Hast du noch etwas Geld?‹

›Ich habe noch etwas Geld.‹

›Dann gib es mir. Ich werde in die Dörfer gehen und Lebensmittel kaufen.‹

›Wenn man dich draußen erwischt, wird man dich erschießen.‹

›Hab keine Angst. Ich passe schon auf.‹

Ich schlich aus dem Ghetto hinaus und ging ins benachbarte Dorf. Als die Deutschen mich sahen, verlangten sie meine Papiere. Ich rannte weg, und sie schossen hinter mir her.

Ich versteckte mich im Feld. Dort fanden mich polnische Bauern. Die prügelten mich windelweich und nahmen mir das Geld weg.

Was sollte ich machen? Ich wollte nicht mit leeren Händen nach Hause kommen. Irgendwie konnte ich mich immer durchschlagen. Aber ich war nicht mehr allein. Ich mußte jetzt für meine Mutter sorgen. Sie durfte nicht hungern. Sie durfte nicht sterben.

Nachts brach ich bei einem polnischen Bauern ein. Ich holte mir ein paar Hühner, drehte ihnen die Hälse um und wollte wegrennen. Aber diesmal hatte ich Pech. Der Bauer wartete vor dem Hühnerstall mit einem großen Knüppel auf mich.

Ich wehrte mich verzweifelt, aber der Bauer war stärker als ich. Er schlug mich bewußtlos und ließ mich im Hof liegen.

Als ich erwachte, hörte ich schon von weitem die Stimmen der Soldaten und die Stimme des Bauern, der sie geholt hatte. Ich suchte nach den toten Hühnern, aber die hatte der Bauer längst versteckt. Es blieb keine Zeit. Ich kletterte über den Hofzaun und rannte hinaus in die Nacht.

Ich trieb mich drei Tage und drei Nächte in der Gegend herum, ohne daß es mir gelang, die nötigen Lebensmittel aufzutreiben, damit meine Mutter nicht hungerte. Ich wagte keinen Einbruch mehr, sondern ging in den Dörfern bettelnd von Haus zu Haus. Die Bauern steckten mir manchmal ein Stück Brot zu oder ließen mich von ihrer Suppe kosten, aber keiner gab mir ein paar Hühner oder einen Sack Mehl, obwohl ich ihnen erklärte, daß ich Lebensmittel brauchte, einen Wochenvorrat oder mehr, damit meine Mutter nicht hungerte. Die Bauern lachten mich aus, manche jagten mich weg und sagten, ich solle schleunigst verschwinden, sonst würden sie die Soldaten holen.

Am vierten Tag hatte ich Glück. Ich sagte einem Bauern, daß ich ihm meine Schuhe geben würde und meine Jacke für einen Wochenvorrat Mehl. Der Bauer war einverstanden. Er gab mir das Mehl und nahm mir die Schuhe und die Jacke fort. Barfuß und ohne Jacke ging ich nach Hause.

Als ich wieder in meiner Heimatstadt ankam, existierte das Ghetto nicht mehr. Die polnischen Christen erzählten mir, daß man das Ghetto liquidiert hätte. Trotzdem ging ich in den Ostteil der Stadt, um nachzusehen, ob das stimmte.

Es stimmte. Die lebenden Juden waren nicht mehr da. Nur die Toten lagen noch auf den Straßen. Die Fensterscheiben der Häuser waren eingeschlagen, die Türen aufgebrochen. Neben den Toten auf den

Straßen lagen aufgerissene Matratzen, Gebetbücher und allerlei Unrat. Ich fragte einen der Christen, die gerade dabei waren, die Wohnungen zu plündern, wo die noch lebenden Juden seien. Er sagte, die habe man zum Bahnhof gebracht.

Auf dem Weg zum Bahnhof hielt ich eine alte Frau an. Ich fragte sie, ob sie einen Judentransport gesehen hätte. Sie sagte: ›Ja.‹

›Wann war das?‹

›Gestern.‹

›Ist Ihnen irgend etwas aufgefallen?‹

›Mir ist nichts Besonderes aufgefallen. Es waren eben Juden.‹

›Haben Sie nicht zufällig eine Frau in einem Rollstuhl gesehen?‹

›Doch. Die hab' ich zufällig gesehen.‹

Als ich auf dem Bahnhof ankam, sagte mir ein Bahnwärter, daß die Juden zwar hier gewesen wären, aber dann hätten sie die Soldaten weitergeführt.

›Wohin?‹

›Zu einem anderen Bahnhof.‹

›Warum?‹

›Weil die Gleise unlängst von den Partisanen in die Luft gejagt worden sind. Alle Gleise rings um den Bahnhof.‹

›Wissen Sie, zu welchem Bahnhof die Judenkolonne gebracht worden ist?‹

›Ja, das weiß ich‹, sagte der Bahnwärter. Und er zeigte mir die Richtung.

Ich kam auf eine Landstraße. Ich ging schnell, denn ich wollte meine Mutter unbedingt einholen. Trotzdem blieb ich einmal stehen, um einen Bauern zu fragen, ob er meine Mutter gesehen hätte.

›Haben Sie gestern eine Judenkolonne gesehen, die hier vorbeigekommen ist?‹

›Ja. Die hab' ich gesehen.‹

›Ist Ihnen irgend etwas aufgefallen?‹

›Mir ist nichts aufgefallen.‹

›Haben Sie nicht zufällig eine Frau in einem Rollstuhl gesehen?‹

›Doch. Die hab' ich zufällig gesehen.‹

Ich freute mich, denn ich war auf der richtigen Spur. Noch immer trug ich das Säckchen mit dem Mehl auf dem Rücken. Sicher, so sagte ich mir, hat meine Mutter irgendeinen barmherzigen Menschen gefunden, der den Rollstuhl schiebt, denn ich konnte mir nicht vorstellen, daß der Rollstuhl ganz alleine fahren würde.

Ich ging ein paar Stunden und kam an den richtigen Bahnhof. Ich fragte einen Bahnwärter: ›Haben Sie gestern einen Judentransport gesehen?‹

›Jeden Tag kommen Judentransporte‹, sagte der Bahnwärter. ›Sie kommen aus allen Richtungen. Auch gestern war einer da. Und auch heute morgen.‹

›Haben Sie zufällig in einem der Transporte eine Frau in einem Rollstuhl gesehen?‹

›Ja. Die hab' ich zufällig gesehen.‹

›Was geschieht mit den Transporten?‹

›Nicht viel. Die Leute steigen alle in den Zug und fahren in eine bestimmte Richtung.‹

›In welche Richtung?‹

›Dorthin!‹ Er zeigte es mir.

›Alle in dieselbe Richtung?‹

›Alle in dieselbe Richtung.‹

Ich sagte zu mir: Wenn sie alle in dieselbe Richtung fahren, dann fahren sie auch zu ein und demselben Bestimmungsort. Du brauchst also nur auf den nächsten Judentransport zu warten. Du wirst mit ihnen in den Zug steigen und deiner Mutter nachfahren. In dieselbe Richtung. Zum selben Bestimmungsort. Du wirst sie auf diese einfache Weise bestimmt finden.

Und so war es: Als der nächste Judentransport ankam, stieg ich mit ihnen in den Zug. Die Türen wurden verriegelt, und wir fuhren ab. Wir fuhren einen Tag und eine Nacht. Dann kamen wir an, dort, wo der Bestimmungsort war.

Die Türen wurden aufgerissen. Soldaten jagten uns mit Peitschen aus den Waggons. Ich wollte einen von ihnen fragen, ob er meine Mutter gesehen hätte, eine in einem Rollstuhl, aber ich kam gar nicht dazu. Sie jagten uns mit kläffenden Hunden durch das große Lagertor.

Da ich jünger aussah, als ich war, also nicht mal vierzehn, wurde ich gleich zum Vergasen eingeteilt. Ich mußte mich nackt ausziehen und in der großen Menschenschlange vor der Gaskammer einreihen.

Man preßte uns dichtgedrängt in die Gaskammer. Als die Tür der Gaskammer zufiel, fragte ich einen Mann, der hinter mir stand: ›Haben Sie nicht zufällig meine Mutter gesehen, eine Frau in einem Rollstuhl?‹

Ich wiederholte meine Frage. Doch dann kriegte ich keine Luft mehr, wir fingen zu husten an, und ich erhielt nie eine Antwort.

25.

Ich könnte Ihnen sechs Millionen Geschichten erzählen«, sagte ich zu Mary Stone, »aber die Nacht wäre zu kurz. Ich glaube, daß alle Nächte, die ich noch erleben werde, nicht reichen würden, um Ihnen alle Geschichten zu erzählen.«

»Keiner kann so viele Nächte erleben.«

»Deswegen habe ich Ihnen nur eine erzählt, eine einzige.«

»Reden wir nicht mehr davon«, sagte Mary Stone. »Reden wir von Jakob Bronsky.«

»Dem zweiten Jakob Bronsky?«

»Vom zweiten Jakob Bronsky! Der nicht mit den sechs Millionen gestorben ist! Der sie überlebt hat! Und der jetzt neben mir liegt!«

»Der zweite Jakob Bronsky«, sagte ich, »der flüchtete 1939 mit seiner Mutter und seinem jüngeren Bruder über die deutsche Grenze.«

»Ich denke, Sie hatten keinen Bruder? Weil Sie ihn umgebracht haben? Damals, als sie kaum drei waren?«

»Das war nur eine Geschichte. Ein Alptraum, nehme ich an.«

»Sie sagten, daß er damals Abel geheißen hätte?«

»Nein. Er hieß Menachim. Damals. Später nannten wir ihn anders.«

»Wie denn?«

»Achim. Bloß Achim.«

»Sie flüchteten also über die deutsche Grenze?«

»Ja.«

»Mit Ihrer Mutter und Ihrem Bruder?«

»Mit meiner Mutter und meinem Bruder.«

»Aber ohne Ihren Vater?«

»Ohne meinen Vater. Der blieb in Deutschland zurück.«

»Warum?«

»Das weiß ich nicht mehr genau. Ich glaube, wegen meiner Großeltern, die nicht auswandern konnten und später in Theresienstadt umkamen. Sie wohnten damals in Leipzig. Mein Vater mußte sich um sie kümmern. Er sollte uns später nachreisen, aber dann brach der Krieg aus, und er wurde von uns abgeschnitten.

Ich habe mir immer vorgestellt, daß wir den Krieg in Halle an der Saale verbracht hätten. Versteckt. In Mülltonnen oder einem Keller. Mein Bruder war nicht dabei. Nur mein Vater, meine Mutter und ich. Das war aber nicht so.«

»Wie war es?«

»Es war anders.

Kein Land wollte uns im Jahre 1939 aufnehmen. So war das. Die ganze Welt hatte sich gegen uns verschworen. Es war niemand da, der uns die Hand reichte. Ich spreche von der Familie Bronsky und anderen, die unser Schicksal teilten.«

»Ja«, sagte Mary Stone.

»Alles, was wir kriegen konnten, war ein Besuchsvisum nach Rumänien, wo wir Verwandte hatten. Die Rumänen aber wollten uns auch nicht und versuchten uns bald wieder abzuschieben.«

»Ja«, sagte Mary Stone.

»Trotzdem gelang es uns, bis zum Jahre 1941 in Rumänien zu bleiben.«

»Wie kam das?«

»Die rumänischen Beamten waren bestechlich. Damals wenigstens. Wir hatten kein Geld mehr und waren völlig verarmt. Aber wir hatten reiche Verwandte. Sie verstehen schon, was ich meine?«

»Ja«, sagte Mary Stone.

»Es gelang meinen Verwandten, unser Visum zu verlängern. Von einem Jahr zum andern. Bis zum Jahre 1941.«

»Ja«, sagte Mary Stone.

»Im Jahre 1941 aber war die Verlängerung unseres Aufenthaltes nicht mehr nötig.«

»Warum?« fragte Mary Stone.

»Das war so«, sagte ich. »In Rumänien war eine faschistische Regierung ans Ruder gekommen, die mit den Nazis gemeinsame Sache machte. Im Oktober 1941 wurden alle Juden in den rumänischen Randgebieten, Bukowina, Bessarabien und der nördlichen Moldau, deportiert, die Gebiete also, wo wir und unsere Verwandten wohnten.«

»Wohin wurden die Juden deportiert?«

»Nach dem Osten.«

»Wo im Osten?«

»Nach der Ukraine. Ins Gebiet der Massenerschießungen.«

»Ihr wurdet aber nicht erschossen?«

»Nein«, sagte ich. »Die großen Massenerschießungen fanden weiter im Osten statt. Unser Transport kam nicht so weit. Das heißt: nicht ganz so weit.«

»Wie weit?«

»Wir kamen nur bis Moghilew-Podolsk, eine ukrainische Stadt, die unter rumänischer Verwaltung stand. Ein paar Kilometer weiter wurden fast sämtliche Juden von der SS erschossen, gleich nach dem Einmarsch, aber in unserem Abschnitt war das ein bißchen anders.«

»Wie anders?«

»Wir wurden in ein Ghetto eingesperrt. Ein Ghetto ist eine Art Vorhölle.«

»Was war das für eine Vorhölle?«

»Ein abgesperrter Stadtteil, in dem die Toten auf der Straße rumlagen, so ähnlich wie die Toten in jenem anderen Ghetto, von dem ich Ihnen vorhin erzählt hatte. Nur war das Ghetto viel größer.«

»Erzählen Sie weiter.«

»Man hatte uns völlig von der Außenwelt abgesperrt. Im Ghetto herrschten Hunger und Typhus. Fast jede Nacht fanden Razzien statt. Wer erwischt wurde, der wurde verschleppt und dann irgendwo erschossen.«

»Hatten Sie Angst?« fragte Mary Stone.

»Ich hatte Angst.«

»Waren Sie hungrig?«

»Ich war hungrig.«

»Haben Sie im Winter gefroren?«

»Ich habe im Winter gefroren.«

»Hatten Sie Hoffnungen?«

»Manchmal«, sagte ich. »In der Nacht der Verzweiflung gab es manchmal noch Momente der Hoffnung.«

»Hat Sie die Hoffnung am Leben erhalten?«
»Die Hoffnung hat mich am Leben erhalten.«

»Wie lange waren Sie dort?«
»Fast tausend Tage.«
»Können Sie sich an jeden dieser Tage erinnern?«
»Ich kann es nicht.«
»Sie wollen es nicht.«
»Ich weiß es nicht.«
»Sie haben das alles verdrängt?«
»Ich habe das alles verdrängt.

Und doch stimmt es nicht ganz«, sagte ich, »obwohl ich immer behaupte, in meinem Gedächtnis wäre ein großes Loch, oder sagen wir eine Lücke. Ich schreibe nämlich ein Buch, wissen Sie. Und während ich schreibe, da fällt mir vieles wieder ein.«
»Sie schreiben ein Buch?«
»Ich schreibe ein Buch.«
»Über das Leben in diesem Ghetto?«
»Über das Leben in diesem Ghetto.«
»Über das große Sterben?«
»Über das große Sterben.«
»Über die Verzweiflung?«
»Über die Verzweiflung.«
»Schreiben Sie auch über die Hoffnung?«
»Ich schreibe auch über die Hoffnung.«
»Sonst nichts?«
»Sonst nichts ... außer über die Einsamkeit, die jeder von uns mit sich herumträgt. Auch ich.«
»Sie schreiben alles auf, was Sie verdrängt haben?«
»Ich schreibe alles auf, was ich verdrängt habe.«
»Müssen Sie schreiben?«
»Ich muß schreiben.«

»Ist das sehr wichtig?«
»Es ist sehr wichtig.«

»Sie wollen mir also nicht erzählen, was Sie während des Krieges in diesem Ghetto erlebt haben?«
»Ich erzähle das nur meinem Buch.«
»Nur Ihrem Buch?«
»Nur meinem Buch.«

»Dann erzählen Sie mir, wie das war, als der Krieg zu Ende war.«
»Da gibt es nicht viel zu erzählen.«
»Ihr hattet überlebt?«
»Nicht alle. Die meisten Verwandten waren tot.«
»Ihre Mutter und Ihr Bruder?«
»Die hatten überlebt. So wie ich.«
»Erzählen Sie.«
»Ich sage Ihnen doch, daß es nicht viel zu erzählen gibt.

Als der Krieg zu Ende war, blickte ich zum ersten Mal nach vielen Jahren in den Spiegel. Mein Gesicht hatte keinen Ausdruck, meine Augen waren leer. Ich war außerdem stumm. Völlig stumm. Ich redete kein Wort. Kein einziges Wort. Wenn mich die Leute ansprachen, nickte ich oder schüttelte den Kopf, je nachdem, ob die Frage mit ja oder nein beantwortet werden sollte. Die Leute glaubten, ich sei ein bißchen verrückt.

Als Junge hatte ich mal Gedichte geschrieben. Ich versuchte es wieder, aber das ging nicht mehr.

Kurz nach dem Krieg traf ich ein Mädchen. Sie war jung und schön. Ich glaube, sie hatte Mitleid mit mir.

Wir gingen zusammen ins Bett. Aber da passierte nichts. Überhaupt nichts. Mein Geschlechtstrieb war erloschen. Nichts rührte sich. Ich, Jakob Bronsky, war erledigt.

Ich fuhr dann, kurz nach dem Krieg, mit einem der ersten Flüchtlingstransporte nach Palästina. Meine Mutter glaubte, daß ich dort gesunden würde. In Palästina arbeitete ich in verschiedenen Kibbuzim, und pflanzte auch Bäume in der Negevwüste. Später zog es mich in die Stadt. Ich ging nach Haifa und fand einen Job als Tellerwäscher. Eine Zeitlang versuchte ich es auch in Tel Aviv und fand dort Arbeit in einem Krankenhaus. Nichts hatte sich geändert. Ich machte zwar meine Arbeit, aber blieb nach wie vor stumm.«

»Sie haben mir nicht erzählt«, sagte Mary Stone, »wer das Ghetto befreit hat.«

»Die Russen haben es befreit«, sagte ich.

»Und haben die Russen Sie ohne weiteres nach Palästina fahren lassen?«

»Ja«, sagte ich.

»Und Ihre Mutter?« fragte Mary Stone. »Und Ihr Bruder?«

»Die blieben in der Ukraine«, sagte ich. »Später gingen sie nach Rumänien zurück, dorthin, wo wir bis zum Jahre 1941 gewohnt hatten.«

»Und dann?« fragte Mary Stone.

»Dann erfuhr meine Mutter durchs Rote Kreuz, daß mein Vater am Leben war.«

»Wo war Ihr Vater?«

»Nachdem er von uns abgeschnitten worden war,

flüchtete er nach Frankreich. Dort tauchte er während des Krieges unter.«

»Ihre Mutter hatte seine Adresse gefunden?«

»Sehr richtig.«

»Ihr Vater kam dann zu ihr?«

»Nein. Es war umgekehrt. Meine Mutter reiste nach dem Krieg zu ihm. Natürlich mit meinem Bruder.«

»Sie reisten nach Frankreich?«

»Ja.«

»Legal?«

»Nein. Inzwischen gab es bereits den Eisernen Vorhang. Sie gingen nachts über die Grenze. Zuerst nach Ungarn. Dann nach Österreich. Irgendwann kamen sie dann in Frankreich an. In Europa fand eine ganze Völkerwanderung statt. Es war nichts Besonderes.«

»In welcher Stadt fanden Sie Ihren Vater wieder?«

»In Lyon.«

»Die Rhônestadt?«

»Sehr richtig.«

»Und Sie, Jakob Bronsky. Sie waren im Heiligen Land und blieben nach wie vor stumm?«

»So war es.«

»Wollten Sie Ihren Vater nicht wiedersehen?«

»Natürlich.«

»Ihr Vater kam nach Palästina?«

»Nein«, sagte ich. »Als meine Mutter mir schrieb, wo mein Vater war, da reiste auch ich nach Frankreich.«

»Die Familie Bronsky war also wieder vereint?«

»So war es. Die Familie Bronsky war wieder vereint.

Mein Vater freute sich anfangs mit mir«, sagte ich. »Aber als er merkte, wie krank ich war, wurde er verbittert.

Eines Tages schleppte mich mein Vater in eine Heilanstalt. Die behielten mich gleich dort. Sie behandelten mich mit Elektroschocks und Medikamenten. Als ich entlassen wurde, war mein Zustand noch schlimmer als früher.«

»Was hat Ihr Vater in Frankreich gemacht?« fragte Mary Stone.

»Er träumte immer noch vom Möbelhaus Bronsky, das er eines Tages wieder aufbauen würde. In Wirklichkeit hatte er nicht mehr die Energie dazu. Er arbeitete in Lyon als kleiner Handelsvertreter für eine Kleiderfirma und brachte unsere Familie recht und schlecht durch.«

»Und was haben Sie gemacht, Jakob Bronsky?«

»Ich saß meinem Vater auf der Tasche. Ich hatte weder Lust zu arbeiten, noch sonst irgend etwas Vernünftiges zu tun.«

»Sie müssen doch irgend etwas gemacht haben?«

»Ich ging in die Staatsbibliothek und las alle möglichen Bücher.«

»Und sonst?«

»Ich ging viel spazieren.«

»Haben Sie Mädchen gehabt?«

»Ab und zu«, sagte ich. »Ich ging sogar mit einigen ins Bett. Aber in Wirklichkeit ist nie etwas Richtiges passiert.«

»Nichts Richtiges? Genieren Sie sich nicht, Jakob Bronsky. Spucken Sie's aus!«

»Sie wissen schon, was ich meine!«

»Ihr Schwanz blieb schlaff?«

»Sehr richtig. Mein Schwanz blieb schlaff. Nichts rührte sich.«

»Jakob Bronsky war erledigt?«

»Jakob Bronsky war erledigt.

Eine Tages zogen wir nach Paris«, sagte ich.

»Hat sich dort irgend etwas geändert?«

»Dort hat sich nichts geändert.

Ich habe dann in Paris gelebt, aber die Stadt kaum wahrgenommen. Verstehen Sie das? Ich lebte dort mit meinen Erinnerungen und meiner Angst.

Im Jahre 1952 fuhren wir alle nach Amerika. Plötzlich war es leicht mit den Einwanderungsvisen. Wir galten als ›displaced persons‹, und die Amerikaner machten uns keine Schwierigkeiten. Aber es war zu spät, verstehen Sie. Es war zu spät.«

»Weil Jakob Bronsky erledigt war?«

»Nicht nur deshalb. Irgendwie waren wir alle erledigt. Wir waren nicht mehr dieselben. Im Grunde war auch mein Vater ein gebrochener Mann, obwohl er das nicht zugeben wollte.«

»Die Amerikaner hätten euch im Jahre 1939 retten sollen?«

»So ist es, Mary Stone. Sie hätten uns im Jahre 1939 retten sollen.

Ich hatte weder Schulen besucht, noch irgend etwas gelernt, womit ich mein Brot verdienen konnte. So nahm ich dann auch in New York jeden Job an, den ich kriegen konnte. Eines Tages begann ich zu schreiben.

Und plötzlich wurde ich wieder gesund. Ich weiß nicht, ob Sie das verstehen können, Mary Stone. Aber als ich das erste Kapitel meines Ghettobuches fertig hatte, war ich gesund. Alles, was sich da aufgestaut hatte, floß plötzlich aus mir heraus. Je mehr ich schrieb, desto freier fühlte ich mich. Ich begann wieder zu reden, wirkte wie ein vernünftiger Mensch, konnte auf einmal Witze machen, hatte plötzlich wieder Humor. Und noch etwas.«

»Was noch?«

»Mein Geschlechtstrieb erwachte. Ich stellte plötzlich fest: Bronsky. Es klappt wieder.«

»Ihr Schwanz war erwacht?«

»Sehr richtig.«

»Aus seinem langen Schlaf?«

»Ja.«

»Er wurde wieder steif?«

»Ja.«

»Das kann ich begreifen, Jakob Bronsky. Ich kann das sehr gut begreifen.«

»Ich schlief wieder mit Frauen, obwohl das nur Strichmädchen waren, aber ich hatte keine Schwierigkeiten.«

»Jakob Bronsky war nicht mehr erledigt?«

»Jakob Bronsky war nicht mehr erledigt.«

»Wissen Sie, Jakob Bronsky, was ein Schüler Freuds gesagt hat?«

»Nein, Mary Stone.«

»Wenn der Schwanz steht, ist man seelisch gesund.«

»Und wie ist das mit den Frauen?«

»So ähnlich, obwohl Frauen bekanntlich keine

Schwänze haben.«
»So ist es, Mary Stone.«
»So ist es, Jakob Bronsky.«

»Sie haben schon recht«, sagte ich zu Mary Stone. »Ich bin wieder gesund. Und trotzdem habe ich Probleme.«
»Jeder Mensch hat Probleme.«
»Aber meine sind besonders schwierig.«
»Das glauben Sie bloß. Jeder glaubt, daß seine Probleme die schwierigsten sind.«

»Mary Stone«, sagte ich. »Ich habe begriffen, daß es nicht genügt, wenn man bloß überlebt. Überleben ist nicht genug. Ich habe begriffen, daß die Geburt jedes Lebewesens zugleich auch sein Todesurteil ist, und ich frage mich, was das für einen Sinn hat. Wozu lebe ich eigentlich?«
»Um zu suchen, Jakob Bronsky. Um zu suchen.«
»Nach einem versteckten Sinn in all dieser Sinnlosigkeit?«
»Ja, Jakob Bronsky.«
»Liegt der Sinn des Lebens vielleicht bloß in unserem Suchen?«
»Das weiß ich nicht, Jakob Bronsky. Aber Sie werden es eines Tages vielleicht herausfinden.«

»Ich kann Ihr Gesicht nicht sehen, Mary Stone. Weil es zu dunkel ist. Aber ich glaube, Sie lachen mich aus!«
»Ich lache Sie nicht aus, Jakob Bronsky. Ich frage mich bloß, ob Sie an Weltschmerz leiden.«
»Ich bin erwachsen, Mary Stone. Warum sollte ich da an Weltschmerz leiden? Vielleicht ist es nur meine

Angst, eine andere Angst als damals im Ghetto?«
»Vielleicht, Jakob Bronsky.«

»Mary Stone«, sagte ich. »Ich habe noch andere Probleme, Probleme, die handfester sind und die mit meiner Urangst nichts zu tun haben.«

»Was sind das für Probleme?«

»Die handfesten Probleme eines unbekannten und mittellosen Schriftstellers, vor allem aber, eines deutschen Schriftstellers jüdischer Abstammung in einem fremden Land, einem Land, das ich nicht begreife und das mich nicht begreift.«

»Amerika ist ein gelobtes Land!«

»Amerika ist ein Alptraum.«

»Vielleicht für Leute wie Jakob Bronsky?«

»So ist es, Mary Stone.

26.

Ich stelle mir vor, ich wäre wieder nach Deutschland zurückgekehrt, obwohl ich nichts vergessen habe. Nichts.

Ich komme auf dem Bahnhof an, dem Bahnhof einer großen deutschen Stadt. Voller Staunen stelle ich fest, daß sogar der Gepäckträger meine Sprache spricht.

Ich fühle mich nicht zu Hause. Niemand kennt mich in dieser Stadt. Trotzdem will ich nicht nach Halle an der Saale fahren, denn dort kennt mich auch niemand mehr.

Ich schlendere durch die Straßen. Überall wird meine Sprache gesprochen. Das tut mir irgendwie gut. Ich versuche, nicht an die sechs Millionen zu denken.

In dieser Stadt gibt es eine kleine jüdische Gemeinde. Ich gehe ins Gemeindehaus und spreche mit einem freundlichen Mann.

›Also Sie sind Jakob Bronsky?‹

›Ich bin Jakob Bronsky.‹

›Haben Sie Familie in Deutschland?‹

›Ich habe niemanden hier.‹

›Überhaupt keine Familie?‹

›Doch. In Amerika.‹

›Wo?‹

›In Kalifornien.‹

›Ihre Eltern?‹

›Ja.‹

›Auch Geschwister?‹

›Einen Bruder.‹

›Wo?‹

›Auch in Kalifornien. Er ist verheiratet und hat einen guten Job.‹

›Das freut mich.‹

›Mich auch.‹

›Möchte Ihre Familie nach Deutschland zurückkehren?‹

›Nein.‹

›Aber Sie sind zurückgekehrt?‹

›Sehr richtig.‹

›Haben Sie einen Beruf?‹

›Nein.‹

›Irgend etwas gelernt?‹

›Nein.‹

›Wollen Sie einen Job?‹

›Nein.‹

›Sie müssen doch irgend etwas tun?‹

›Ich schreibe ein Buch.‹

›Ein Buch?‹

›Ein Buch.‹

›Wie heißt Ihr Buch?‹

›DER WICHSER.‹

›Das kann doch nicht Ihr Ernst sein?‹

›Doch.‹

›Wir können hier nichts für Sie tun, Herr Bronsky. Ich gebe Ihnen aber eine Adresse. Diese Leute sind sehr hilfsbereit.‹

›Helfen die auch einem armen Schriftsteller?‹

›Ja.‹

›Was sind das für Leute?‹

›Der Verein Schuld und Sühne.‹

›Schuld und Sühne?‹

›Schuld und Sühne.‹

Der Generalsekretär des Vereins Schuld und Sühne, der aussah wie ein alter Nazi ohne Uniform, weinte, als er mich sah.

›Wir freuen uns, Herr Bronsky, daß Sie zu uns zurückgekehrt sind.‹

›Ich fühle mich geschmeichelt.‹

›Hat Ihnen Amerika nicht gefallen?‹

›Nein.‹

›Möchten Sie hierbleiben?‹

›Ja.‹

›Haben Sie die sechs Millionen vergessen?‹

›Nein.‹

›Warum möchten Sie hierbleiben?‹

›Vor allem wegen meiner Sprache.‹

›Sonst noch irgendwelche Gründe?‹

›Weil es mir in Amerika nicht gefällt.‹

›Das haben Sie bereits gesagt.‹

›Ja.‹

›Andere Gründe?‹

›Um zu sehen, ob sich die Deutschen ändern.‹

›Ist das eine Anspielung auf unsere neue Demokratie?‹

›Es ist gar keine Anspielung.‹

›Können Sie warten?‹

›Ja.‹

›Wir brauchen Zeit.‹

›Das weiß ich.‹

›Zeit ist wichtig. Ich denke da an die neue Generation.‹

›An die, die heranwachsen werden?‹

›Jawohl, Herr Bronsky.‹

›Diese neue Generation interessiert mich ganz besonders.‹

›Haben Sie wirklich Zeit, auf sie zu warten?‹

›Ich habe sehr viel Zeit.‹

›Möchten Sie einen Job, Herr Bronsky?‹

›Das hat man mich auch bei der Jüdischen Gemeinde gefragt.‹

›Möchten Sie einen?‹

›Nein.‹

›Sie dürfen mich nicht mißverstehen. Ich meine bloß: Wollen Sie nicht irgend etwas tun, um Ihr tägliches Brot zu verdienen?‹

›Nein. Dazu habe ich überhaupt keine Lust.‹

›Aber Sie werden sich langweilen. Sie müssen sich doch irgendwie beschäftigen!‹

›Ich werde an meinem Buch arbeiten.‹

›Sie schreiben ein Buch?‹

›Ja.‹

›Wir werden alles für Sir tun, Herr Bronsky, um Ihnen ein leichtes und bequemes Leben zu bereiten. Was uns betrifft: Sie brauchen weder einen Job noch sonst irgend etwas zu tun.‹

›Das freut mich.‹

›Dafür ist unser Verein da, der Verein Schuld und Sühne.‹

›Vielen Dank.‹

›Wir werden eine Wohnung für Sie mieten und selbstverständlich Ihre Miete bezahlen‹, sagte der Generalsekretär des Vereins Schuld und Sühne. ›Sie werden täglich von uns ein Sühne-Liebes-Paket kriegen mit allerlei Leckerbissen. Für Ihr leibliches Wohl ist folglich gesorgt. Sie kriegen außerdem Taschengeld, und wenn Sie sonst noch irgendwelche Wünsche haben, bitte, lassen Sie es uns wissen.‹

›Ich brauche einen neuen Anzug, einen Mantel, auch Schuhe, Unterwäsche, Hemden und Strümpfe.‹

›Das ist kein Problem. Wir schicken Ihnen alles, was Sie brauchen.‹

›Ich lese auch gerne‹, sagte ich. ›Ich könnte zwar in die Bibliothek gehen, aber ich möchte die Bücher besitzen.‹

›Das macht ebenfalls keine Schwierigkeiten. Geben Sie uns eine Bücherliste, und wir schicken Ihnen die gewünschten Bücher.‹

›Ich brauche außerdem Weiber‹, sagte ich. ›Denn in Amerika war das ein großes Problem.‹

›Weiber haben wir genug‹, sagte der Generalsekretär des Vereins Schuld und Sühne. ›Es handelt sich um Frauen ehemaliger SS-Männer, aber auch um andere, die selber keine Schuld haben, jedoch an die Kollektivschuld glauben und für uns alle sühnen möchten.‹

›Das freut mich wirklich‹, sagte ich.

›Dafür sind wir ja da‹, sagte der Generalsekretär des Vereins Schuld und Sühne.

Ich lebte behaglich in Deutschland. Meine Miete wurde bezahlt, ich bekam die feinsten Leckerbissen zugeschickt. Kleider- und Bücherpakete, Taschengeld und Weiber. Mehr brauchte ich nicht. Da ich genug Freizeit zur Verfügung hatte, konnte ich in Ruhe an meinem Buch arbeiten, so lange, bis die letzte Zeile auf dem Papier stand und DER WICHSER fertig war.

Mein Manuskript lag jahrelang in der Schublade. Mein Haar ist grau geworden. Ich werde langsam alt.

Eines Tages schrieb ich einen Brief an meine Mutter. Ich schrieb: Liebe Mutter. Es tut mir leid, daß ich, dein Sohn Jakob, meinen Vater so enttäuscht habe und nicht sein würdiger Nachfolger geworden bin, so wie es sein Wunsch war. Ich lebe ziemlich gut in Deutschland. Trotzdem habe ich dieses Leben satt. Heute mach' ich Schluß. Ich habe alles vernichtet, was ich besitze, mit Ausnahme eines Manuskriptes. Das liegt in der verschlossenen Schublade meines Schreibtisches. Auf dem Schreibtisch, für jeden sichtbar, liegt mein Testament. Dein Jakob.«

»Ihre Mutter kam natürlich nach Deutschland?« sagte Mary Stone.

»Sie war schon sehr alt. Aber sie kam.«

»Sie fand Ihr Testament?«

»Sehr richtig.«

»Was stand in dem Testament?«

»In dem Testament stand, daß Max Brod, der Entdecker Kafkas, der einzige Mann sei, der das Recht hätte, die Schublade meines Schreibtisches zu öffnen.«

»Was hat Ihre alte Mutter gemacht?«

»Sie hat Max Brod das Testament geschickt.«

»Lebte er noch?«

»Ja.«

Max Brod kam nach Deutschland und öffnete die Schublade meines Schreibtisches. Er fand mein Manuskript und las es. Dann telefonierte er mit meiner Mutter.

›Frau Bronsky. Ich habe das Manuskript gelesen. Ihr Sohn war ein Genie. Ein zweiter Kafka.‹«

»Das Manuskript wurde natürlich veröffentlicht?« fragte Mary Stone.

»Selbstverständlich.

Ich hatte mal eine Beziehung zur Putzfrau eines Hamburger Verlages«, sagte ich. »Aber da sich Max Brod persönlich für mich einsetzte, hatte ich die Beziehungen dieser Putzfrau nicht mehr nötig.«

»Erzählen Sie«, sagte Mary Stone. »Ich nehme an, daß es dem Entdecker Kafkas gelungen ist, Ihr Manuskript unterzubringen?«

»Selbstverständlich«, sagte ich. »Mit einer solchen Empfehlung konnte nichts schiefgehen. Die Verleger rissen sich um mein Manuskript.«

»Wer hat das Manuskript gedruckt?«

»Das verrate ich nicht. Ein großer deutscher Verleger.«

»Wurde das Buch ein Erfolg?«

»Ein Bombenerfolg. Jakob Bronsky wurde berühmt.«

»Er war aber tot?«

»Er war gar nicht tot. Jakob Bronsky hatte sich mit dem Testament einen kleinen Trick erlaubt und mit dem Brief an seine Mutter einen bösen Scherz, um sie zu quälen, weil sie einst seinen Bruder gesäugt hatte, zärtlich, liebevoll, mit Hingabe, damals ... während der kleine Jakob dabei stand und zuguckte, völlig vernachlässigt und allein.«

»Erzählen Sie weiter, Jakob Bronsky!«

»Nachdem ich berühmt war, teilte ich der Presse mit, daß ich lebte. Ich tauchte wieder auf, verstehen Sie das?«

»Ja«, sagte Mary Stone.

»Ich stelle mir vor, daß ich, Jakob Bronsky, der berühmte Schriftsteller, auf dem Bahnhof einer anderen deutschen Stadt ankomme, einer Stadt, die noch größer ist als die Stadt, in der ich wohne. Alle wichtigen Vertreter der Medien sind auf dem Bahnsteig versammelt. Als ich aussteige, wird ein roter Teppich zu meinen Füßen ausgebreitet.

Ich fahre im Taxi zum größten Fernsehstudio. Die Medienleute folgen mir.

Ich sitze im Fernsehstudio. Millionen Deutsche sehen mich und können mich hören.

Interviewer: ›Herr Bronsky! Millionen können Sie in diesem Augenblick hören und sehen!‹

Bronsky: ›Ich weiß.‹

Interviewer: ›Warum haben Sie Ihr Buch geschrieben?‹

Bronsky: ›Um gesund zu werden.‹

Interviewer: ›Wollten Sie nicht auch berühmt werden?‹

Bronsky: ›Eigentlich auch. Obwohl mir das anfangs nicht bewußt war. Aber wissen Sie, ich hatte immer schon gewisse Komplexe, und deshalb kann ich den Ruhm ganz gut gebrauchen, und natürlich auch die vielen Piepen, die jetzt für mich herausspringen.‹

Interviewer: ›Die Kritiker sagen, Sie schrieben noch besser als Kafka. Wo haben Sie eigentlich Germanistik studiert?‹

Bronsky: ›Ich hab 'ne Menge Bücher gelesen.‹

Interviewer: ›Das ist kein Germanistikstudium.‹

Bronsky: ›Ich war auch auf der Universität.‹

Interviewer: ›Auf welcher?‹

Bronsky: ›Auf der Herrentoilette in Donald's Pinte am Times Square.‹

Interviewer: ›Ist das eine Universität?‹

Bronsky: ›Ja.‹

Interviewer: ›Erklären Sie das.‹

Bronsky: ›Dort stand ein großer Neger und urinierte. Wir unterhielten uns im amerikanischen Slang. Da kriegte ich die richtige Distanz zur deutschen Sprache.‹

Interviewer: ›Sie meinen ... dort wurde Ihnen die Schönheit der deutschen Sprache schmerzlich bewußt?‹

Bronsky: ›Sehr richtig.‹

Interviewer: ›Wie sind Sie Schriftsteller geworden?‹

Bronsky: ›Ich wurde geschlaucht.‹

Interviewer: ›Von wem?‹

Bronsky: ›Vom Leben.‹

Interviewer: ›Sprechen Sie von der Schule des Lebens?‹

Bronsky: ›Ja.‹

Interviewer: ›Herr Bronsky. Haben Sie dem deutschen Volk irgend etwas zu sagen?‹

Bronsky: ›Den Alten hab' ich nichts zu sagen. Die wissen Bescheid.‹

Interviewer: ›Und den Jungen?‹

Bronsky: ›Den Jungen möchte ich sagen, daß sie mein Buch lesen sollen.‹

Interviewer: ›Ihr Buch über das jüdische Ghetto?‹

Bronsky: ›Mein Buch gegen Gewalt und Unmenschlichkeit!‹

Interviewer: ›DER WICHSER?‹

Bronsky: ›DER WICHSER!‹«

Nachwort

Nachwort

24. März 1951. Ein junger Mann schifft sich in Marseille an Bord des Dampfers »S/S De Grasse« ein. Er ist Jude und zählt als Überlebender der Shoa zu den »displaced persons«, die in jenen Jahren in die USA einreisen durften. Sein Ziel ist New York. Er, ein mittelloser Emigrant, reist in der zweiten Klasse. In seinem Gepäck hat er das erste Kapitel eines Romans, an dem er seit Jahren – mit wenig Erfolg – arbeitet. Die jungen Leute an Bord vertreiben sich die Zeit mit Sport und Spielen. Besonders beliebt ist ein tägliches Volleyballturnier, bei dem es keine Rolle spielt, in welcher Schiffsklasse die Mitspieler reisen. Bald bildet sich eine erfolgreiche Mannschaft aus vier Männern und einer jungen Frau, die mit ihrer kleinen Tochter in der ersten Klasse wohnt. Ihr wird an Bord besondere Aufmerksamkeit zuteil: sie ist die Ehefrau des Aga Khan.

Fünf Jahre später besucht unser Reisender – es handelt sich bei ihm um den viele Jahre später erfolgreichen Schriftsteller Edgar Hilsenrath – spontan eine Filmvorführung in einem New Yorker Kino. Er tut es aus Langeweile, achtet nicht einmal darauf, welchen Film er sehen wird. Verblüfft stellt er fest, dass er die Hauptdarstellerin des Filmes persönlich kennt: Es ist die Volleyballspielerin vom Dampfer »S/S De

Grasse«. Edgar Hilsenrath kann sich rühmen, mit Rita Hayworth Volleyball gespielt zu haben.

Warum ging er 1951 in die USA nach New York?

»Ich ging nicht aus politischen Gründen, sondern weil uns Juden Amerika als Paradies angepriesen wurde. Mein Cousin hatte eine Bürgschaft hinterlegt; als so genannte displaced persons hatten wir keine Probleme einzuwandern. Ursprünglich wollte ich mich nur ein paar Monate umsehen, aber ich blieb dort hängen. Für mich war New York zunächst eine gute Stadt. Ich konnte dort arbeiten und genoss die Anonymität. Es ist eine riesige, lebendige Stadt. Wenn ich nachts geschrieben habe, bin ich oft um drei Uhr morgens runtergegangen, habe mir Zigaretten, Milch und Kaffee gekauft und wieder weitergeschrieben. So etwas geht nur in Amerika, wo die Läden die ganze Nacht aufhaben. Sicher, es ist ein riesiges Chaos, das sich von Jahr zu Jahr ändert. Es herrscht ein ungeheurer Konkurrenzkampf. Ohne ein gescheites Auto und üppigen Wochenlohn ist man dort kein Mensch. Dazu diese unheimliche Straßenkriminalität. Ich bin dreimal überfallen worden. Entscheidend war, dass mir Amerika nicht gefallen hat. Das ist einfach kein Land für mich. Obwohl ich viele Freunde hatte, gab mir Amerika immer das Gefühl, eine Nummer zu sein. Eine ganze Gesellschaft von Robotern. Alles automatisiert. Oberflächliche, aufgezogene Maschinen. Ich habe Amerika aus der Froschperspektive kennen gelernt. Dort dreht sich alles nur ums Geld. Ich kam ohne einen Cent an, lebte wie die meisten Emigranten völlig isoliert, so wie die Türken hier vor fünfzehn Jahren. Wir saßen in einem Emigrantencafé herum, lebten ohne Frauen, nahmen jeden Job. Ich habe alle möglichen Arbeiten gemacht, auch als Kellner, Laufbursche, Autowäscher gearbeitet. Das deutsche Viertel der Emigranten hatte sich mittlerweile fast aufgelöst; wir trieben uns zwischen der 72. und der 92. Straße herum. Ich bewohnte ein möbliertes Zimmer auf der Westseite Manhattans zur Untermiete. In der freien Zeit schrieb ich, in Cafés, im Majestic, im Waldorf vor allem, Gedichte, Novellen und meinen ersten Roman ›Nacht‹, ein handschriftliches Manuskript von über 1000 Seiten, das ich viele Jahre versteckt hielt.«

Als Edgar Hilsenrath nach New York kommt, steht ihm das Elend des Exils bevor: das Leben in einer fremden Sprache, in einer fremden Kultur, der Kampf um Identität, die Suche nach Menschen, die bei der angestrebten Verwurzelung helfen könnten. Die Emigranten, die er trifft, sind keine Hilfe. Es sind nicht die Berühmten, denen Amerika sich öffnet, nicht die Wohlhabenden, die auf ihr Vermögen zurückgreifen können; seine Bekannten sind solche, deren Leistungen Amerika nicht benötigt: Rechtsanwälte, die als Packer arbeiten, Pianisten, die sich als Handelsvertreter versuchen, Männer, die mit ihrem Können Familien ernährten und nun von ihren Frauen, die als Putzhilfen, Zimmermädchen oder Stenotypistinnen arbeiten, durchgebracht werden. Und solche, die aus dem Leben herausgefallen sind, wie der Mann, der Abend für Abend Luftpostbriefe an seine im Gas umgekommenen Familienmitglieder schreibt. Die Frauen, denen er sich zuwenden kann, sind solche, die er bezahlt. Zimmerwirtinnen, die für wenig Geld Unterkunft gewähren, Nutten, die für ebenso wenig Geld für Triebabfuhr sorgen. Anständige Frauen sind für ihn unerreichbar, da er nicht über das Geld verfügt, eine Beziehung mit ihnen einzugehen. Womit sich diese Anständigkeit auch nur als eine Variante der Prostitution erweist. Aber Edgar Hilsenrath wurde nicht nur durch die neue Welt des Exils gebeutelt, er bringt als riesige Belastung auch die Erlebnisse und Erfahrungen des Shoa-Überlebenden mit.

Ende 1938 – nach dem als Reichskristallnacht bezeichneten Pogrom in Deutschland – schickt der Vater den zwölfjährigen Edgar, seinen zwei Jahre jüngeren Bruder und die Mutter zu den Großeltern nach Rumänien und damit in die vermeintliche Sicherheit. Sie leben in Sereth, einer Kleinstadt in der Bukowina. Von dort werden sie im Oktober 1941 durch rumänische Truppen in das ukrainische Getto Moghilev-Podolsk deportiert. Zweieinhalb Jahre dauert das folgende Martyrium aus Hunger, Kälte, Krankheiten und ständiger Todesangst. Von 450.000 jüdischen Menschen, die nach Transnistrien deportiert wurden, überleben nur etwa 70.000. Dies war ein Gemeinschaftswerk rumänischer Beamten, die auf Regierungsanweisung die Deportationen planten, rumänischen Militärs und rumänischer Gendarmen, deutscher Wehrmachts- und SS-Einheiten, ukrainischer, deutscher und litauischer Volksmilizen.

Durch eine Reihe sehr glücklicher Fügungen überleben Edgar Hilsenrath, sein Bruder und seine Mutter. Aber er ist psychisch extrem belastet, schleppt einen riesigen Brocken Trauer mit sich, den er schreibend zu bewältigen versucht. Und erst in New York gelingt es ihm, die Trauer abzuarbeiten, indem er in vier Jahren handschriftlich seinen Roman ›Nacht‹ schreibt, eine ungeheure Totenklage, das Kaddisch für sein Volk. Frei fühlt er sich erst, als es ihm gelingt, dieses Buch in Deutschland, den USA, in England und in Frankreich zu veröffentlichen.

Um keine Missverständnisse aufkommen zu lassen: Jakob Bronsky ist nicht Edgar Hilsenrath! Es handelt sich bei Bronskys Geständnis nicht um eine Autobiograhpie! Aber natürlich scheint hier vieles auf, was der Autor so oder so ähnlich erlebt oder erfahren hat, es beruht auf Wahrnehmung und bildet damit keine Realität ab. Vieles entspringt einer hochkreativen Phantasie, manches mag auch den Wunschvorstellungen des Schreibenden entsprechen. Selbst Angelesenes, in Zeitungen Verbreitetes hat Eingang gefunden.

Jakob Bronsky erlebt den grausamen New Yorker Alltag für die Ärmsten, Verkommensten, Recht- und Hilflosesten, die Penner, die Schwarzen, die Puertorikaner, die Huren. Er erlebt die Tristesse der Emigrantenszenerie der Unberühmten und Mittellosen. Die Erbärmlichkeit von Menschen, die glauben, zur guten Gesellschaft zu gehören, die über die Machtmittel Arbeit und Geld verfügen.

Er erlebt aber auch Mitmenschlichkeit und Hinwendung gerade von solchen, von denen er sie nicht erwartet hat. Jakob Bronsky erlebt sie als zwei Seiten einer Medaille, erkennt, wie intakt die Moral der Heruntergekommenen ist, auch wenn sie sich die hemmende Wohlanständigkeit eigentlich nicht leisten können.

Er erlebt – verwundert? – welche Möglichkeiten sich ergeben, wenn ihm, wenn auch in der Außenseiterposition des Schriftstellers, ein ökonomischer und damit sozialer Aufstieg gelingt. Oder träumt er diesen Aufstieg nur? Ist dies seine Variante eines amerikanischen Traumes, fixiert auf die Vorstellung, ein erfolgreicher Schriftsteller zu werden? Zumal für ihn Schriftsteller zu sein bedeutet, in deutscher Sprache zu schreiben, was von vornherein einen Erfolg im englischsprachigen Amerika auszuschließen scheint. Aber Jakob Bronsky hat keine andere Möglichkeit: die deutsche Sprache ist die Sprache seiner Kindheit und die Sprache der Konzentrationslager. An sie ist er unlösbar gebunden.

Edgar Hilsenrath hat eine Satire auf das Leben in Amerika geschrieben. Und wie es bei einem so überschäumenden Erzähler nicht anders zu erwarten war, hat er eine Fülle von Geschichten darin verwoben: So erzählt Jakob Bronsky einer berühmten Fernsehpsychologin seine Überlebensgeschichte; er beschreibt seine Geburt aus der Sicht des Embryos im Mutterleib; er stellt sich den schriftstellerischen und den sexuellen Erfolg bei der Chefsekretärin eines berühmten New Yorker Verlages vor; er erfindet eine vergnüglich-bittere Heiratsanzeigen-Episode; Hilsenrath zeigt seinen Jakob Bronsky als kleinkriminellen Überlebenskünstler. Dialogpartien wechseln mit erzählerischen Passagen, die Story wird bald unter die Lupe genommen, bald verfremdet. So entsteht eine Realität in der Realität, ungeschönt kraftstrotzend aber gerade dadurch ohne Larmoyanz, ohne Elendsprotzerei.

Edgar Hilsenrath hat in Amerika das den Juden versprochene Paradies gesucht. Gefunden hat er eine Hölle für Menschen, die durch das Raster weiß-

angelsächsisch-protestantisch-wohlhabend gefallen sind. Sein Resümee: »Fuck America!«
Er hat New York – nach einem Intermezzo von 1965-1968 in München – 1975 endgültig verlassen und sich in Berlin (damals Westberlin) niedergelassen. Dort lebt er noch heute.

Edgar Hilsenrath hat bedauert, nicht früher zurückgekehrt zu sein: »Ich bin zu lange drüben geblieben. Ich schuf mir ein Gefängnis aus Büchern, da ich immer ein Liebesverhältnis zur deutschen Sprache gehabt habe. Ich habe eines Tages meine Koffer in Amerika gepackt, weil ich mir gesagt habe, wenn du jetzt den Sprung nicht wagst, dann schaffst du ihn nie.«

Jakob Bronsky aber kam nicht mit, er blieb in New York.

Helmut Braun